Das Haus fernab des Meeres

Christoph Werner wurde 1964 in Dessau geboren. Als Theaterregisseur hat er in allen Genres gearbeitet. Zahlreiche Preise auf einschlägigen Festivals, Tourneen durch Europa, Amerika und Asien dokumentieren seine Arbeit. Er war Intendant des Schauspielhauses in Halle (Saale) und des internationalen Festivals „Theater der Welt“. Seit 26 Jahren leitet er das vielfach preisgekrönte Puppentheater in Halle (Saale).
Seine Stücke erscheinen im Verlag Hartmann & Stauffacher, im Mitteldeutschen Verlag erschien seine Erzählung „Josefs Geschichte“, im Osburg Verlag der Roman „Marie Marne und das Tor zur Nacht“.
Christoph Werner ist verheiratet und hat drei Kinder.

Christoph Werner

Das Haus fernab des Meeres

Roman

mitteldeutscher verlag

1. Auflage

www.mitteldeutscherverlag.de

Gesamtherstellung: Mitteldeutscher Verlag, Halle (Saale)
Umschlagabbildung: © shutterstock.com – NikhomTreeVector

ISBN 978-3-96311-750-3

Printed in the EU

Prolog

Wenig Wind, die Luft flirrt, das Wasser klatscht kraftlos an den Bootsrumpf, alles will uns täuschen, in Sicherheit wiegen, einlullen.

Wir segelten auf der Müritz von Rechlin nach Boek, etwa zweihundert Meter von der Uferkante entfernt. Ich saß am Heck, einen Arm lässig auf der Pinne und döste, Jonas, bäuchlings am Bug, war in seine Gedichte vertieft. Die Gewitterwolken am Horizont hatten wir natürlich bemerkt, aber sie waren weit weg und dazu noch in Lee. Also hatten wir die Segel oben, als die erste Böe uns traf. Sie war wie ein gezielter Schlag, der uns aus unserer Trägheit riss. Wir sprangen auf, reagierten schnell: Aussteuern, Großschot los – aber wir bekamen sofort Schlagseite. Vorschot los ..., da schleifte der Großbaum schon fast durchs Wasser. Wir versuchten in den Wind zu steuern, aber der Wind drehte und drehte und dann kippten wir um. Sturmböen aus dem Nichts kommend, Blitze, Hagelschauer, Sicht bis zum nächsten Wellenkamm. Die „Henrietta" trieb neben mir, richtete sich langsam auf – und sank! Ich hielt mich am Mast fest, solange es ging, dann musste ich kämpfen. Kein Laut, kein Gedanke an irgendjemanden oder -etwas, nur rasende Angst und der Wille zu überleben ...

Erster Teil

I

In jenem Sommer war alles ungewiss, bis Rosa mir wieder begegnete. Zu der Zeit wohnte ich in einer schlecht isolierten Dachgeschosswohnung, die direkt neben einem Krankenhaus lag und deren Miete auch 1994 noch lächerlich niedrig war. Den ganzen Sommer hörte ich nachts die Sirenen der Rettungsfahrzeuge. Ihr fiebriges Heulen schnitt in meinen dünnen Schlaf und dehnte die Stunden. Nur mit einem Laken zugedeckt, wälzte ich mich auf meiner Isomatte, bis das Gezwitscher der Vögel einen neuen, endlosen Tag ankündigte, durch den ich trieb, unruhig, matt, planlos.

Morgens saß ich zwei, drei Stunden einfach in meinem Sessel und starrte aus dem Fenster hinab auf die Front des gegenüberliegenden Hauses, die frisch gestrichen worden war und in makellosem Weiß erstrahlte, sodass mir nach einigem Hinsehen die Augen wehtaten und ich helle Punkte sah, wenn ich danach den Blick abwendete. Ich stellte mir vor, dass ich nachts über die Straße gehen und einen Eimer schwarzer Farbe auf die Hauswand kippen würde. Später kam ich auf die Idee, die Farbe in kleine Gläser zu füllen und sie vielleicht über mehrere Tage und Nächte verteilt von meinem Fenster aus auf die andere Straßenseite zu werfen. Aber als ich mir das Ergebnis eine Weile lang vorgestellt hatte, begriff ich, dass die schwarzen Spritzer die Intensität des weißen Putzes wahrscheinlich nur verstärkt hätten. Der Kontrast war einfach zu groß. Ich probierte vor meinem inneren Auge andere Farben aus, aber immer mit dem gleichen Ergebnis: Die weiße Fläche war unantastbar. Sie strahlte mich an. Sie war von einer undurchdringlichen, makellosen Gleichgültigkeit, die mich lähmte. Ich saß da, unfähig mich zu bewegen, mich zu waschen, zu frühstücken, mich anzuziehen. Erst wenn die Glocken der nahen Pauluskirche zwölf schlugen, gelang es mir, mich loszureißen und aus dem Haus zu gehen.

Den ganzen Tag trieb ich mich im Stadtpark herum. Auf den Wiesen lagen die Mädchen und sonnten sich. Jungen spielten Fußball. Mit hochroten Köpfen rannten sie zwischen den Bäumen hin und her, die ihre Torpfosten waren, verfolgt von ausgelassenen Hunden, die die tollsten Sprünge vollführten. Auf den Wegen flanierten junge Mütter, die langsam ihre Kinderwagen vor sich herschoben, während die Kleinen tollpatschig neben ihnen her stolperten. Alte Männer hatten sich feuchte Tücher auf die Stirn gelegt und dösten im Schatten der Bäume oder spielten Boccia. Und dort, auf einer der Wiesen nahe dem Fluss, traf ich Rosa nach zwei Jahren wieder. Zunächst bemerkte ich sie nicht, als ich auf dem Weg Richtung Innenstadt lief und sie mir von der Mitte der Wiese zuwinkte. Ich fühlte mich nicht gemeint, denn in der Zeit meines Fortseins hatte sich vieles verändert und ich hatte bisher niemanden getroffen, den ich von früher her kannte. Erst als sie beide Arme schwenkte, blieb ich stehen und sah zu ihr hinüber. Noch immer zögernd, beschirmte ich die Augen mit der Hand, da kam sie schon auf mich zugelaufen und fiel mir um den Hals. Sie hielt mich umklammert und sagte nach einer Weile: „Wo warst du denn die ganze Zeit?“

Es klang fast ein bisschen gekränkt, so als seien wir verabredet gewesen und ich hätte mich verspätet. Ihr Haar duftete so gut, dass ich beschloss, mein Gesicht für den Rest meines Lebens darin zu vergraben. Als sie sich von mir löste, sah ich sofort, dass irgendetwas sie verändert hatte. Sie war nicht einfach nur älter geworden, etwas war in ihr oder mit ihr vorgegangen. Als Rosa bemerkte, wie ich sie ansah, schaute sie kurz zu Boden. Dann gab sie mir einen Kuss auf die Wange und überschüttete mich mit Fragen: „Wieso hast du dich nie gemeldet? Seit wann bist du wieder da?"

Ich fing an zu erzählen, wohin es mich in den letzten zwei Jahren getrieben hatte, dabei versuchte ich, sie dadurch zu beeindrucken, dass ich selbst die aufregendsten Orte, an denen ich gewesen war, so beiläufig wie möglich erwähnte. Rosa tat mir den Gefallen und rief an den richtigen Stellen „Ah" und „Oh" oder „Das ist nicht wahr?". Sie lachte und ich sah ihre kleinen Grübchen, sie riss ihre braunen Augen auf und schüttelte ungläubig den Kopf. Dann strich sie sich ihr herrliches, immer wirr zusammengestecktes Haar aus dem Gesicht und führte mich zu dem Platz, an dem ihre Sachen lagen. Dort setzten wir uns und rauchten und ich erzählte weiter. Es sprudelte aus mir heraus, ich konnte nichts dagegen tun, und während ich sprach, merkte ich plötzlich, dass ich traurig wurde. Ich musste sprechen, um nicht in Tränen auszubrechen. Das verwirrte mich. Was war auf einmal los mit mir? Wieso war mir nach Heulen zumute? Lag es an Rosa? Daran, dass ich sie wieder getroffen hatte? Oder an etwas anderem? Ich wusste es nicht, aber ich wollte auf keinen Fall, dass sie merkte, was mit mir los war, ehe ich selber eine Ahnung davon hatte. Und dann traf mich die Erkenntnis wie ein Schlag: Ich fühlte mich einsam. Das war es, kein Zweifel, ich fühlte mich mutterseelenallein, von allen verlassen, fremd in dieser Stadt, in die ich zurückgekehrt war, um mich endlich nicht mehr fremd zu fühlen. Deshalb starrte ich den halben Vormittag auf die weiße Wand, deshalb trieb ich mich stundenlang im Stadtpark herum, deshalb brachte ich nichts Richtiges zustande, hatte keine Ideen, konnte nicht schreiben. Es war eine klare und mächtige Erkenntnis. Gleichzeitig spürte ich ein unbändiges Verlangen, Rosa zu umarmen, mich mit ihr auf der Decke herumzuwälzen, sie zu streicheln, zu küssen, mit ihr zu ringen. Und um dieses Verlangen zu unterdrücken, redete ich noch schneller, bis ich sah, dass sie einen kurzen verstohlenen Blick auf ihre Armbanduhr warf.

„Und du? Was hast du gemacht?", fragte ich, weil ich Angst hatte, dass sie gehen wollte. „Warst du die ganze Zeit hier?"

„Irgendwie schon", sagte sie. „Ich bin deinem Beispiel gefolgt und habe mich ebenfalls exmatrikulieren lassen …" Sie machte eine Pause und rauchte.

„Und dann?", fragte ich.

„Habe ich mich an der Kunsthochschule hier beworben und studiere Bildhauerei."

„Was? Das ist … das ist ja großartig", stammelte ich. Sie lächelte und ich sah, dass sie es genoss, meine Überraschung zu sehen. Bildhauerei, ein Kunststudium, sie hatte getan, was ich nicht schaffte, sie war nicht fortgelaufen, nicht vor ihrer Vergangenheit, nicht vor ihrer Zukunft.

„Entschuldige, aber ich muss jetzt los."

Der Satz versetzte mich in Panik: „Was?! Wohin musst du denn?", rief ich lauter, als ich gewollt hatte. „Kann ich nicht mitkommen? Zuschauen, wie du bildhauerst oder so? Ich habe Zeit, mehr als mir lieb ist, bitte."

Rosa sah mich nicht an, als sie antwortete: „Ich muss meine Tochter abholen."

„Deine Tochter ...?" Das war es also, was sie so verändert hatte. Sie hatte ein Kind und wahrscheinlich auch einen Mann. Vielleicht war sie sogar verheiratet. Scheiße, verdammte! Wut sprang mich an, ich verspürte das dringende Bedürfnis zu fluchen.

„Bist du verheiratet?", fragte ich.

Rosa lachte kurz auf. „Nein", sagte sie, als sei es völlig abwegig, an so etwas überhaupt zu denken. „Ich wohne mit Marie in einer schönen Villa, und dort habe ich auch mein Atelier. Ich schreibe dir die Adresse auf. Hast du ein Telefon?"

Ich nickte.

„Dann schreib mir deine Nummer auf die Hand und ich rufe dich an. Ich bin genauso froh, dass wir uns wiedergetroffen haben, wie du, glaub mir." Sie hielt mir ihre Hand hin, ich schrieb meine Telefonnummer und meine Adresse darauf und dabei sah ich, dass sie immer noch an den Fingernägeln kaute. Dann gab sie mir einen flüchtigen Kuss auf die Wange und stürmte davon. Wahrscheinlich war sie viel länger geblieben, als sie gedurft hätte. Ich musste unbedingt herausfinden, wer der Vater ihres Kindes war.

II

Nachdem Rosa gegangen war, stürmte ich ziellos durch den Park. Eine leichte Panikattacke trieb mich an. Seit dem Tod meines Bruders überfiel mich manchmal das Gefühl, etwas tun zu müssen, ohne zu wissen was und wie und dann geriet ich in

Panik. Damals, als ich klitschnass am Strand der Müritz entlanggelaufen war, auf der Suche nach Jonas, war das verständlich gewesen, aber jetzt? Was glaubte ich jetzt tun zu müssen?! Im Laufe der Jahre hatte ich mir diese Frage oft gestellt. Mein Atem beschleunigte sich, weil mir nichts einfiel. Denk nach, Paul, sei kein Idiot! Ich lief schneller, was nicht wirklich hilfreich war. Stopp! Es ging um Rosa! Na klar, ich hatte sie gerade wiedergefunden und jetzt war sie schon wieder fort. Ich hatte sie gehen lassen, statt mich an sie zu klammern. Warum war ich nicht vor ihr auf die Knie gefallen und hatte sie angebettelt, nicht fortzugehen? Warum war ich überhaupt von ihr fortgegangen? Warum war ich mit dem alten VW Derby, den ich mir 1992 gekauft hatte, Richtung Italien gefahren? Warum hatte ich an jeder Mautstation mit klopfendem Herzen meinen DDR-Ausweis gezeigt, war die Adriaküste runtergefahren, die Mittelmeerküste wieder rauf, dann die Côte d'Azur entlang, durch Frankreich, Belgien, Holland zurück nach Deutschland-West, hatte als Kellner in Hamburg gearbeitet, als Gemüsefahrer in Münster, als Zeitungsverkäufer in Frankfurt am Main und am Schluss als Filmvorführer in einem kleinen Programmkino in Berlin, das irgendwann pleiteging? Warum das alles, wenn ich jetzt wieder hier stand, und sich im Grunde nichts geändert hatte? Wenn ich genauso verloren, hilflos und einsam war wie nach dem Tod meines Bruders. Ein paar Panikattacken, ein paar Wutanfälle im Straßenverkehr, ein paar aufregende Begegnungen, lange Abende am Meer, viel Heimweh, zwanzig Kilo Kummerspeck und ein halb fertiges Manuskript, das war die Ausbeute der letzten zwei Jahre.

Am Seeräuberspielplatz sank ich ins Gras und schaute den Kindern zu. Die Sonne stand im Zenit. Eine dumpfe Mittagsruhe hatte sich im ganzen Park, ja in der ganzen Stadt ausgebreitet. Da waren zwei Jungs, die selbstvergessen im Sand spielten. Der eine füllte die Förmchen, gab sie dem anderen, der sie ausleerte, offensichtlich nach einem genau festgelegten Plan, denn er überlegte nie lange.

Das waren wir, Jonas und ich, irische Zwillinge, im gleichen Jahr geboren, er im Januar, ich im Dezember. Und tatsächlich waren wir oft für echte Zwillinge gehalten worden, weil meine Mutter es liebte, uns die gleichen Hosen und Pullover anzuziehen. Wenn es etwas gab, das ihr gefiel, kaufte sie es einfach zweimal. Darüber zu streiten, war uns die Sache nicht wert, nicht, solange wir Kinder waren. Ich musste lächeln, denn die beiden kleinen Kerle da auf dem Spielplatz vor mir hatten auch ähnliche Sachen an, obwohl das eher ein Zufall zu sein schien. Als wir so alt waren, hatten wir uns noch ein Zimmer geteilt, hatten täglich Fußball gespielt, später Tischtennis und Federball, wir schwammen und tauchten und fuhren Fahrrad. Alles, was ein Junge können musste, habe ich von meinem Bruder gelernt. Natürlich ist er ein Jahr eher in die Schule gekommen, hat ein Jahr vor mir den Moped Führerschein gemacht, konnte alles immer etwas früher als ich, aber doch nicht so viel früher, dass er schon vergessen hatte, wie es sich anfühlte, in die Schule zu kommen oder Fahrrad fahren zu lernen. Er war immer kurz vor mir, er zeigte mir, was mich erwartete. Durch ihn war mein Weg weniger unbestimmt. Er ging vor mir her, aber nur so weit, dass ich ihn immer im Blick behalten konnte.

Ja, wir haben uns gestritten und ja, meine Erinnerungen an ihn haben sich längst verklärt. Klar hat er mich manchmal überredet, irgendwelchen Blödsinn zu machen, den er selber sich nicht traute. Wahrscheinlich dachte er, ich würde das nicht merken, aber ich merkte es natürlich. Es hat mir Spaß gemacht, etwas zu tun, wofür ihm der Mut fehlte. Ich wusste, mir wurde eher verziehen als ihm. Ich war ja der Kleinere. Aber wann, wann war diese großartige Zeit vorbei? Diese goldenen Jahre, in denen wir so eng zusammen waren, niemanden brauchten, uns wortlos verstanden? Es waren die Gedichte, die Literatur, es war dieser Pfarrer, der Jonas plötzlich unter seine Fittiche nahm. „Man muss seinem Stern folgen", hatte Jonas eines Tages gesagt, nachdem er diese Geschichte von Albert Camus gelesen hatte, in der sein Name vorkam: „Jonas oder der Künstler bei der Arbeit". Plötzlich wollte er Schriftsteller werden und nicht mehr Tischtennis spielen. Ich verstand das nicht damals, dass er sich auf einmal dafür interessierte, für Gedichte. Und die Gedichte habe ich auch nicht verstanden, jedenfalls die meisten. Was ich verstand, war, dass wir bald jeder unseren eigenen Weg würden gehen müssen. Dass seiner so jäh und so früh endete, hat meinen so sehr verändert. Er soll in dem Sturm die Orientierung verloren haben und in die falsche Richtung geschwommen sein, das hat uns die Polizei gesagt. Aber warum? Warum? Er hat sie doch immer vorgegeben, die Richtung, in all den Jahren. Und dann, in einem Moment, in diesem einen Moment … ich musste mich zwingen, ruhig zu atmen.

Mein T-Shirt war verschwitzt, deshalb zog ich es aus. Da war er, mein gepolsterter Bauch. Seit Jonas' Tod hatte ich deutlich sichtbar zugenommen. Ich trieb keinen Sport mehr, und wenn ich merkte, dass ich traurig wurde, dann briet ich Salami in brauner Butter und schwenkte gekochte Nudeln darin. Das war unser Belohnungsessen gewesen, wenn wir vom Fußballspielen kamen oder nass und halb erfroren vom Skifahren. Ohne Fußball oder Ski war es kein Belohnungsessen, sondern Teil eines

Beruhigungsrituals, das ich meistens nachts vollzog und das nicht folgenlos blieb. Ich packte eine Hautfalte mit Daumen und Zeigefinger und drückte sie zusammen. Mein Gott, was war aus mir geworden? Früher hatte ich die Statur eines Marathonläufers gehabt, jetzt sah ich teigig aus. Obwohl sich die zwanzig Kilo auf meine 1,80 Meter verteilten, hatte ich manchmal den Eindruck, das meiste davon habe sich in meinem Gesicht angesammelt, denn wenn ich in den Spiegel schaute, sah es so aus, als ob mein Gesicht eingetaucht wäre in eine weiche Masse. Meine Augen drohten darin unterzugehen, ich ähnelte einem wohlgenährten Baby. Vielleicht stimmte das, vielleicht konnte ich durch den Tod meines Bruders nicht wachsen, blieb ich immer siebzehn Jahre alt, so alt wie ich war, als er starb. Das war wahrscheinlich Blödsinn, aber seitdem geriet ich leicht in Panik, wenn Unvorhergesehenes passierte. Dann rastete ich aus, ich wollte etwas kaputt machen, jemanden schlagen, rumschreien, meinen Kopf an die Wand hauen, damit ich diese Ohnmacht nicht spüren musste.

Bei meiner Mutter waren es Weinkrämpfe, die sie ohne jede Vorwarnung überfielen. Es konnte überall passieren. Anfangs hatte mein Vater sie dann immer in den Arm genommen, aber jetzt saß er einfach neben ihr und wartete, bis es vorbei war.

Ich ließ mich auf den Rücken fallen, streckte alle viere von mir und streichelte das Gras. Der Himmel war strahlend blau, kein einziges Wölkchen. Mein Atem ging wieder ruhig. Ich hätte ewig so liegen können. Müde war ich nicht, wütend auch nicht, die Attacke war vorbei und ich konnte ohne Angst meine Gedanken kreisen lassen.

Wann hatte ich meine Eltern das letzte Mal besucht? Das war ewig her und ich nahm mir vor, bald zu ihnen zu fahren. Vielleicht hatte eine meiner zahlreichen Tanten Geburtstag, oder ein Onkel, irgendein Familienfest war doch immer, das wäre ein Anlass, nach Hause zu fahren, ohne mit meinen Eltern allein sein und ihre Überfürsorglichkeit ertragen zu müssen. Wenn ich zurückdachte, bestand meine Kindheit und Jugend aus einer ununterbrochenen Abfolge von Familienfeiern. Immer hatte jemand Geburtstag, ging eine Cousine zur Erstkommunion, heiratete eine der zahlreichen Schwestern meines Vaters, wurde ein neuer Cousin getauft. Dazu kamen die christlichen Feste, Mariä Verkündigung, Weihnachten, Dreikönigsfest, Mariä Lichtmess, Palmsonntag, Gründonnerstag, Karfreitag, Ostern, Christi Himmelfahrt, Pfingsten, Fronleichnam, Mariä Himmelfahrt, Allerheiligen und so fort. Immer spielte ich in Sonntagskleidung mit meinem Bruder und meinen Cousins und Cousinen irgendwo, im Garten meiner einen Großeltern, in der Wohnung meiner anderen, auf der Straße vor unserem Haus oder im Hof irgendeines Onkels. Und immer kam der Moment, in dem meine Mutter schimpfte, weil wir uns dreckig gemacht hatten.

Die beiden kleinen Kerle vor mir auf dem Spielplatz fingen an, ihre so sorgsam platzierten Sandkuchen zu zertrampeln. Dabei lachten sie laut und gerieten in eine Art Zertrampelrausch, der erst endete, als nichts mehr von ihrem Werk zu sehen war. Dann rannten sie davon. Ich setzte mich auf und sah ihnen nach. Irgendwo aus der Stadt wehte der Wind Glockengeläut zu mir herüber und ich musste daran denken, wie wir als Messdiener manchmal in den Kirchturm gestiegen waren. Der Mutigste von uns hatte sich auf die größte Glocke gestellt, sich an den Griffen, die vom Gießen übriggeblieben waren, festgehalten, und die Glocke mit seinem Körpergewicht zum Schwingen gebracht. Wir anderen mussten den Mund weit aufmachen und warten, bis der Klöppel an den Glockenrand anschlug. Bong! Wieso erinnerte ich mich heute daran? Eine komische Wehmut hatte mich überfallen. Der Geruch von Weihrauch, das Orgelspiel am Ende der Messe, die dunkle Kirche, in die der Priester zur Osternacht rief: „Lumen Christi“, das Licht, das von Kerze zu Kerze sprang, während die Gemeinde antwortete: „Deo gratias.“ An all das musste ich plötzlich denken. Die Gespräche nach dem Hochamt vor dem Hauptportal, der Geruch der frisch gewaschenen Gewänder, die ich als Messdiener anziehen durfte und das Glücksgefühl nach jeder Beichte.

Ich merkte, dass ich bei diesen Gedanken anfing zu lächeln. Und doch, das alles war dahin, untergegangen mit der „Henrietta“, dem 20er-Jollenkreuzer meines Onkels Harald, unseres Lieblingsonkels, Oberarzt an der Charité, der ältere Bruder meiner Mutter. Ich habe ihn verehrt und geliebt, aber seit dem Unglück nicht mehr gesehen. Und seitdem bin ich in keine Kirche mehr gegangen. Ich ertrage diese ganze verlogene Scheiße nicht mehr, dieses Gesülze und diese verblödete Demut: „Wir bitten dich, erhöre uns.“ Die Religion soll uns vor dem Abgrund schützen, in den wir blicken, wenn wir über den Zufall nachdenken. Wir beten, wir flehen zu Gott und sagen, seine Wege seien unergründlich, weil wir es nicht ertragen, dass unser Leben vom Zufall regiert wird. Aber der Zufall ist überall, er ist launisch, einfallsreich, erbarmungslos – er ist allmächtig.

III

Ich fing an, mein Zimmer aufzuräumen und die Tapete von den Wänden zu reißen. Ich brauchte ein Liebesnest und keine Gefängniszelle. Am Abend wollte ich Rosa anrufen, aber sie kam mir zuvor.

„Paul, was machst du, schreibst du gerade?"

„Nein, ich sitze neben dem Telefon und warte, dass du anrufst." Sie lachte.

„Willst du kommen, wir grillen heute Abend."

„Wer, wir?"

„Hagen, Elena und ich."

„Wer ist Hagen und wer Elena?"

„Hagen ist der Mann, bei dem ich wohne, und Elena ist seine Haushälterin."

Es gefiel mir nicht, dass sie ihn Hagen nannte. Herr Sowieso wäre mir lieber gewesen.

„Gut, ich komme. Wann?"

„Der Grill wird gleich angeheizt."

„Also gleich."

„Wenn du willst, ja."

„Natürlich will ich."

„Gut, also bis gleich."

„Warte! Wo denn? Wo ist die Villa?"

Sie fing an, mir den Weg zu erklären, aber leider kann ich mir Straßennamen nicht merken und deshalb nützte es nichts, wenn sie sagte, an dieser oder dieser Straße musst du links abbiegen. Ich bat sie, mir die Adresse zu geben. Ich wollte selber auf der Karte nachschauen. Ich überlegte, was ich anziehen sollte, und entschied mich für Jeans und ein dunkelblaues T-Shirt.

Die Villa lag auf einem kleinen Hügel auf der anderen Seite des Flusses. Rings um das Gelände führte ein schmiedeeiserner Zaun, der aufwendig restauriert worden war. Vorne, an der Ecke des weitläufigen Grundstücks, stand ein alter Holzpavillon. Ich fuhr eine Weile herum, weil ich die Zufahrt nicht fand. Sie lag in einer kleinen Seitenstraße, das Tor stand offen, aber ich klingelte vorsichtshalber, weil ich nicht wusste, ob das Gelände von einem Hund bewacht wurde. Es gab keinen Hund. Rosa kam mir entgegen. Sie trug ein langes, goldgelbes Baumwollkleid und hohe Schuhe mit dicken Absätzen, wie sie in den Siebzigerjahren modern gewesen waren. Sie sah wirklich fabelhaft aus.

„Was ist? Warum kommst du nicht herein? Du bist doch sonst nicht so schüchtern."

„Ich dachte, es gibt vielleicht einen Hund."

„Nein, keinen Hund, du weißt doch, dass ich Hunde nicht leiden kann." Sie küsste mich flüchtig und schenkte mir ein Lächeln.

Das Gelände war noch schöner, als man es von der Straße aus sehen konnte. Ein großer, düsterer Park mit altem Baumbestand, von Efeu überwuchert und leicht hügelig. Auf einer kleinen Wiese vor dem Haus steckten hüfthohe Fackeln in der Erde, unter einem weißen Baldachin war ein großer Tisch festlich gedeckt, alles sehr romantisch. Vor dem qualmenden Grill stand ein Mann mit einer Grillzange. Er hatte volles, schlohweißes Haar, ein kantiges Gesicht mit dunklen, weit auseinanderliegenden Augen. Es war unmöglich, sein Alter zu schätzen, er konnte sechzig sein oder fünfundsiebzig, bei Männern wie ihm machte das keinen Unterschied. Als er mich sah, lächelte er. Es war das Lächeln eines Premierministers oder Präsidentschaftskandidaten. Um seine Augenwinkel bildeten sich tausend Fältchen und sein großer Mund wurde noch größer.

„Hagen", er hielt mir seine lange, schlanke Hand hin. „Ich freue mich, dass Sie unserer Einladung gefolgt sind." Seine

Stimme klang wie summende Lkw-Reifen, kein Zweifel, er war der Mann, um den eine ganze Nation trauern konnte.

„Rosa hat mir von Ihnen erzählt", säuselte er weiter, „und ich wollte Sie kennenlernen."

Er wollte mich kennenlernen. Ich hatte keine Ahnung, was er damit meinte.

„Willst du sie sehen?", fragte Rosa beiläufig.

„Wen?"

„Marie." Ich brauchte einen Moment, bis ich begriff, dass sie ihre Tochter meinte.

„Ja, klar, unbedingt. Sie entschuldigen uns", sagte ich artig zu Hagen.

„Ja, ja, gehen Sie nur. Und sagen Sie Elena, sie kann die Steaks jetzt bringen."

Rosa ging schnell vor mir her. Sie war aufgekratzt, das merkte ich, und als ich die Villa betrat, begriff ich warum. In der Empfangshalle hätte man Walzerturniere veranstalten können. Links führte eine Treppe mit schwarz gebeiztem, wuchtigem Holzgeländer zu den oberen Stockwerken, Säulenimitate ragten an den Wänden empor und links und rechts der Tür, die in den Garten hinaus ging, standen kindsgroße Skulpturen.

Unten unzählige Durchgangszimmer mit bodentiefen Fenstern, Parkettfußboden und Stuckdecken, die Türen zweiflügelig, mit kunstvollen Blendrahmen verziert. Alte Einbauschränke gekonnt kombiniert mit modernen Designermöbeln, wundervolle Jugendstillampen und eine Sitzgruppe aus Rattan, die südländisches Flair verbreitete. Es gab eine Bibliothek und eine Art Herrenzimmer mit Sesseln von Le Corbusier und einem riesigen offenen Kamin. Ich schaute in alle Räume, denn so etwas hatte ich bisher noch nirgendwo gesehen. Meine Bruchbude konnte mit diesem Märchenschloss nicht mithalten, egal, wie lange ich sie sanierte. Ich begriff, dass ich ein solches Haus niemals hätte herrichten können, selbst wenn ich das Geld dazu gehabt hätte. Mir fehlte die Erfahrung von Luxus, der Umgang damit. Wer war dieser Hagen, woher hatte er so viel Geld und einen so sicheren Geschmack? Und wieso ließ er Rosa hier wohnen? Dass sie sich ein solches Haus zur Miete leisten konnte, war doch unwahrscheinlich.

„Hast du im Lotto gewonnen? Wie sonst könntest du diesen Palast bezahlen?"

Rosa zuckte mit den Schultern und ich merkte, dass sich ihr Gesicht leicht rötete. Was hatte das zu bedeuten?

„Hagen ist mein Mäzen", sagte sie, griff nach meiner Hand und zog mich weiter. In der Küche, die so groß war, dass man dort eine Fußballmannschaft hätte verköstigen können, stand eine kleine, runzlige Frau mit krummen, in Orthopädieschuhen steckenden Beinen. Auch ihr Alter war schwer zu schätzen. Sie konnte sechzig sein oder hundert.

„Das ist Paul", sagte Rosa.

Die Alte hielt mir ihre knochige Lederhand hin.

„Ich bin Elena."

„Sehr angenehm." Ich fand es komisch, dass sie sich mir mit ihrem Vornamen vorstellte, aber als ich Rosa daraufhin ansprach, antwortete sie, ich sei ein Snob und sie hatte recht. Wir stiegen die breite Treppe hinauf. Es gab drei Etagen. Unten wohnte Hagen, in der Mitte Elena und ganz oben unterm Dach Rosa und Marie. Sie hatten sich häuslich eingerichtet, mit Wickeltisch, Laufgitter und Babybett. Wie immer lagen Rosas Sachen überall herum, ohne dass das Zimmer unordentlich gewirkt hätte.

Marie war ein Goldkind. Sie hatte volle, blonde Haare, ein kleines Kinn und große blaue Augen. Letzteres sah ich nur auf den Fotos, die auf dem Tisch standen, denn natürlich schlief sie. Ich hätte mich gerne noch ein bisschen umgesehen, aber Rosa hatte Angst, dass wir Marie aufweckten. Wir gingen also wieder hinunter. Es roch schon nach gebratenem Fleisch, als wir in den Garten kamen.

„Mein Atelier zeige ich dir später, jetzt essen wir erst einmal“, flüsterte Rosa verschwörerisch und ich nickte ein paarmal und sagte: „Unbedingt.“

„Ihr könnt euch schon hinsetzen, die Steaks sind gleich fertig“, sagte Hagen. Es gab selbst gebackenes Brot, Salat und wunderbare Soßen, die in kleinen, weißen Schälchen herumgereicht wurden und die jeder ausgiebig lobte. Elena lächelte jedes Mal artig, aber ich war sicher, dass sie den ganzen Abend kein einziges Wort sagen würde, und ich behielt recht. Zuerst unterhielten wir uns über das Essen. Hagen schlug vor, es das nächste Mal mit Fisch zu versuchen, und ich erzählte, wo ich zuletzt welchen gegessen hatte. Darüber kamen wir aufs Reisen, aber ich hatte keine Lust, schon wieder von meinen Fahrten zu erzählen. Ich wollte irgendetwas über diesen Hagen in Erfahrung bringen, aber er blieb die meiste Zeit stumm. Rosa dagegen war ganz wild darauf, Anekdoten aus unserer gemeinsamen Studienzeit zu erzählen, und sie konnte sich an Einzelheiten erinnern, die ich längst vergessen hatte. Nach dem Essen verabschiedete sich Elena. Rosa sagte, sie solle das Geschirr stehen lassen, aber natürlich kam das für Elena überhaupt nicht in Frage. Rosa protestierte, sie wollte höflich sein und merkte nicht, dass sie die alte Frau damit in Verlegenheit brachte.

„Lass sie nur“, sagte Hagen sanft und Rosa gehorchte. Ich

zündete mir eine Zigarette an und schaute auf die Fackeln, deren Flammen im leichten Nachtwind hin und her schlugen. Es war schon dunkel geworden.

„Rosa hat mir erzählt, dass Sie Schriftsteller sind“, sagte Hagen, nachdem wir kurz geschwiegen hatten.

„Mein Bruder hat mir ein paar Seiten einer Geschichte hinterlassen“, sagte ich, „seit seinem Tod versuche ich, diese Geschichte zu Ende zu schreiben. Ich weiß nicht, ob man so jemanden einen Schriftsteller nennen sollte.“

„Ah“, sagte Hagen knapp. Keine Ahnung, warum ich ihm, kaum dass wir uns begrüßt hatten, von Jonas‘ Tod erzählte.

„Womit bestreiten Sie Ihren Lebensunterhalt?“, fragte Hagen nach einer längeren Pause. Ich wunderte mich, dass er sich so direkt danach erkundigte, versuchte aber, mir nichts anmerken zu lassen.

„Ich hatte noch ein paar Reserven, aber die sind nun aufgebraucht, ich muss mir ’nen Job suchen.“

Das war untertrieben. Mein Kontostand befand sich seit einiger Zeit konstant im Sollbereich und ich hatte Angst, sie könnten mir den so mühevoll erkämpften Dispokredit streichen.

„Und Sie, womit verdienen Sie Ihr Geld?“, fragte ich schnippisch.

„Vorwiegend Immobilien und Aktien“, sagte Hagen knapp.

„Und warum sind Sie in den Osten gezogen?“ Ich sah, dass Rosa anfing, unruhig auf ihrem Stuhl herumzurutschen, weil ich all diese Fragen stellte, aber er hatte schließlich damit angefangen.

„Das ist eine lange und komplizierte Geschichte.“ Er goss sein Glas voll, trank und schwieg. Ich hätte ihn gerne ermuntert weiterzusprechen, aber Rosa fing an, ihre Geschichten zu erzählen, und es schien sie nicht zu stören, dass ich die meisten davon schon kannte. Sie hatte Angst, ich könnte Hagen vielleicht zu nahetreten und gab sich viel Mühe, mich nicht mehr zu Wort kommen zu lassen. Und er saß dabei und genoss ihre Vorstellung. Er lächelte ihr zu, nickte von Zeit zu Zeit, machte kleine, intelligente Einwürfe, die sie ermutigen sollten, während sie die Beine übereinanderschlug, sich von ihm Feuer geben ließ und versuchte, geistreich zu sein. Es war wirklich widerlich. Er war der typische Kolonialist, der sich im Westen dumm und dämlich verdient hatte und jetzt hier den großen Gönner raushängen ließ. Wahrscheinlich kam er aus Hamburg. Er sprach zwar keinen norddeutschen Slang, aber er hatte diese vornehme Zurückhaltung. Schließlich hatte ich genug und verabschiedete mich. Hagen sagte, er würde sich freuen, wenn ich sie bald wieder besuchen käme, aber ich brummte nur kurz. Es war mir egal, wie viele Artigkeiten er mir zu sagen hatte. Ich würde mich nicht von ihm einwickeln lassen. Wieso ließ er Rosa hier wohnen? Wieso wollte er mich kennenlernen? Was sollte dieses ganze Theater? Etwas stimmte nicht mit ihm und ich würde herausfinden, was es war. Er sah mich einen Augenblick lang an, als ich ihm die Hand gab, und ich hielt seinem Blick stand. Rosa brachte mich zum Tor und küsste mich zum Abschied auf den Mund. „Sei nicht sauer“, flüsterte sie. „Du wirst alles verstehen, ich bin so froh, dass wir uns wiedergefunden haben.“ Ich drückte sie an mich, aber sie wollte es nicht richtig, also ließ ich sie wieder los und ging.

Auf der Fahrt nach Hause merkte ich, dass ich wirklich eifersüchtig auf diesen alten, geilen Bock war. Es lag nicht nur daran, dass er alles besaß, was ich gerne gehabt hätte, ich wusste auch, dass Rosa einen Vaterkomplex hatte. Vielleicht glaubte sie, dass er der Mann war, der ihr Glückskonto auffüllen konnte. Je länger ich darüber nachdachte, umso mehr war ich davon überzeugt, dass er schon damit angefangen hatte.

IV

Zwei Tage später klingelte es mitten in der Nacht an meiner Tür. Ich lag schon im Bett und wollte zuerst liegen bleiben, aber plötzlich wurde mir klar, dass das nur Rosa sein konnte. Sie sah furchtbar aus. Ihre Stirn war aufgeschrammt und ihr Gesicht tränenverschmiert. Sie weinte und brachte kein vernünftiges Wort heraus. Ich war so erschrocken, dass ich nicht einmal merkte, wie betrunken sie war. Ich dachte natürlich zuerst, dieser Hagen hätte endlich seinen Heiligenschein verloren, aber dann hörte ich, dass sie immerzu den Namen Johanna stammelte. Ich nahm sie in den Arm und wiegte sie hin und her und dabei summte ich, wie man summt, um ein Kind zu beruhigen. Es wirkte. Sie hörte auf, mir etwas erklären zu wollen, sondern weinte erst einmal. Ihr Hemd stank nach Bier. Als sie sich ein bisschen beruhigt hatte, fragte ich, ob sie vielleicht duschen wolle. Sie wollte natürlich nicht. Aber sie ging ins Bad, wusch sich das Gesicht und ich konnte sie davon überzeugen, ein Hemd von mir anzuziehen. Sie verlangte ein Bier, aber ich hatte nichts im Haus. Wir setzten uns auf den Fußboden, rauchten und sie erzählte wirres Zeug. Es ging, soweit ich es verstand, um ihre Mutter Johanna. Rosa hatte offenbar nach dem Fall der Mauer versucht, sie zu finden. Offenbar sollte eine Tante Regine helfen, etwas über Rosas Mutter in Erfahrung zu bringen.

Dann hatte ich den Eindruck, Rosas Mutter sei tot, gestorben auf einer Insel, aber das konnte ich auch falsch verstanden haben. Irgendwann fiel auch Hagens Name, aber was der mit der ganzen Sache zu tun haben konnte, war nicht herauszufinden. Zwischendurch liefen Rosa immer wieder die Tränen und sie griff nach meiner Hand. „Verzeih mir", sagte sie ein paarmal. „Du darfst mich nicht verlassen, versprich mir das."

Ich versprach es ihr.

„Willst du mit mir schlafen", fragte sie plötzlich. Ich war von der Frage so überrascht, dass ich einfach nur den Kopf schüttelte. Gleich darauf war mir klar, dass ich ihr das anders hätte beibringen müssen, aber es war schon zu spät.

„Ich weiß, ich sehe heute beschissen aus", sagte sie gekränkt. „Ich werde nach Hause gehen." Ich wollte sie fahren, aber sie erlaubte es nicht, und es kostete mich einige Überredungskünste, bis sie mir gestattete, ihr ein Taxi zu bestellen. Ich brachte sie bis auf die Straße, und während wir auf das Taxi warteten, sagte ich: „Ich rufe dich an."

„Ja, ja, wir rufen uns an, statt zu vögeln, rufen wir uns an. Das ist auch besser so." Wenn sie betrunken war, wurde sie oft ordinär, und eigentlich mochte ich das an ihr, aber ihre Aggressivität machte mir Angst. Es war manchmal eine Wut in ihr, wenn sie die Kraft dazu gehabt hätte, wäre sie im Stande gewesen, jemandem ein Bein oder einen Arm zu brechen, nur um ihn zu einer Reaktion zu zwingen, nur um zu sehen, dass er ein Mensch war.

Als die Rücklichter des Taxis hinter dem nächsten Eckhaus verschwunden waren, ging ich in meine Behausung zurück. An Schlaf war nicht zu denken. Ich trank ein Glas Wasser. Auf dem Fußboden sitzend, sah ich den alten Koffer, den meine Mutter mir bei meinem letzten Besuch aufgezwungen hatte. Er war schwer und als ich ihn öffnete, fand ich neben alten Winterschuhen, einem muffigen Bademantel, Büchern, Schulzeugnissen, Tischtennisschlägern und anderem Krempel auch ein Fotoalbum. Sollte ich es aufschlagen? Würde ich dann Nudeln in Butter schwenken müssen? Vorsichtig öffnete ich den Deckel und da war sie, Rosa. Sie saß zwischen zwei ehemaligen Kommilitonen und lachte in die Kamera. Auf einem anderen Foto saß sie auf meinem Schoß. Bilder aus einem anderen Leben. Ich blätterte durch das Album, es waren fast ausschließlich Fotos aus meiner Studienzeit. Nach dem Tod meines Bruders hatte ich ein Studium angefangen, Chemieanlagenbau. Es hätte auch Ufologie sein können, ich musste einfach irgendetwas tun. Also verschlug es mich hierher, in die Stadt am Fluss. Unsere Seminargruppe bestand aus fünfzehn jungen Männern und einer Frau: Rosa. Es dauerte zwei Wochen, dann waren wir alle auf die eine oder andere Art von ihr fasziniert. Wir kochten für sie, fuhren sie, wohin sie wollte, beschützten sie mehr als ihr lieb war und besuchten sie abwechselnd in ihrem Zimmer, um uns von ihr Mathematik erklären zu lassen, denn Rosa war ein Mathematikgenie. Mag sein, dass die meisten meiner Kommilitonen in ihr eher eine Schwester sahen, ich aber war sofort in sie verknallt. Das lag an dem, was Rosa mir, kurz nachdem wir uns kennengelernt hatten, erzählte. Es war die Geschichte ihres Unglücks, die uns beide sofort verband und die im Herbst 1977 in einer Eisdiele in Boltenhagen ihren Anfang genommen hatte: Rosa, sieben Jahre alt, wartete Eis essend mit ihrer Mutter, bis ihr Vater und ihre Tante Regine von irgendeinem Ausflug zurückkamen. Es wurde getuschelt und geschwiegen, draußen waberte kalter Nebel und komischerweise schienen sich Rosas

Eltern darüber zu freuen. Als es dämmerte, fuhr die kleine Gemeinschaft mit dem Auto eine einsame Landstraße entlang, im Radio dudelte leise Musik, das Scheinwerferlicht reichte nicht weit, trotzdem fuhr ihr Vater schnell. Dann hielt er plötzlich und sagte, sie müssten aussteigen. Es ging durch einen kleinen Wald, der voller unbekannter Geräusche war. Rosa hielt die Hand ihrer Mutter fest umklammert, bis ihr Vater und ihre Tante stehen blieben, nasse Zweige aufhoben und so zwei Paddelboote freilegten. Mir stockte der Atem, als Rosa das erzählte. In den Booten lagen Rucksäcke. Alle zogen sich wetterfeste Kleidung an, dann hockten sie in den Dünen und warteten, bis die Grenzpatrouille am Strand vorbeigekommen war, danach rannten sie zur Ostsee. Rosa stieg mit ihrem Vater in das eine Boot, ihre Mutter mit ihrer Tante Regine in das zweite. Sie paddelten auf die Ostsee hinaus, rüber nach Fehmarn. Es war kalt und dämmrig und ihr Vater redete die ganze Zeit mit sich selbst. Möglicherweise sprach er sich Mut zu, aber das half nicht. Ihre Mutter und ihre Tante schafften es in den Westen, Rosa und ihr Vater nicht. Ein Boot der Grenztruppen tauchte plötzlich vor ihnen auf, ihr Vater kam ins Gefängnis, Rosa zu ihren Großeltern. Danach änderte sich alles. Das Leben, wie sie es kannte, verschwand von einem Tag auf den anderen – dieses Gefühl war mir vertraut.

Ihr Großvater, Kombinatsdirektor und Mitglied der SED, war jähzornig, fanatisch und streng. Dass seine Kinder, Rosas Vater und ihre Tante Regine, versucht hatten, aus der DDR zu fliehen, war eine Schande für ihn. Er rächte sich an Rosa und trieb sie ebenso aus dem Haus, wie er vorher seine Kinder aus dem Land getrieben hatte. Mit vierzehn lief sie das erste Mal von ihren Großeltern weg, mit fünfzehn war sie das erste Mal schwanger. Ihr Großvater setzte sie vor die Tür. Rosa hatte nur ihre Unterwäsche an und musste sich von einer Nachbarin eine Jacke borgen, um zu ihrem Vater gehen zu können. Sie liebte ihn, aber er hatte nach der missglückten Flucht über die Ostsee, vor allem aber nach der zweijährigen Gefängnisstrafe nicht mehr die Kraft, sich gegen seinen Bonzenvater zu behaupten. Trotzdem sorgte er dafür, dass Rosa abtreiben konnte. Sie zog nach Leipzig, wohnte in einer WG und beendete irgendwie die EOS. Danach stellte sie Schmuck her und nähte Kleider, die sie zu verkaufen versuchte. Irgendwann kam ihr Vater und überredete sie zu studieren. Sie hatte eine Begabung für Mathematik und Chemie und deshalb kam er auf die grandiose Idee, sie solle es doch mal mit Anlagenbau versuchen. Wahrscheinlich wollte er einfach, dass ihr Leben in geregelte Bahnen kam, und Anlagenbau mag das Einzige gewesen sein, was sofort zu haben war. Es war die Studienrichtung für verzweifelte Eltern, die Angst hatten, ihre Kinder könnten auf die schiefe Bahn geraten. Von ihrer Mutter hatte Rosa nie wieder etwas gehört. Mag sein, dass sie versuchte, Kontakt mit ihrer Tochter aufzunehmen, aber der Bonzengroßvater war zu mächtig. Irgendwann musste Rosas Vater in die Scheidung einwilligen, mehr wusste sie nicht.

Rosas erster Freund, ich glaube, er hieß Roland, war fünf Jahre älter als sie. Sie war dreizehn, er achtzehn. Als er das erste Mal versuchte, mit ihr zu schlafen, setzte sie sich auf ihr Bett und weinte so lange, bis er ihr hoch und heilig versicherte, er werde ihr nichts tun. Dann kam der, von dem sie das erste Mal schwanger wurde. Seinen Namen hatte Rosa vergessen, und ich fand, dass das alles über ihn aussagte. Er war Redakteur der Lokalzeitung und ungefähr zehn Jahre älter als sie. Sie sagte, er sei ein „Rubbeler“ gewesen. Er hatte sie entjungfert und sich dann „schwitzend auf die Seite gerollt". Viel mehr erzählte sie nicht von ihm. Es ging immer so weiter. Einer war jedes Mal nach dem Beischlaf in die Küche gegangen, hatte seine Unterhose heruntergezogen, sodass er in den Kniekehlen hing, und sich gewaschen. Danach nahm er einen Apfel, schnitt ihn in zwei Hälften, gab ihr die eine Hälfte, die andere aß er. Sie hatte nie begriffen, was dieses Ritual zu bedeuten hatte. Dann gab es einen Pianisten, in den sie sehr verliebt war. Er hatte wunderschöne Hände und wusste, was einer Frau gefiel, weil er, wie sich bald herausstellte, ziemlich viel übte. Aber er machte kein Geheimnis daraus. Er sagte immer: „Du weißt doch, dass ich einen Sprachfehler habe, ich kann nicht Nein sagen."

Es mag sein, dass sie mir all das erzählte, um mich davon zu überzeugen, dass sie endlich ein bisschen Glück verdient hatte. Sie glaubte daran, dass jeder Mensch zwei Konten besaß: ein Unglückskonto und ein Glückskonto, und nach ihrer Überzeugung mussten sich diese Konten irgendwann decken. Und da sie schon eine ordentliche Summe auf ihrem Unglückskonto angesammelt hatte, stand für sie fest, dass jetzt irgendwann ihr Glückskonto dran war. Als ich ihr erzählt hatte, dass ich früher jeden Sonntag in die Kirche gegangen war, kam sie auf die Idee, dass Gott der höchste Verwalter der Unglücks- und Glückskonten sein musste. Und irgendwie schien sie zu glauben, dass ich jemand war, mit dem man über den Stand der Konten verhandeln konnte, weil ich ihrer Meinung nach die besten Verbindungen zum obersten Bankdirektor unterhielt. Ich sagte ihr, dass ich nicht mehr in die Kirche ging, dass ich meinen Glauben verloren hätte und deshalb als Unterhändler völlig ungeeignet war, aber sie antwortete, von allen Menschen, die sie kenne, wäre ich der Einzige, der getauft und gefirmt worden sei, deshalb baue sie auf mich. Ich erzählte ihr von Hiob, aber das interessierte sie nicht. Sie hielt das Alte Testament für eine Art ungültig gewordenes Statut.

Manchmal, wenn ich zu ihr kam, war sie hoffnungslos betrunken, und fing sofort an zu weinen, sobald ich sie in den Arm nahm. In diesen Momenten spürte ich meine ganze Ohnmacht. Wir saßen da in einem dieser hässlichen Wohnheimzimmer, sie weinte, weil ihr dieses Scheißland ihre Kindheit geraubt hatte, ihre Familie, ihre Eltern, und nur ich vermochte sie zu trösten, weil ich der Einzige war, der wusste, wie sich das anfühlte: Verlust durch die Hand des Zufalls. Wir waren wie Brüderchen und Schwesterchen, die in ihrer Waldhütte sitzen und auf irgendetwas warten. Vielleicht wäre alles anders gewesen, wenn wir von Anfang an miteinander geschlafen hätten, aber ich weiß nicht warum, es passierte einfach nicht. Manchmal, wenn ich oben in ihrem Doppelstockbett lag und las, stieg Rosa die Leiter hoch, legte sich neben mich und fuhr mir mit der Hand zwischen die Beine. Ich schloss die Augen und sie schaute mir zu, wie ich kam. Dann lächelte sie, küsste mich und ging wieder in ihr Bett. Und manchmal stieg ich zu ihr herunter und befriedigte sie mit der Hand. Das Komische war, dass wir uns gegenseitig dabei zuschauten. Ich versuchte ein paarmal, mit ihr zu schlafen, aber sie schien es nicht zu wollen. Vielleicht dachte sie, es könnte die Verbindung zum obersten Bankdirektor gefährden, vielleicht wollte sie sich bei der reichen Auswahl an Verehrern auch einfach nicht festlegen. Irgendwann sagte ich, wir wollten ein „Fest unserer Körper“ feiern. Ich habe keine Ahnung, wie ich auf diesen Ausdruck kam, aber er mag verdeutlichen, wie verzweifelt ich war. Sie zog sich ein rotes Netzhemd an und ich brachte drei Flaschen Sekt mit. Erst tranken wir, dann küssten wir uns und als es endlich so weit war, konnte ich nicht. Er stand mir und sie hatte zweimal einen Orgasmus, aber ich nicht. Ich konnte einfach nicht loslassen. Sie versuchte alles, sie nahm ihn in den Mund, rieb ihn, gab sich alle Mühe, aber es half nichts. Schließlich legte sie ihren Kopf auf meinem Bauch und schaute zwischen meine Beine. Er stand immer noch und sie streichelte ihn traurig. Es kann sein, dass ich mich täusche, aber danach wurde unsere Beziehung alltäglich. Rosa glaubte nicht mehr daran, dass wir eine Zukunft hätten und so sehr ich auch versuchte, eine für uns zu entwerfen, ich konnte sie nicht überzeugen. Ich sagte ihr, wir würden irgendwann in einem weißen Haus in Algier wohnen, hoch oben über dem Meer, umgeben von Pinien und Zitronenbäumen. Wir würden auf einer großen Terrasse frühstücken und sehen, wie sich die Sonne tausendfach auf dem Meer spiegelt, und wir würden einen schweigsamen Diener haben und Besuch bekommen. Ich würde schreiben, und sie könnte in Algier spazieren gehen und fotografieren, und es würden wunderschöne Fotos werden, die wir abends, wenn die Sonne im Meer versank, die Zikaden verstummt waren und man nur noch das ewige Rauschen der Wellen hörte, anschauen konnten, um uns Geschichten dazu auszudenken. Sie liebte Fotos. Sie hatte einen ganzen Kasten davon und wir schauten sie uns ab und zu an. Vielleicht waren wir manchmal glücklich zusammen, aber es war nicht die Art von Glück, die Rosa damals wollte.

Dann fiel die Mauer, womit keiner von uns gerechnet hatte. Wir dachten die ganze Zeit, sie würden so lange einen Staatsratsvorsitzenden durch einen anderen ersetzen, bis sich alle wieder beruhigt hatten. Als aber die Bilder der geöffneten Grenzübergänge um die Welt gingen, wussten wir: Es ist vorbei. Trotzdem dauerte es noch zwei Jahre, bis ich mich schließlich exmatrikulieren ließ. Erst als meine Oma auf die Idee kam, jedem ihrer Enkel 5 000 D-Mark zu schenken, warf ich alles hin, kaufte den alten VW Derby und machte mich auf den Weg.

V

Hagen rief am nächsten Abend an. „Wollen Sie vorbeikommen, es gibt Fisch."

„Wie geht es Rosa?"

„Sie hat sich erholt."

„Gut, ich komme."

„Ich stelle den Wein kalt."

Er empfing mich am Tor, in einer weißen Leinenhose und einem weißen Pullover. Es kam mir so vor, als hätten wir uns zum Golfspielen verabredet. Ich versuchte mir vorzustellen, wie er aussah, wenn er herumschreien oder heulen würde, aber es ging nicht. Es war nicht so, dass ich ihm einen Wutausbruch oder Heulkrampf nicht zugetraut hätte, ich konnte mir nur nicht vorstellen, dass er in eine Situation geriet, die eine solche Reaktion bei ihm hervorrief.

„Der Fisch kommt gleich, vielleicht wollen Sie vor dem Essen ein Glas Wein trinken?"

„Ja, gern." Er nahm die Flasche aus dem silbernen Kühler, der auf dem Tisch stand, und goss zwei Gläser voll.

„Rosa duscht gerade und zieht sich um. Sie hat den ganzen Tag geschlafen, aber jetzt geht es ihr besser."

Ich nickte und trank einen Schluck. Der Wein war natürlich exzellent.

„Es wäre vielleicht gut, wenn sie mal Urlaub machen würde."

Er wartete und ich zündete mir eine Zigarette an. Ich wusste nicht, worauf er hinauswollte.

„Ja, das wäre sicher gut für sie", sagte ich.

„Ich habe ein Haus auf Hydra."

„Hydra?"

„Eine griechische Insel."

„Ach so."

„Es gibt dort keinen Massentourismus, jedenfalls bis jetzt noch nicht. Ich dachte, vielleicht sollten wir ein paar Wochen hinfahren."

„Wer, wir?"

„Rosa, Marie, Elena und ich, und Sie auch, wenn Sie wollen."

Ich spürte, wie sich mein Herzschlag beschleunigte. Ich wusste nicht, was gegen den Vorschlag einzuwenden war, aber er gefiel mir irgendwie nicht. Was wollte dieser Mensch von Rosa? Und wieso glaubte er, mich auf diese Weise kaufen zu können? Wieso musste er mich überhaupt kaufen? Er sah mich an.

„Sie fragen sich vielleicht, warum ich all das für Rosa tue, aber glauben Sie mir, ich habe keine falschen Absichten. Ich möchte nur, dass sie ein bisschen zur Ruhe kommt, das ist alles."

„Ich fürchte, einen Urlaub kann ich mir im Moment nicht leisten", sagte ich. Er lehnte sich zurück und drehte sein Glas in der Hand.

„Vielleicht gibt es dafür eine Lösung."

„Welche?"

„Sie könnten für mich arbeiten."

„Und was soll ich machen?"

„Sie könnten den Garten in Ordnung bringen. Ein paar Äste müssen abgesägt werden, hinten steht ein toter Baum, der Pavillon müsste gestrichen werden. Ich würde Ihnen dreißig Mark die Stunde zahlen."

„Dreißig Mark?!", rief ich. So viel hatte ich noch nie verdient. Es war ein lächerlich hoher Stundenlohn für einen Hilfsgärtner. Mir wurde klar, warum er mich gefragt hatte, ob ich von meiner Schreiberei leben könne. Ich hätte gerne gewusst, was Rosa ihm über mich erzählt hatte, denn nur darin konnte die Erklärung für sein Angebot liegen.

„Was sagt Rosa zu alldem?"

„Sie ist einverstanden."

„Auch damit, dass ich mitkomme?"

„Es war ihre Idee. Sie können es sich ja noch überlegen", sagte er, als Rosa aus dem Haus kam. Sie sah ein bisschen verschlafen aus und ich liebte es, wenn sie verschlafen aussah.

„Weiß er es schon?", fragte sie, ohne mich anzusehen.

„Ich habe ihn gerade gefragt."

„Und?"

„Er wird es sich überlegen."

„Was gibt es da zu überlegen?" Ich merkte, dass sie mir meine missglückte Ablehnung von gestern Abend noch nicht verziehen hatte.

„Ich hole den Fisch", sagte Hagen und stand auf. Als er gegangen war, saßen wir beide schweigend am Tisch. Rosa trank aus Hagens Glas.

„Wo ist Elena?", fragte ich.

„Im Haus. Wieso willst du nicht mitkommen?"

„Ich habe nicht gesagt, dass ich nicht mitkommen will. Ich muss nur überlegen, ob ich überhaupt Zeit habe."

„Dann eben nicht", sagte sie, stand auf und ging ins Haus. Ich war wütend und wäre ihr gerne nachgelaufen, aber Hagen kam gerade mit einem großen Tablett nach draußen. Er stellte es schweigend neben den Grill und fing an, den Tisch zu decken.

„Es ist vielleicht besser, wenn ich jetzt gehe“, sagte ich gnatzig.

„Nein, nein, bleiben Sie. Rosa wird sich wieder beruhigen. Es war alles ein bisschen viel für sie in letzter Zeit. Ich bin froh, dass ihr gestern nichts passiert ist. Sie hat mir gesagt, dass sie ihr geholfen haben.“ Ich schwieg. Ich konnte nicht begreifen, dass sie ihm alles erzählte. Wer war dieser Kerl und was hatte er vor? Ich sah ihm zu, wie er geschickt am Grill hantierte. Er war kein Snob, kein blöder Geldwessi. Er war ein gebildeter Mann mit guten Manieren, ein Weltenbürger wahrscheinlich, der sich aus irgendeinem Grund hier niedergelassen hatte und sich um Rosa kümmerte. Aber warum? Wie immer die Antwort auf diese Frage lautete, ich würde sie nicht erfahren, wenn ich sein Angebot ausschlug. Außerdem brauchte ich dringend Geld.

„Ich habe es mir überlegt, ich bin einverstanden.“

„Gut“, sagte er, ohne sich umzudrehen. „Wann wollen Sie anfangen?“

„Morgen.“

„Es soll mir recht sein.“ Er legte mir einen goldbraunen, duftenden Fisch auf den Teller. „Nehmen Sie ein bisschen Zitrone“, sagte er und schob mir ein kleines Schälchen mit Zitronenscheiben hin. Es war aussichtslos, seine Gelassenheit war unerschütterlich.

Es gab frische Kartoffeln und Salat zum Fisch und eine gelbe, dickflüssige Soße, die wunderbar schmeckte. Ich lobte seine Kochkunst und er erzählte mir, dass es in Portugal die besten gegrillten Sardinen überhaupt gab. Wir ließen das Geschirr stehen, lehnten uns zurück und tranken schweigend Weißwein. Er bot mir ein Zigarillo an und dann lenkte er das Gespräch auf meine zweijährige Nachwendereise. Er war ein geübter Zuhörer, genau im richtigen Abstand nickte er oder stellte eine aufmunternde Frage, die zeigte, dass er noch interessiert war. Wir tranken zwei Flaschen Wein, was bei ihm keinerlei Wirkung hinterließ, wohl aber bei mir. Ich merkte, dass ich anfing, lauter zu sprechen. Während seine Stimme wohltuend summte, brummte und säuselte, fing ich an zu krächzen. Es war schon weit nach Mitternacht, als Rosa noch einmal aus dem Haus kam. Vielleicht hatte mein Gekrächze sie nicht schlafen lassen. Unsere Ausgelassenheit schien sie zu stören, vor allem aber war es ihr wohl nicht recht, dass wir uns auch ohne sie amüsierten. Jedenfalls saß sie wie ein Fleisch gewordener Vorwurf am Tisch, was unsere Heiterkeit ein bisschen dämpfte, und schließlich sagte ich, dass ich gehen müsse, weil ich ja morgen meine neue Stelle antreten wollte. Hagen brachte mich bis zum Tor. Er sagte, er sei froh, dass ich mich so entschieden hätte, und wir müssten unser Gespräch gelegentlich fortsetzen. So sehr ich auch versuchte, mein Misstrauen gegen ihn aufrechtzuerhalten, er war mir sympathisch. Ich neige ohnehin dazu, alle Menschen sympathisch zu finden, wenn ich betrunken bin, aber er hatte an diesem Abend meinen Widerstand gebrochen. Ich wankte fröhlich nach Hause. Es war eine laue Sommernacht. Aus den Gärten flogen Stimmen und Gelächter zu mir herüber, ein gelber Mond stand zwischen der Burgruine und dem Vogelkäfig des Zoos und als ich im Bett lag, hörte ich durch das offene Fenster eine Nachtigall singen.

VI

Es war schon um elf, als ich meine neue Stelle antrat. Ich hatte gedacht, es ginge darum, ein bisschen Laub zu harken und irgendwie die Zeit rumzubringen, damit es nicht so offensichtlich war, dass Hagen mir einen Urlaub auf Hydra finanzierte. Ich war davon überzeugt, dass er mir nur deshalb angeboten hatte, für ihn zu arbeiten, weil er dachte, ich sei zu stolz, um mir das Geld für die Reise von ihm schenken zu lassen. Aber es stellte sich heraus, dass ich ihn ganz falsch eingeschätzt hatte. Er empfing mich in einer braunen Kordhose und einem groß karierten Baumwollhemd und schon als ich ihn sah, wusste ich, er meinte es ernst. Er fragte mich, ob ich schon gefrühstückt hätte. „Nein", sagte ich, und er erteilte Elena den Auftrag, mir ein Frühstück zu machen. Bis sie damit fertig war, lud er mich zu einer „Begehung" ein. Sie dauerte etwa eine Stunde. Ich musste eine Leiter und einen Pinsel nehmen und all die Äste markieren, von denen er wollte, dass ich sie absäge. Es waren zwölf große, einundzwanzig mittlere und dreiundfünfzig kleinere Äste, und ich fing an zu begreifen, worauf ich mich da eingelassen hatte. War ich dazu überhaupt in der Lage? Ich bezweifelte, dass ich die nötige Kondition besaß, meinen Kummerspeck den ganzen Tag die Leiter rauf- und runterzuschleppen. Dreißig D-Mark Stundenlohn schienen mir plötzlich nicht mehr so viel zu sein. Sollte ich Hagen sagen, dass ich nicht schwindelfrei war? Das stimmte, aber die Äste, die ich absägen sollte, waren nicht so hoch, dass ich wirklich Probleme gehabt hätte, sie zu erreichen. Von der Leiter aus konnte ich ihn sehen, wie er dastand und zu mir hinaufschaute. Seine Schultern hingen leicht herunter, sein Gesicht war konzentriert, sein weißes, volles Haar schimmerte in der Sonne. Wenn ich von der Leiter herunterstieg, legte er mir seine Hand auf die Schulter und führte mich weiter.

„Wo haben Sie vorher gewohnt?“, fragte ich, während wir zu einem neuen Baum liefen.

„Auf Hydra.“

„Hydra? Sie haben dort gewohnt?“ Ich blieb stehen, aber Hagen ging unbeeindruckt weiter.

„Elena ist dort geboren“, sagte er.

„Tatsächlich?“, sagte ich und lief ihm nach. Ich hätte das Gespräch gerne weitergeführt, aber mir fiel keine neue Frage ein.

Wir waren an dem toten Baum angekommen. Er war nicht groß, aber Hagen wollte, dass ich ihn erst umsäge und dann seine Wurzel ausgrabe. Er hatte sich vorgenommen, genau an dieser Stelle einen Sandkasten für Marie anzulegen. Er schien zu glauben, dass Rosa länger hier wohnen würde, und ich fragte mich, ob er sich das nur wünschte oder ob sie darüber gesprochen hatten und Rosa damit einverstanden war. Wir gingen zum Haus zurück und Hagen zeigte mir das Werkzeug. Er führte mich durch eine seitliche Tür in den Keller. Die Wände waren weiß gestrichen und hell beleuchtet, auf dem Fußboden lagen Bastmatten, alles sauber, freundlich, wohnlich. Ich weiß nicht warum, aber ich musste an den Satz denken: Jeder hat seine Leiche im Keller. Die Leichen in diesem Keller waren offensichtlich gerade weggeräumt worden und die Spuren, die sie hinterlassen hatten, gleich mit. Er ging einige Meter vor mir her, klapperte mit seinem Schlüsselbund und sagte, er werde mir jeden Morgen das Werkzeug persönlich herausgeben. Er schloss die Tür zu einem kleinen Raum auf und ich schaute auf die Sägen, Äxte und Spaten, die fein säuberlich an der

Wand hingen. Ich weiß nicht, was ich erwartet hatte, aber es befand sich nicht ein einziges modernes Heimwerkergerät darunter, das mir die Arbeit hätte erleichtern können. Alles made by hand. Das Werkzeug war gut in Schuss, die Sägen und Äxte scharf, die Spaten und Schaufeln poliert, aber trotzdem wurde mir erst jetzt richtig bewusst, dass Hagen und ich nicht dieselbe Vorstellung von Gartenarbeit hatten. Oder er wollte mich auf die Probe stellen. Das war ihm zuzutrauen. Vielleicht ging es um eine Art Erziehungsprogramm, das er sich für mich ausgedacht hatte. Vielleicht wollte er mir zeigen, wie es ist, wenn man im Schweiße seines Angesichts sein Geld verdient. Oder er war einfach geizig und wollte sich an mir rächen. Aber wofür? Als ich ihn anschaute, zeigte mir sein Gesichtsausdruck, dass keine dieser Spekulationen es traf. Das Werkzeug schien ihm zu gefallen. Er nahm eine Säge von der Wand und betrachtete sie beinahe zärtlich. Er sagte, sie sei sehr scharf und man könne wunderbar damit arbeiten. Mir fiel darauf keine Antwort ein. Ich nahm die Säge und eine Axt und ging wieder nach oben. Elena hatte mir das Frühstück in die Küche gestellt. Kaffee, Toastbrot, Marmelade und sogar Rührei mit Schinken. Aber ich aß schnell. Ich hatte keine Ruhe, ich wollte sehen, ob ich überhaupt in der Lage war, einen einzigen Ast abzusägen. Während ich aß, kam Hagen mit einem kleinen Heft in die Küche, an das ein Bleistift gebunden war. Er legte es auf den Tisch.

„Ich habe gedacht, Sie tragen die Zeit, die Sie arbeiten, hier ein und wir rechnen dann ab. Es ist mir egal wie. Täglich, wenn Sie wollen oder einmal in der Woche, oder erst ganz am Ende."

„Einmal in der Woche wäre mir am liebsten."

„Gut."

„Wo ist eigentlich Rosa?"

„Sie beantragt einen Kinderpass für Marie und wollte noch ein bisschen einkaufen." Ich schaute auf die Uhr, es war halb eins. Ich wollte die Zeit in das Heft eintragen, aber es stand schon eine Eintragung darin. Er hatte unsere Begehung als Arbeitszeit berechnet. Ich bedankte mich für das Frühstück und ging in den Garten, dorthin, wo die Leiter an einen Baum gelehnt stand. Überall sah ich die weißen Markierungen an den Ästen. Es schienen hunderte zu sein. Ihr Anblick war entmutigend und ich fühlte mich auf einmal ganz schlapp. Ich nahm die große Säge und stieg langsam die Leiter hoch. Es war ein dicker Ast, mit dem ich beginnen wollte. Ich wollte, dass man eine Veränderung sah, wenn ich fertig war. Die Säge war wirklich scharf, sie schnitt leicht ins Holz, aber ihr Griff war zu dick und meine Hand zu klein. Nach fünf Minuten lief mir der Schweiß in Strömen den Rücken herunter und meine Finger schmerzten. Ich stellte zweimal die Leiter um und sägte mit der anderen Hand, aber das führte nur dazu, dass mir nach kurzer Zeit beide Hände wehtaten. Es dauerte etwa eine halbe Stunde, dann krachte der Ast herunter. Das machte mir Mut, denn als ich den Baum anschaute, stellte ich befriedigt fest, dass er sich tatsächlich verändert hatte. Jedem musste diese Veränderung auffallen. Aber die eigentliche Tortur begann erst jetzt, denn ich musste den Ast zersägen, und das war viel schwerer, als ich gedacht hatte, weil er jetzt auf dem Boden lag und ich nicht mehr so viel Platz hatte, um die Säge richtig führen zu können. Außerdem drehte er sich ständig weg. Ich wurde wütend. Ich griff nach der Axt und schlug auf den Ast ein, weil ich Angst hatte, ich könnte mir im Eifer des Gefechts einen Finger absägen. Und es war ein Gefecht, jedenfalls für mich. Mein Kopf glühte, denn jetzt, wo der Ast weg war, schien mir die Sonne direkt ins Gesicht. Ich bekam Blasen an den Händen, der Rücken tat weh, der Schweiß lief mir in die Augen, aber ich machte weiter. Ich wütete. Ich begriff plötzlich, dass Hagen diese Arbeit ausgewählt hatte, weil er wollte, dass ich mich vor Rosa lächerlich machte. Er wollte mich vor ihr erniedrigen. Er saß da irgendwo am Fenster bei einem Glas Eistee und schaute mir zu, in der Hoffnung, dass ich irgendwann aufgeben würde. Eine andere Erklärung gab es nicht. Er hatte mich bewirtet, mit mir geplaudert, mich in Sicherheit gewiegt ... und heute hatte er zugeschlagen. Die ganze „Begehung" war eine einzige Erniedrigung gewesen und ich Trottel hatte es nicht gemerkt. Das Markieren der Äste, das Werkzeug und am Schluss das Heft, in dem ich die Arbeitszeit eintragen musste. Er hatte mich zum Gärtner gemacht, zu seinem Gärtner, zu seinem Angestellten. Ich war als freier Mensch gekommen und würde als Sklave gehen, als ein Sklave seiner List und meines Stolzes, denn natürlich hatte er damit gerechnet, dass ich zu stolz war, die Arbeit abzulehnen, nachdem ich einmal zugesagt hatte. Er bezahlte mich gut, sehr gut sogar, niemand konnte ihm etwas vorwerfen, im Gegenteil, jeder würde seine Großzügigkeit loben, aber Geld spielte keine Rolle für ihn, er schien genug davon zu haben. Er war der moderne, abenteuerlustige Kolonialherr und ich der blöde Ossi, der nicht merkte, was eigentlich gespielt wurde. Es ging um Rosa, die ganze Zeit. Er betrachtete mich als Konkurrenten, deshalb hatte er mich kennenlernen wollen. Er setzte seine List gegen meine Jugend, aber es gab keine List gegen die Jugend, das wussten wir beide, und ich war fest entschlossen, den Spieß umzudrehen. Schon möglich, dass ich ein paar Kilo zu viel hatte und aus der Übung war, na und? Trotzdem würde ich seine Äste absägen, einen nach dem anderen, und er sollte mir zusehen dabei. Er sollte sehen, wie ich meine Muskeln wieder belebte, wie ich auf Bäume kletterte und die Axt schwang, er sollte sehen, dass unter den zwanzig Kilo Übergewicht immer noch der Körper verborgen war, der Fußball gespielt hatte, geschwommen war und sich zu bewegen wusste. Er sollte sehen, wie ich all das tat, was er nicht mehr tun konnte. Er sollte an mir verzweifeln. Er sollte mit klopfendem Herzen sehen, wie ich jeden Morgen auf das Schlachtfeld zog, das er mir zugewiesen hatte, und wie ich seine Armee niedermetzelte. Er sollte mich jeden Morgen ängstlicher begrüßen, mich mit wachsender Verzweiflung umschleichen und schließlich auf Knien bitten, ich möge die Schlacht beenden.

Er kam, als ich mit dem ersten Ast fast fertig war. Ich stand mit zitternden Händen vor ihm, um mich herum die abgesägten Holzstücke, wie tote, kleine Soldaten in ihrem Sägespäneblut. Er hielt mir eine Flasche eisgekühltes Wasser entgegen und starrte fassungslos in mein glühendes Gesicht. Ich weiß nicht, wie ich ausgesehen habe in diesem Moment, aber ich sah, dass mein Anblick ihn entsetzte. Zum ersten Mal verriet sein Gesicht eine gewisse Bestürzung und das verunsicherte mich. Ich nahm die Wasserflasche, trank einen Schluck und goss mir etwas übers Gesicht. Dann bemerkte ich, dass er verzweifelt nach Worten suchte, und das verunsicherte mich noch mehr.

„Es geht ganz gut", sagte ich kleinlaut. „Die Säge ist scharf." Er starrte auf meine geröteten Hände, dann drehte er sich um und ging ohne ein Wort langsam zurück zum Haus. Ich stand und schaute ihm nach. Er lief sehr langsam, er schleppte sich beinahe, so als hätte ich ihn verprügelt und ich kam mir wie ein Idiot vor. Ich ging ins Haus und ließ mir von Elena Pflaster für die Hände geben. Dann sägte ich noch einen kleinen

Ast ab, den ich erreichen konnte, ohne auf die Leiter steigen zu müssen. Danach ging ich nach Hause, duschte, legte mich auf meine Isomatte und las, bis ich einschlief.

VII

Als ich am anderen Morgen gegen neun Uhr erwachte, taten mir alle Glieder weh. Meine Hände waren taub, trotzdem fühlte ich mich frisch und ausgeruht wie seit Wochen nicht. Ich beschloss, ohne zu frühstücken in die Villa zu fahren. Elena stand in der Küche, sonst war niemand da. Sie fragte, ob ich frühstücken wolle, und ich nickte. Ich beobachtete, wie sie herumhantierte, die Eier aufschlug, den Kaffee kochte, Weißbrot toastete. Ihre Bewegungen waren sparsam und effektiv, und während ich ihr zuschaute, bekam ich eine Gänsehaut. Als Junge hatte ich immer eine Gänsehaut bekommen, wenn ich beim Friseur saß. Ich hatte eine Lieblingsfriseuse, eine ältere Frau, wenn sie mir den Papierkragen umband und das Haar kämmte, rollte eine warme Welle durch meinen Körper. Es war ihre Art, sich zu konzentrieren, die Schere zu halten, mich zu berühren. Es war die beiläufige Zärtlichkeit ihrer Gesten. Sie redete nicht mit mir, fragte mich nicht nach irgendwelchen Belanglosigkeiten, versuchte nicht, ein pädagogisch wertvolles Gespräch anzufangen. Sie schnitt meine Haare und es schien ihr egal zu sein, wessen Haare sie schnitt, aber sie tat es konzentriert und professionell. Und mit Elena war es genauso. Es lag eine Zärtlichkeit in ihrer Art zu arbeiten, eine Konzentration, eine Ökonomie. Ich würde nie erfahren, was sie über mich dachte, ob ich ihr sympathisch war oder ob sie mich für einen Trottel hielt. Sie watschelte mit ihren krummen Beinen und ihrem kleinen, spitzen Gesicht durch die Küche und würde immer so watscheln bis an ihr Lebensende.

Als ich sie um ein Pflaster gebeten hatte, schaute sie nur kurz auf das gerötete Fleisch an meinen Händen, ging zum Küchenschrank, nahm die Schere und schnitt ein Stück von der Rolle ab und das Pflaster passte genau, ohne dass sie hätte Maß nehmen müssen. Sie schnitt die Klebeflächen so geschickt ein, dass es sich den ganzen Tag nicht wieder löste.

Während Elena mir das Frühstück zubereitete, hörte ich Rosa mit Marie reden. Ich überlegte, ob ich zu ihnen gehen sollte, aber ich war mir nicht sicher, ob das Rosa recht gewesen wäre, außerdem wollte ich sie nicht in ihrer Mutterrolle stören.

Als das Frühstück auf dem Tisch stand, bedankte ich mich artig und Elena nickte. Das war alles, ein kurzes Nicken. Man hätte auf die Idee kommen können, dass sie unfreundlich war, aber das stimmte nicht. Sie war es nicht gewohnt zu reden, Konversation zu machen, Nettigkeiten auszutauschen. Sie hielt das wahrscheinlich für überflüssig.

Als ich in den Garten gehen wollte, hörte ich Marie brabbeln. Sie rollte mit einem roten, runden Stühlchen durch den Flur, eine clevere Konstruktion auf kleinen Rädern, die ihr erlaubte, herumzufahren, obwohl sie noch nicht richtig laufen konnte. Sie starrte mich mit ihren großen, blauen Augen an, lachte über das ganze Gesicht und versuchte, mit ihrem Gefährt über die Türschwelle zu kommen. Als ihr das nicht gelang, quengelte sie kurz, bis Elena ihr half. Sie bückte sich, streichelte Marie den Kopf und sagte irgendetwas, wobei sie ihre Stimme zu verstellen versuchte. Aber das klang so furchtbar, dass Marie sie erschrocken anstarrte. Elena zog das Gefährt über die Schwelle und Marie kam auf mich zugefahren und blieb dicht neben mir stehen. Sie legte den Kopf zur Seite und wartete, bis ich ihrem Beispiel gefolgt war, quittierte es mit einem Lachen und hob den Kopf wieder. Ich tat es ihr nach. Das Spiel wiederholten wir ein paarmal, dann griff sie nach einer Spielkarte, die vor ihr auf der kleinen Ablage ihres Gefährts lag, fuhr noch dichter an mich heran und hielt mir die Karte hin. „Da“, flüsterte sie. Ich nahm die Karte, sie lachte und streckte mir ihre Händchen entgegen. Ich gab ihr die Karte zurück, worüber sie in Entzücken geriet. Auch das Spiel wiederholten wir ein paarmal. Sie war ein echter Goldschatz, eine kleine Rosa, das sah ich erst jetzt, als sie vor mir stand. Ihr Vater, wer immer das war, hatte zum Glück keine auffälligen Spuren hinterlassen. Eigentlich konnte ich mit Kleinkindern nichts anfangen, aber nach zwei Minuten hatte Marie es geschafft, dass ich mich mit ihr in ihrer Sprache unterhielt, wer weiß worüber. Schließlich verabschiedete ich mich. Ich packte ihr winziges Händchen und schüttelte es, was ihr große Freude machte, und dann ging ich aus der Küche, ohne mich umzudrehen, weil ich nicht sehen wollte, wie sie mir hinterherschaute. Sie quengelte, und schon dieses Quengeln knickte mir das Herz, aber dann hörte ich, wie Elena ihr erklärte, dass ich jetzt im Garten arbeiten müsse.

Hagen räumte die Holzstücke weg, die ich gestern gesägt hatte. Als er mich sah, ließ er die beiden, die er gerade in der Hand hielt, fallen, als befürchte er, ich könnte etwas dagegen haben, dass er sie beiseiteschaffte. Er schien den Anblick, den ich ihm gestern geboten hatte, noch nicht verkraftet zu haben.

„Morgen“, sagte ich knapp.

„Guten Morgen. Ich hole gleich das Werkzeug, ich wollte hier nur etwas Ordnung machen.“ Das klang, als hätte er gesagt, ich wollte nur die Verwundeten wegschaffen. Er sah mich einen Moment lang an. „Wissen Sie", sagte er leise, „ich arbeite ganz gerne im Garten, aber ich kann nicht mehr auf die Leiter klettern, ich habe manchmal Gleichgewichtsstörungen." Ich merkte, wie mir das Blut in den Kopf stieg. Er entschuldigte sich bei mir dafür, dass er in seinem Garten gearbeitet hatte, und das beschämte mich irgendwie. Er war ein alter Mann und ich hatte gestern mit meiner Säge gegen ihn gekämpft, ich hatte ihn in Gedanken niedergemetzelt. Das Schlimmste aber war, dass er das zu wissen schien. Er hatte mich angesehen, und mein Anblick musste ihm meine Gedanken verraten haben.

„Wo bringen Sie das Holz hin?", fragte ich und bückte mich. Ich wollte nicht, dass er die Schamröte in meinem Gesicht sah.

„Dort hinten, ich staple es an der Mauer auf." Ich nahm ein paar Scheite und trug sie hinüber. Er ging und holte das Werkzeug.

„Wo ist eigentlich Rosa?", fragte ich, als er zurückgekommen war.

„Irgendwo im Haus."

„Ach so."

„Ich habe Ihnen hier ein paar Handschuhe mitgebracht. Das geht besser."

„Danke."

„Ich werde Sie rufen, wenn es Mittagessen gibt."

„Ja, ich komme dann."

„Brauchen Sie noch etwas?"

„Nein, ich glaube nicht."

Er stand noch einen Augenblick lang unschlüssig herum, dann ging er und ich war froh, endlich allein zu sein. Ich stellte die Leiter an einen der Bäume, an dem nur kleinere Äste abzusägen waren, weil ich Angst hatte, ein großer Ast könnte mich wieder in Rage bringen. Aber es dauerte nicht lange, und ich merkte, wie sich mein Arbeitstempo steigerte. Es waren so viele kleinere Äste abzusägen, und sie schienen einfach nicht weniger zu werden. Immer, wenn ich mit einem fertig war, sah ich die Markierung auf einem anderen, und das ärgerte mich. Zuerst sagte ich mir nach jedem abgesägten Ast: Den zerlegst du noch schnell, dann machst du eine Pause und rauchst eine Zigarette. Aber noch während ich den Ast zerkleinerte, suchte ich nach einem anderen, den ich erreichen konnte, ohne die Leiter umstellen zu müssen. Und als es keinen mehr gab, kletterte ich halsbrecherisch auf dem Baum herum, nur um mir die Illusion zu erhalten, dass ich ja die Leiter nicht umgestellt hätte. Ich weiß nicht, was mich trieb, wem ich etwas beweisen wollte, aber ich konnte einfach nicht langsam arbeiten. Erst als ich sah, wie Hagen mit einem weißen Liegestuhl aus dem Haus kam, hörte ich auf und zündete mir eine Zigarette an. Er stellte den Stuhl etwa dahin, wo wir gegrillt hatten, weil dort der einzige sonnige Platz nahe am Haus war. Ich saß auf meinem Baum, rauchte und beobachtete ihn. Und dann kam Rosa. Sie trug einen weißen Badeanzug, hatte eine Sonnenbrille auf und eine bunte Tasche in der Hand. Sie legte sich auf den Liegestuhl und unterhielt sich mit Hagen. Ich hörte sie lachen und einmal legte sie ihre Hand auf seinen Arm. Sie schaute zu mir herüber, aber sie sah mich nicht, weil die Blätter mich verbargen. Und dann drehte sie sich auf den Bauch und ließ sich von ihm den Rücken eincremen. Am liebsten hätte ich gerufen: „Nimm die Pfoten von ihr!“ Wieso ließ sie sich von ihm den Rücken eincremen? Von ihrem Vermieter? War das die Bezahlung dafür, dass sie hier wohnen durfte? War er ihr Sugardaddy? Ich musste im

Garten schuften, um mir den Urlaub zu verdienen, während sie sich nur den Rücken eincremen lassen musste? War sie Lady Chatterley und ich ihr Gärtner? Ein Blick auf meinen Bauch zeigte mir allerdings klar und deutlich: Als Gärtner, dem eine Lady verfällt, fehlte mir die Statur. Ich musste aufhören, dauernd zu essen.

Hagen ging ins Haus zurück und ich sprang von meinem Ast herunter. Rosa winkte mir zu, ich hob aber nur kurz die Hand. Sie sollte wissen, dass ich ihr intimes Getue mit ihm zum Kotzen fand.

Irgendwann rief Elena uns zum Essen. Ich wartete, bis Rosa ins Haus gegangen war. Dann kletterte ich von meiner Leiter, wusch mich, trank Leitungswasser aus dem Hahn und ging in die Küche.

Elena teilte schon Essen aus. Ich setzte mich Rosa gegenüber. Sie hatte sich ein weißes Leinenkleid übergezogen. Ich schaute sie an und sie lächelte mir zu. Ihr Haar hatte sie hochgesteckt, ihre großen, braunen Augen mit den langen Wimpern, ihre schlanken, nackten Arme, ihr sinnlicher Mund. Ich begehrte sie so sehr in diesem Moment.

Nach dem Essen sagte Hagen, er habe zu tun. Rosa fragte, ob er ihr das Auto geben könne, sie wolle nochmal in die Stadt fahren, um Maries Pass abzuholen. Er legte die Schlüssel und die Papiere ohne ein Wort auf den Tisch und ging. Wir saßen noch einen Moment am Tisch. Rosa fragte mich, ob ich mit ihr nicht mal ins Kino gehen wolle. Natürlich wollte ich. Dann stand sie auf und ich folgte ihr. Ehe sie in den großen schwarzen Mercedes stieg, der neben der Einfahrt stand, winkte sie noch einmal und ich winkte diesmal zurück. Sie machte mich wirklich ganz verrückt an diesem Nachmittag.

VIII

Langsam stellte sich so etwas wie Arbeitsalltag her. Ich stand jeden Morgen zwischen neun und zehn Uhr auf, duschte, was selten länger als fünf Minuten dauerte, denn mehr warmes Wasser war nicht in meinem Boiler. Mein Igelschnitt war trocken, wenn ich einmal mit dem Handtuch kräftig über meine Haare rubbelte, alle drei Tage rasierte ich mich mit einem Langhaarschneider ohne Aufsatz. Die morgendliche Toilette hatte ich während meiner Reisen auf ein Minimum reduziert. Dann fuhr ich in die Villa, ließ mir von Elena Frühstück machen und alberte währenddessen mit Marie herum. Schon nach drei Tagen schien sie auf mich zu warten, denn wenn sie mich sah, streckte sie die Hände nach mir aus und lachte, und dann ruderte sie mit den ausgestreckten Armen in der Luft herum. Manchmal, wenn das Radio in der Küche lief, tanzte ich mit ihr. Wenn ich sie in die Luft warf, quiekte sie und versuchte, ihre Fäustchen in den Mund zu stecken. Ich war ganz vernarrt in sie. Natürlich spielte es eine Rolle, dass sie Rosa wie aus dem Gesicht geschnitten war, und vielleicht wollte ich manchmal, wenn Rosa uns zuschaute, auch beweisen, wie gut ich mich als Vater eignete. Marie konnte einen so ernst und interessiert anschauen, dass man stumm wurde, und manchmal saß sie in ihrem roten Gefährt und brabbelte selbstvergessen vor sich hin, und es hörte sich an wie ein tiefsinniges Selbstgespräch.

Nach dem Frühstück ging ich in den Garten, wo Hagen mich erwartete. Er räumte jedes Mal die Holzstücke weg, die ich am Vortag gesägt hatte, und ich versuchte, ihm zu verstehen zu geben, dass ich nichts dagegen einzuwenden hatte. Während er mir das Werkzeug holte, rauchte ich meine erste

Zigarette, dann stieg ich auf die Leiter. Es gelang mir immer noch nicht, langsam zu arbeiten, aber ich legte ab und zu längere Pausen ein, in denen mich Rosa manchmal besuchte. Wir rauchten und unterhielten uns über alles Mögliche, aber jedes Mal, wenn ich versuchte, etwas über Maries Vater in Erfahrung zu bringen, wich Rosa mir aus. Oft beendete sie kurz darauf das Gespräch und sagte, sie hätte zu tun und dann ging sie. Weil ich mich nicht um ihre Gesellschaft bringen wollte, fragte ich nicht weiter.

Hagen arbeitete die meiste Zeit in seinem Büro oder ging mit Marie spazieren. Ich sah die beiden häufig im Garten spielen und er zeigte eine Engelsgeduld dabei. Hundert Mal wiederholte er die lächerlichsten Handlungen, wenn Marie es verlangte, und hundert Mal fragte ich mich, was das zu bedeuten hatte. Wieso ließ Rosa ihren Vermieter mit ihrer Tochter spielen? War Hagen vielleicht Maries Großvater? Hatte sein Sohn Rosa geschwängert und sich dann aus dem Staub gemacht? Aber warum dann diese ganze Geheimniskrämerei? Warum konnten sie mir das nicht einfach sagen?

Die Arbeit fing an, mir Spaß zu machen. Ich stand im dichten Laubwerk der Bäume, die Sonne blitzte durch die Zweige, die Vögel sangen, und ich sägte Lichtschneisen in den Garten. Abends war ich wunderbar müde und entspannt. Ich las meist noch bei geöffnetem Fenster, Hunde bellten, Kinder schrien, die Straßenbahn polterte alle zwanzig Minuten vorbei, dann alle vierzig Minuten und dann kam sie nur noch einmal in der Stunde, aber um die Zeit schlief ich meistens schon.

Am Samstag arbeitete ich nur bis zum Mittag. Wir aßen draußen und nach dem Essen gab es Kaffee und frisch gebackenen Hefekuchen mit Apfelstücken und Rosinen. Hagen bot mir ein Zigarillo an, und nachdem wir eine Weile schweigend am Tisch gesessen und geraucht hatten, sagte er: „Sie wollten doch, dass wir am Ende der Woche abrechnen." Er legte einen Umschlag auf den Tisch. „Ich habe die Eintragungen aus dem Buch getilgt. Sie können es ja noch mal überprüfen." Er stand auf und ging ins Haus. Ich nahm den Umschlag und zählte das Geld, ohne es herauszunehmen. Es waren zehn Hundertmarkscheine. Das reichte, um das Minus vor meinem Kontostand verschwinden zu lassen und Rosa ins Kino einzuladen.

Ich ging in den Garten, setzte mich unter den Baum, an dem ich heute herumgesägt hatte, und steckte mir eine Zigarette an. Noch während ich rauchte, hörte ich Marie quieken. Ich ging ins Haus zurück und fragte Rosa, ob ich mit Marie spielen dürfe. Sie sagte, Hagen habe eine Schaukel gekauft, und bat mich, sie im Garten aufzuhängen. Als ich fragte, ob sie noch Lust habe, heute Abend ins Kino zu gehen, sagte sie: „Natürlich, warum denn nicht?" Ich nahm die Schaukel und Marie, ging wieder in den Garten und suchte einen Baum aus. Ich hätte Haken gebraucht, aber die hatte ich nicht, und deshalb versuchte ich, das Seil der Schaukel auf einen Ast aufzufädeln. Es war eine Kastenschaukel, die an vier Seilen hing. Marie schaute mir interessiert zu. Sie saß im Gras und lachte jedes Mal, wenn ich zu ihr herunterschaute. Sie schien zu glauben, dass mein halsbrecherisches Hantieren in schwindelerregender Höhe eine Art Akrobatiknummer war, die ich mir für sie ausgedacht hatte. Als ich sie endlich in die Schaukel setzte, sah sie mich mit aufgerissenem Mund an. Sie beugte sich nach rechts und schaute auf ein Grasbüschel unter sich, dann in die Blätter über ihrem Kopf, und dabei lachte sie lautlos. Sie saß im Paradies und ich war der Erzengel Michael, der sie wiegte.

Wir spielten eine Weile, aber man musste höllisch auf sie aufpassen, denn sie konnte schon sehr gut krabbeln, und ehe man sich zweimal umgedreht hatte, war sie verschwunden und lutschte an irgendetwas. Schließlich hatte ich genug, ging mit ihr ins Haus zurück und setzte sie in ihr rotes Stühlchen. Sie fuhr in der Küche herum und zog sämtliche Fächer auf, die sie erreichen konnte. Ich wollte ihr das verbieten, weil ich Angst hatte, sie könnte sich die Finger einklemmen, aber Rosa sagte, man dürfe nicht so ängstlich sein, sonst hemme man ihre Neugier. Und sie behielt Recht. Mit schlafwandlerischer Sicherheit zog Marie jedes Mal ihre Hand weg, ehe die Falle zuschnappte. Rosa hatte eine wunderbare Art, mit ihrer Tochter umzugehen. Sie sprang nicht jedes Mal ängstlich auf, wenn Marie etwas in den Mund steckte, was sie vielleicht hätte verschlucken können, sondern ging langsam zu ihr und fuhr ihr mit dem Finger in den Mund. Sie erschreckte sie nicht, sie wusste, dass ihre Angst sich auf Marie übertragen hätte. Ich versuchte, ihrem Beispiel zu folgen, aber das forderte all meine Konzentration und Selbstbeherrschung. Gegen halb sechs badeten wir Marie. Sie saß mit nassen Haaren in der kleinen Wanne und an ihren langen Wimpern hingen Tropfen. Sie quiekte und schlug mit den Händen aufs Wasser, bis Rosa und ich nass waren. Dann fütterte ich sie und Rosa brachte sie ins Bett.

Es dauerte etwa eine halbe Stunde, bis Rosa wieder herunterkam. Sie hatte sich schon umgezogen und wir fuhren los. Wir nahmen den Mercedes. Es war ein 230 Automatik mit Ledersitzen. Rosa fuhr und ich saß neben ihr und schaute auf ihre nackten Beine. Sie hatte wieder das weiße Leinenkleid an, und man sah, dass sie schon ein bisschen braun geworden war. Ich ließ das Fenster heruntersurren und legte den Arm auf die

Tür. Ich hätte ewig so fahren können. Rosa schien es ähnlich zu gehen, denn als wir vor dem Kino standen, sagte sie, sie habe überhaupt keine Lust, einen Film zu sehen. Ich antwortete, ich wolle wenigstens einen Hot Dog essen. Neben dem Kino gab es den einzigen guten Imbiss der ganzen Stadt und ich hatte schon wieder Hunger. Rosa war einverstanden. Das Kino lag in einem dieser neu erbauten Glaspaläste, in denen die Geschäfte wegen der hohen Mieten so schnell wechselten, dass man nie wissen konnte, ob es morgen noch das gab, was man gestern dort gekauft hatte. Rosa aß ein Eis, während ich meinen Hot Dog verschlang und mich, wie immer, mit Senf bekleckerte.

„Was wollen wir machen?", fragte ich mit vollem Mund.

„Keine Ahnung."

„Wir können doch wenigstens mal die Ankündigungen lesen. Nur so."

„Von mir aus."

Wir einigten uns darauf, „Vier Hochzeiten und ein Todesfall" anzuschauen. Ich hatte irgendwo etwas über den Film gelesen und fand, dass wir ihn sehen mussten. Zum Glück ließ sich Rosa leicht überzeugen. Sie sagte, sie hätte nur keine Lust gehabt, einen „anspruchsvollen" Film zu sehen. Nach dem Kino fuhren wir in ein Café, in dem wir früher manchmal gesessen hatten. Wir fanden einen leeren Tisch und bestellten zwei Weißwein-Schorlen. Rosa machte ein mürrisches Gesicht, und das ging mir ein bisschen auf die Nerven.

„Hat dir der Film nicht gefallen", fragte ich.

„Doch, er war lustig ..."

„Lustig?"

„Lustig, ja."

Sie schaute gleichgültig an mir vorbei auf die Straße, was

mir das Gefühl gab, sie zu langweilen. Und genau dieses Gefühl wollte sie mir vermitteln.

„Was ist eigentlich so schwierig daran, mir zu sagen, wer Maries Vater ist?“, fragte ich, weil ich beschlossen hatte, mich mit Rosa zu streiten. Sie stöhnte.

„Fängst du schon wieder davon an.“

„Wenn du mir sagst, wer der Vater ist, dann fange ich auch nicht mehr davon an.“

Sie warf mir einen bösen Blick zu und ich genoss es, ihr die gleichgültige Tour vermasselt zu haben.

„Wenn du es wüsstest, würdest du von nichts anderem mehr reden.“

„Aber solange ich es nicht weiß, kann ich an nichts anderes denken.“

„Ich kann es dir nicht sagen, verstehst du das denn nicht?“

„Nein. Und wie auch, wie soll ich das verstehen?“

„Es würde einfach alles kaputt machen.“

„Alles? Was denn alles?“

Ich sah, dass sie mit sich rang. Ihre Augen fingen an zu glänzen, sie war den Tränen nahe und das tat mir leid.

„Ich war so froh, als ich dich da im Park gesehen habe“, sagte sie, ohne mich anzusehen, „und dass wir, dass wir … ich weiß nicht, uns wiedergefunden haben, aber jetzt ist alles schon wieder so kompliziert. Warum musst du immer alles so kompliziert machen? Warum können wir nicht einfach hier sitzen und so tun, als hätten wir ein Date?“

Wir schwiegen bockig. Ich wusste nicht, was ich sagen sollte. Sie weiter zu reizen, kam mir falsch vor, aber ich wollte auch nicht einfach so klein beigeben. Ein paar Tränen tropften von Rosas Wangen. Sie wischte sie trotzig ab.

„Was geht dich das überhaupt an?“, fragte sie. „Es ist mein Kind und es geht niemanden etwas an, wer der Vater ist.“

„Du meinst, ich habe kein Recht, es zu erfahren?“, fragte ich vielleicht ein bisschen zu laut.

„Ja, genauso ist es, du hast kein Recht dazu.“

Ich hätte ihr am liebsten mein Glas Wein ins Gesicht geschüttet.

„Es ist einfach so, dass du eifersüchtig auf Hagen bist. Du findest das Haus wunderbar und den Garten auch, und du findest ihn wunderbar. Du würdest auch gerne so ein Leben führen, wie er es führt und deshalb musst du alles kaputtmachen.“

Ich konnte mich nur noch mit Mühe beherrschen. Sie merkte es, aber es störte sie nicht, ganz im Gegenteil. Sie hatte mich endlich dort, wo sie mich haben wollte.

„Er befriedigt einfach nur deinen Vaterkomplex, das ist alles“, murmelte ich.

„Meinen Vaterkomplex? Ach ja, vielleicht gefällt er mir, vielleicht werde ich mit ihm ins Bett steigen. Das Schlimmste, was mir dabei passieren kann, ist, dass er keinen hochkriegt. Aber es gibt auch junge Männer, die Schwierigkeiten beim Vögeln haben.“

Ich schaute sie nicht an, aber aus den Augenwinkeln konnte ich sehen, dass sie mich mit einem spöttischen Lächeln musterte, und das erregte mich. Es erregte mich, dass sie es schaffte, mich so zu provozieren, gleichzeitig machte es mich unendlich wütend. Ich saß wie gelähmt da und starrte mit finsterem Gesicht vor mich hin. Mein Herzschlag beschleunigte sich gefährlich und ich merkte, dass eine Panikattacke im Anmarsch war.

„Du müsstest dich sehen. Du sitzt da, als wolltest du mich gleich umbringen.“

„Wer weiß, vielleicht tue ich das irgendwann." Den Satz sagte ich schon im Stehen. Ich drehte mich um und lief schnell die Straße runter, aber ich hörte ihre Stimme hinter mir. Sie rief mir irgendetwas hinterher, ich glaube, es betraf die Rechnung. Als ich etwa zweihundert Meter gegangen war, fuhr sie an mir vorbei und hupte.

IX

Am Montag begrüßte mich Rosa mit einem demonstrativ freundlichen: „Guten Morgen." Sie schaltete das Radio an und lief im Morgenmantel durch die Küche, eine Melodie vor sich hin summend und Elena ständig anlächelnd, als wolle sie sie ermuntern, mit ihr zu tanzen. Natürlich war Elena für derlei Spielchen nicht zu haben. Sie lächelte nur ein einziges Mal, aber es war ein unbeholfenes Lächeln, das mehr ihre Verwunderung darüber zum Ausdruck brachte, dass Rosa schon aufgestanden war. Sie stand sonst nie so zeitig auf und wenn, dann gurrte und säuselte sie nicht so wie an diesem Morgen. Ich pickte schweigend mit der Gabel nach dem Rührei und versuchte, sie meine Nichtachtung spüren zu lassen. Nachdem sie ungefähr zehn Minuten trällernd durch die Küche gelaufen war, mich zweimal mit samtweicher Stimme um Salz gebeten und die Milch in ihrem Kaffee schaumig gerührt hatte, sagte sie plötzlich: „Du schuldest mir noch sechs Mark."

Ich zog schweigend den Zehnmarkschein aus der Hosentasche, den ich sicherheitshalber eingesteckt hatte, und schob ihn ihr über den Tisch. Es war ein triumphaler Augenblick, den ich noch zu steigern versuchte, indem ich mich bei Elena für das

Frühstück bedankte, und zwar mit einem demütig hingemurmelten Wort, unterstützt durch eine matte Handbewegung in Richtung Tisch, als wäre ich zu erschöpft, meine Dankbarkeit anders zu zeigen. Der Abgang wäre perfekt gewesen, wenn nicht plötzlich Marie in ihrem Gefährt durch den Flur getapst wäre. Als sie mich sah, streckte sie sofort ihre Ärmchen aus und lachte so aufgeregt, dass ich sie unmöglich ignorieren konnte.

Rosa witterte ihre Chance: „Nein, nein Marie, der Onkel hat heute schlechte Laune, er kann nicht mit dir spielen."

Ich versuchte, mich nur auf Marie zu konzentrieren, aber das war schwer, denn sie winkte auch Rosa zu. Dann fuhr sie mit ihrem Gefährt bis in die Mitte der Küche und sah abwechselnd Rosa und mich an, jedes Mal aufgeregt mit den Händen winkend. Es konnte einem das Herz brechen. Schließlich stand Rosa auf und nahm Marie aus dem roten Stühlchen. Ich nutzte die Gelegenheit und ging in den Garten.

Hagen erwartete mich wie immer zwischen den Bäumen. „Guten Morgen", sagte er.

„Morgen", murmelte ich.

„Sie waren wirklich sehr fleißig in der letzten Woche. Der Garten sieht schon viel freundlicher aus."

„Es gibt immer noch genug zu tun", sagte ich.

„Ja, ja, natürlich, ich werde Sie auch nicht länger stören."

„Sie stören mich nicht, schließlich ist es Ihr Garten."

Er sah mich verwundert an, und nickte dann nachdenklich.

„Haben Sie das Wochenende gut verbracht", fragte er, und es klang, als hätte sich ein Arzt danach erkundigt, was sein Patient zuletzt gegessen hat.

„Hm", brummte ich. Tatsächlich hatte ich mich gestern exzessiv meinen Rachephantasien hingegeben: angefangen von dem Entschluss, nicht mit nach Hydra zu fahren, über den Vorsatz, Rosa durch eisige Nichtachtung zu strafen, bis zu endlosen, imaginären Dialogen mit ihr, in denen jede meiner Antworten, tausendfach geschliffen, am Ende zu einer sarkastisch geschärften Bosheit geworden war.

„Ich habe am Samstag bei einem Reisebüro angerufen", sagte Hagen, „wegen der Flüge. Ich dachte, wir sollten nicht mehr zu lange warten. Rosa ist auch dieser Meinung. Sie hat das nächste Wochenende vorgeschlagen."

„Ich weiß nicht, ob ich bis dahin mit dem Garten fertig sein werde."

„Nun, wir werden sehen, wie weit Sie kommen. Sie können den toten Baum auch nach dem Urlaub noch umsägen."

„Da habe ich wahrscheinlich keine Zeit mehr."

„Dann lassen wir ihn stehen, bis Sie Zeit haben." Er behandelte mich wie einen Geisteskranken und ich benahm mich wie einer. Mein Stolz war immer noch verletzt, ich konnte ihn nicht abstellen, obwohl ich das gerne getan hätte.

„Es wird nicht so leicht sein, fünf Flüge für das Wochenende zu bekommen", sagte er vorsichtig. „Jetzt ist die Hauptreisezeit. Aber ich werde am Mittwoch noch einmal ins Reisebüro fahren, vielleicht ist das besser, als es am Telefon zu versuchen."

„Wenn Sie nicht genügend Flüge bekommen, werde ich hierbleiben. Das ist wirklich nicht so schlimm. Es geht ja vor allem darum, dass Rosa sich erholt." Er sah mich traurig an. Er hatte diese Antwort erwartet. „Aber sie hat sich gewünscht, dass Sie mitkommen. Machen Sie ihr doch die Freude. Ich werde schon fünf Flüge bekommen. Vielleicht nicht alle am gleichen Tag, aber es wird schon klappen. Sie wissen nicht, was Ihnen entgeht. Hydra ist eine traumhafte Insel, sie wird Ihnen gefallen, da bin ich ganz sicher." Er senkte die Stimme und sein Bass brummte: „Rosa hat in letzter Zeit viel durchgemacht. Ich verspreche Ihnen, es wird sich alles klären."

Es schien ihm wirklich viel daran zu liegen, dass ich mitkam und ich hatte keine Lust, noch länger den Beleidigten zu spielen.

„Ich habe ja nicht gesagt, dass ich nicht mitkommen will. Nur wenn es keinen Flug gibt ..."

„Überlassen Sie das mir. Ich regele das schon. Das Schlimmste, was passieren kann, ist, dass einer von uns ein paar Tage später nachkommen muss."

„Gut, aber dann werde ich das sein. Sie kennen sich auf der Insel aus, Rosa hat Marie und ohne Elena geht es ja gar nicht."

„Einverstanden. Ich hole jetzt das Werkzeug."

Er schlurfte davon, ich zündete mir eine Zigarette an. Der Garten sah wirklich schon viel freundlicher aus, an der Mauer stapelten sich die abgesägten Holzstücke meterhoch.

Es fiel mir schwer, weiterzuarbeiten. Meine wilde Raserei war auf einmal verflogen und ich sägte langsam und bedächtig. Ich lief erst ewig um die Bäume herum, ehe ich mich entschloss, die Leiter umzustellen; und wenn ich die Säge ein paar Mal hin- und hergezogen hatte, stieg ich wieder herunter und tat so, als suchte ich einen noch besseren Platz für die Leiter. Ich fühlte mich ständig matt und erschöpft. Oft blieb ich stehen und sah zum Haus hinüber, in der Hoffnung, Rosa würde noch einen Versuch unternehmen, sich mit mir zu versöhnen, aber sie tat es nicht. Sie ließ sich überhaupt nicht mehr im Garten blicken, und während des Mittagessens war sie sehr höflich und reserviert. Das zermürbte mich. Der Zeitpunkt für die Versöhnung war verpasst, jetzt herrschte kalter Krieg und das

Einzige, was mir blieb, war mit Marie zu spielen. Ich brachte ihr Backe, backe Kuchen bei, aber als ich es Rosa zeigen wollte, war sie gerade mit dem Mercedes in die Stadt gefahren. Elena sagte, sie sei einkaufen für den Urlaub. Ich schleppte mich wieder in meinen Garten und kletterte lustlos auf der Leiter herum. Ich bedauerte es, alle großen Äste in der letzten Woche abgesägt zu haben, jetzt blieben mir nur noch die kleinen und wenn einer unten lag, stieg ich herunter und zerschnipselte ihn. Ich sägte ihn in winzig kleine Teile und schoss sie mit dem Fuß in alle Himmelsrichtungen.

X

Am Mittwoch fuhren Hagen und Rosa ins Reisebüro. Ich nutzte die Chance und ging ins Haus, um mit Marie zu spielen. Ich kroch mit ihr auf dem Fußboden herum, setzte sie dann auf meine Schulter und tanzte mit ihr vor einem großen Spiegel im Flur, weil ich ihr Lachen sehen wollte. Als Elena kam, um sie zu füttern und für den Mittagsschlaf vorzubereiten, waren Hagen und Rosa noch immer nicht zurück. Ich hielt das für ein gutes Zeichen. Wenn es so lange dauerte, würden sie etwas erreicht haben und ich wollte, dass sie fünf zusammenhängende Flüge bekamen. Ich hatte auf einmal keine Lust mehr, länger hier zu bleiben, ich wollte Urlaub machen, das Meer sehen, Zikaden hören von Sonnenaufgang bis Sonnenuntergang.

Als Rosa sich unter mir räusperte, stand ich gerade auf der Leiter. Ich hatte sie nicht kommen hören.

„Du bist ja wirklich unermüdlich“, sagte sie. Ich war so verwundert, dass mir keine gehässige Antwort einfiel.

„Naja, es ist ein bisschen die Luft raus", sagte ich matt, „ich glaube, ich könnte jetzt Urlaub gebrauchen."

„Darüber wollte ich mit dir sprechen."

Ich stieg von der Leiter herunter, und ahnte schon, was sie sagen würde.

„Also, wir haben keine fünf zusammenhängenden Flüge bekommen. Es war schon schwierig genug, vier zu ergattern. Hagen hat wirklich alles versucht, aber es war nichts zu machen."

„Ist nicht so schlimm", sagte ich, aber es klang nicht sehr überzeugend. „Wann fliegt ihr?"

„Übermorgen, am Freitag. Und dein Flug würde dann am Sonntag gehen."

„Am Sonntag?" Ich war enttäuscht und es gelang mir nicht besonders gut, meine Enttäuschung zu verbergen.

„Wenn du darauf bestehst, kann auch Hagen später kommen."

„Nein, nein, das kommt überhaupt nicht in Frage", sagte ich, „im Grunde ist es sogar gut so, dann kann ich den toten Baum noch umsägen." Rosa nickte und unternahm keinen weiteren Versuch, mich umzustimmen. Das kränkte mich.

„Rosa?", fragte ich.

„Ja?"

„Warum wolltest du eigentlich, dass ich mitfahre?"

„Wieso wolltest? Ich will es immer noch."

„Und warum?"

„Ich dachte, du würdest die Insel vielleicht auch gerne sehen. Du verreist doch gerne …"

„Das ist keine Antwort auf meine Frage."

„Nicht?"

„Nein."

„Ich wollte mit Hagen und Elena nicht alleine dorthin fahren. Ist es das, was du hören willst?“

„Ich will überhaupt nichts hören. Ich will nur wissen, warum du vorgeschlagen hast, dass ich mitkomme.“

Sie schirmte ihre Augen mit der Hand ab und sah mich an.

„Weil ich dich gerne hab’, Paul. Du bist der einzige Mensch, den ich von früher kenne. Und was hat deine Großmutter Annemarie immer gesagt?“

„Gleiches Unglück macht Freundschaft?“

„Ja, genau.“

„Das hast du dir gemerkt?“

Sie nickte. Ich hätte sie am liebsten geküsst, überall und sofort, hier in „meinem“ Garten, aber ich wagte es nicht. Ich stand da, senkte den Blick und mein Herz schlug mir bis zum Hals. Sie war so schön, ihr kleiner schmaler Körper, die nackten Arme mit den hellen Härchen, die sich auf ihren braunen Armen deutlich abzeichneten, ihre Augen, die langen Wimpern, ihr Haar, das sie hochgesteckt hatte, sodass man ihren schlanken Hals sehen konnte. Warum, zum Teufel, musste sie so schön sein? Warum veränderte sich ihre Schönheit dauernd? Warum gab es kein Mittel dagegen? Es lag eine sanfte Gewalt in ihrer Schönheit, gegen die mein kantiger, harter Stolz plump und dumm wirkte.

„Was ist los mit dir?“, fragte sie leise.

„Nichts, ich habe mich nur gerade gefragt, warum du so schön sein musst?“

„Blödsinn“, sagte sie und lächelte. „Du denkst wohl, die Masche zieht bei mir?“

„Ist keine Masche“, sagte ich. „Ist ernst gemeint.“

Sie streichelte kurz mein Gesicht und ich küsste sie auf den

Mund. Einen Moment standen wir voreinander und sahen uns an.

„Du wolltest mir dein Atelier zeigen“, sagte ich.

„Jetzt?!“, rief sie und fuhr sich mit der Hand durchs Haar.

„Warum nicht?“

Sie überlegte einen Moment.

„Ich war seit Wochen nicht mehr dort und habe seit Monaten nichts gearbeitet, es gibt da nicht viel zu sehen.“

„Egal“, sagte ich. Rosa nickte, aber ich sah, dass ihr die Entscheidung schwerfiel.

„Also los“, sagte sie schließlich, drehte sich um und lief auf die Villa zu. Ich folgte ihr. Ihr Atelier lag auf der anderen Seite des Hauses, dort wo die Einfahrt zum Grundstück war, ein alter Backsteinbau, früher vielleicht Pferdestall und Verwaltungsgebäude. Zwei Stufen führten hinab zu einer zweiflügligen Holztür. Links davon flutete das Sonnenlicht durch drei bodentiefe Fenster in den großen Raum und tanzte auf den unverputzten Ziegelsteinwänden. Industrielampen hingen an der Decke, die alten, breiten Dielen knarrten, als ich darüber lief. In deckenhohen Regalen, die gegenüber der Fensterfront standen, lagen halbfertige Tonmodelle, kleinere Holzskulpturen, Dosen, Eimer, zusammengerollte Zeichnungen, Werkzeuge, vor allem Stechbeitel und verschiedene Klüpfel, Holzklötze aller Formen und Größen und ein paar Kettensägen. Zwischen Säulen aus schwarzem Gusseisen standen drei alte Schreinerbänke und zwei Staffeleien, auf denen Rosa verschiedene Skizzen gemacht hatte. Sie zeigten Wesen, die menschliche Körper und Tierköpfe hatten. Auf einem schmalen Frauenkörper saß ein Katzenhaupt, aus einem schlaksigen, jungenhaften Körper schaute ein Entenkopf heraus, am eindrucksvollsten aber war ein nackter

Männerkörper in hockender Stellung mit einem Schweineschädel, der traurig zur Seite schaute. Vor einem der Fenster sah ich einen lebensgroßen Holzklotz, auf den Rosa die Zeichnung bereits übertragen hatte. Sie hatte sogar schon angefangen, den Kloben grob zu bearbeiten. Überall lagen Späne auf dem Boden und es roch nach Holz. Ich weiß nicht, was ich erwartet hatte, aber dieser Raum war so anders, so überraschend, dass ich nichts zu sagen wusste. Einerseits atmete hier alles Professionalität, Eigensinn und Selbstvergessenheit, andererseits merkte man, dass der Raum schon länger nicht betreten worden war. Er machte mich auf eine unbestimmte Art traurig. Natürlich spürte ich Rosas Blick auf mir, aber ich wollte sie nicht ansehen, nicht, bis ich das Atelier ganz aufgenommen hatte.

Als ich langsam die Regalwand ablief, fand ich eine sitzende Skulptur von vielleicht dreißig Zentimetern Größe, grob behauen und doch erstaunlich detailliert, das Gesicht feiner ausgearbeitet als den Körper, die Kleidung angemalt, ein blauer Rock und eine weiße Jacke. Es war ein Mädchen mit einem Hasenkopf. Ein paar Schritte weiter kauerte ein muskulöser Mann mit einem Kuhschädel und großen, traurigen Augen. Es waren ausschließlich Haustiere, deren Köpfe auf den Menschenkörpern saßen. Ich nahm eine Skulptur in die Hand und drehte sie. Sie war aus weichem, leichtem Holz, die Bearbeitungsspuren gut sichtbar, die Füße nicht ausgearbeitet, die Figur wuchs quasi aus dem Holz heraus. Das Gesicht war angemalt, Augen und Schnauze, das Fell einfach mit brauner und weißer Farbe auf den Kopf getupft. Ich mochte diese Figuren, sie verbargen etwas. Sie sahen aus, als habe ein Zauberlehrling versucht, Tiere in Menschen zu verwandeln – und das sei ihm nicht vollständig gelungen. Und jetzt hingen diese Wesen fest in den falschen Köpfen oder Körpern und waren traurig darüber. Sie versuchten, ihre unvollständige Verwandlung zu kaschieren, indem sie sich ordentliche Kleidung anzogen. Der Kuhmann hatte einen aufgemalten Anzug an, die Katzenfrau Rock und Bluse, aber sie wussten selbst, dass das nicht reichte, um als echter Mensch zu gelten.

„Und?“, fragte Rosa nach einer Weile, „wie findest du mein Atelier?“

„Ich bin beeindruckt“, sagte ich. „Wirklich, das ist … mir fehlen die Worte. Ich finde dein Atelier fabelhaft. Und diese Skulpturen!“

„Ich habe alles versucht, Stein, Metall, sogar Pappe, aber Holz mag ich am liebsten.“

„Mir gefallen deine Figuren“, sagte ich.

„Ich hatte sogar eine kleine Galerie, die wollte welche verkaufen.“

„Aber das ist doch gut“, rief ich. „Das ist doch ein Erfolg.“

„Schon möglich, ich weiß nicht, vielleicht sind sie wirklich zu dekorativ. Taugen eher als Buchstütze oder so.“

Ich stellte den Kuhmann zurück ins Regal und sah mich noch einmal um. Das alles hatte Hagen Rosa eingerichtet, einfach so, aus Nächstenliebe, als West-Ost Hilfe? Er ließ sie hier wohnen, arbeiten, kümmerte sich um ihr Kind, ihre Freunde, alles umsonst. Rosa schien zu wissen, worüber ich nachdachte, denn sie drehte sich weg.

„Komm, es gibt Essen, die anderen warten schon“, sagte sie und ging. Mir blieb nichts weiter, als ihr zu folgen.

XI

Sie fingen am nächsten Morgen zu packen an, während ich noch frühstückte. Rosa kam in die Küche, begrüßte mich zerstreut und fragte Elena nach einer Tasche, von der Hagen ihr erzählt hatte. Kurz darauf kam Hagen, und wollte wissen, wo sein Brillenetui zu finden sei. Elena watschelte in der Küche umher und gab leise Auskunft über den Verbleib der Dinge. Sie hatte ihren Haushalt im Griff. Es gab keine Frage, auf die sie nicht hätte antworten können. Nur Marie schien froh zu sein, mich zu sehen. Sie winkte wie immer und klatschte dann in die Hände. „Backe, backe Kuchen", sagte ich und nickte. Sie fuhr mit ihrem roten Stühlchen bis an die Türschwelle und ruckelte dann so lange quengelnd hin und her, bis sie mit einem Satz über die Schwelle polterte. Sie drehte sich um, sah nach dem Hindernis, das sie gerade überwunden hatte, und lachte, und es sah so aus, als würde sie die Türschwelle auslachen. Dann kam sie auf mich zugefahren und stieß mit ihrem Gefährt gegen den Tisch. Sie war doch aufgeregt, das Reisefieber der Anderen hatte sich auf sie übertragen, und das deprimierte mich. Trotzdem beschäftigte ich mich länger als sonst mir ihr. Auf dem Küchenschrank saß eine kleine, alte Schaumgummihexe mit blauen Haaren. Ich hatte keine Ahnung, wem sie gehörte, aber Marie war von ihr fasziniert. Sie zeigte jeden Morgen mit dem Finger auf sie und flüsterte: „Da, da ..." Ich hatte immer nur genickt, wenn sie auf die Hexe zeigte, aber heute stieg ich auf einen Stuhl und holte sie herunter. Marie starrte sie ängstlich an, und als ich mit der Hexe näherkam, wich sie zurück. Vielleicht waren es die blauen Haare, denn eigentlich sah die Hexe nicht wie eine Hexe aus. Ich fand sie niedlich, aber Marie schien meine Meinung nicht zu teilen. Trotzdem war sie von der Hexe fasziniert und wandte den Blick nicht einen Moment von ihr ab. Ich legte die Figur auf die Erde und hob Marie aus ihrem Stühlchen. Sie kroch sofort auf die Hexe zu, wurde aber immer langsamer, je näher sie ihr kam. Schließlich bog sie kurz vorher ab und krabbelte zu mir. Ich streichelte ihren Kopf und küsste sie ein paarmal. Dann machte sie sich wieder auf den Weg. Einmal wagte sie es, ihr kleines Patschhändchen nach der Hexe auszustrecken und sie an der großen rosa Nase zu berühren, aber als die Hexe sich bewegte, quiekte Marie erschrocken und steuerte sofort den sicheren Hafen an – mich. Wir spielten ungefähr eine Stunde lang. Es war schon halb elf, als ich Marie an Rosa übergab, damit sie sie füttern und für den Mittagsschlaf fertig machen konnte.

Ich ging in den Garten und fing an zu sägen. Es waren vielleicht noch fünf kleine und ein mittlerer Ast übrig. Ich musste mich also nicht beeilen. Ich wusste, dass ich heute fertig werden würde und sich damit überhaupt nichts veränderte. Die einzige Frage, die sich danach klärte, war die nach der Summe, die sich in dem Umschlag befinden würde, den Hagen mir heute oder morgen gab. Ich sägte langsam und gleichmäßig, ohne jede Emotion. Es war nur noch eine Arbeit, die ich zu Ende bringen musste. Sie hatte nichts mehr mit Hagen oder Rosa zu tun.

Als ich mit den kleinen Ästen fertig war und nur noch den mittleren abzusägen hatte, kam Rosa aus dem Haus und steuerte direkt auf meine Leiter zu. Ich spürte, wie sich mein Herzschlag beschleunigte.

„Es gibt gleich Essen."

„Ich komme."

Sie schaute zu mir hinauf. „Du hast es bald geschafft, nicht wahr? Der Garten sieht schon viel freundlicher aus, wirklich."

„Ich muss den toten Baum noch umsägen."

„Ach ja, Hagen will, dass dort ein Sandkasten für Marie hinkommt."

„Ich weiß."

„Ich soll dich fragen, ob du uns morgen zum Flugplatz bringen kannst?"

„Wann?"

„Unser Flug geht um 10.40 Uhr. Wir müssen anderthalb Stunden vorher da sein, und brauchen bis zum Flugplatz eine halbe Stunde, lieber vierzig Minuten. Also halb neun ungefähr."

„Gut, ich werde da sein."

„Und dann will Hagen noch wissen, ob du am Wochenende arbeitest. Du wärst dann hier allein. Er würde dir den Schlüssel geben."

Ich wusste nicht, weshalb sie mir all diese Fragen jetzt schon stellte. Sie fuhren schließlich erst morgen. Die Sonne schien ihr ins Gesicht und sie blinzelte.

„Du kannst es dir ja bis morgen überlegen", sagte sie sanft. „Komm jetzt, es gibt Essen." Wir gingen ins Haus zurück. Es gab Suppe aus selbst gemachten Nudeln und Fleischklöpschen.

„Haben Sie sich schon überlegt, ob Sie am Wochenende arbeiten wollen?", fragte Hagen.

„Ich glaube schon, ja."

„Gut, dann gebe ich Ihnen einen Schlüssel."

„Ich finde, wir sollten heute Abend feiern", sagte Rosa. „Ich kann sowieso nicht einschlafen, und Paul ist mit dem Garten fertig."

„Der Baum fehlt noch."

„Gut, bis auf den Baum, aber sonst. Können wir nicht irgendwie feiern? Können wir nicht ein Feuer machen? Holz ist doch genug da."

„Das können wir nicht nehmen, das ist zu frisch", sagte ich.

„Neben dem Atelier liegt altes Holz, das ist trocken", sagte Hagen und lehnte sich in seinem Stuhl zurück.

„Also machen wir ein Feuer!", rief Rosa.

„Ja, wir machen ein Feuer", antwortete Hagen und lächelte. Die Idee schien ihm wirklich zu gefallen, oder er wollte Rosa einfach eine Freude machen. Ich hatte nichts dagegen, das Ende meiner Arbeit zu feiern. Sicher, ich musste noch den toten Baum umsägen, aber ich würde heute nicht mehr damit anfangen. Und ob ich am Wochenende Lust hatte zu arbeiten, stand noch nicht fest.

Hagen bat mich nach dem Essen in sein Herrenzimmer. Er gab mir den Umschlag, die Adresse des Apartments und mein Flugticket. Ich saß in einem Ledersessel und er hinter dem großen, dunklen Schreibtisch. Es war ein bisschen so, als würde er mich für ein schmutziges Geschäft bezahlen, für irgendeine Schweinerei, die ich für ihn erledigen sollte. Mein Flug ging um 9.20 Uhr, und während ich das Ticket durchblätterte, packte mich das Reisefieber. Ich wollte, dass es endlich losging.

Der Umschlag enthielt 1700 Mark. Hagen sagte, er hoffe, ich hätte nichts gegen eine „kleine Zielprämie" einzuwenden. Hatte ich natürlich nicht. Er schien wirklich zu glauben, dass ich zu stolz war, Geld von ihm anzunehmen.

„Sie werden doch kommen, Paul?", fragte er. Ich sah ihn an.

„Wieso fragen Sie das?"

„Weil ich hoffe, dass Sie am Sonntag den Flieger nehmen."

„Aber Sie sind sich nicht sicher", sagte ich.

„Sie haben ein paarmal angedeutet, Sie würden hierbleiben, wenn es Komplikationen mit den Flügen gäbe."

„Warum ist es Ihnen so wichtig, dass ich mitkomme?", fragte ich. Natürlich würde ich am Sonntag den Flieger nehmen, aber das musste ich ihm ja nicht auf die Nase binden. Hier war eine Chance, ihn ein bisschen auszuquetschen, dachte ich, aber er sagte nichts, sondern zog ein Schubfach seines Schreibtisches auf, holte ein Diktiergerät und streichholzschachtelgroße Kassetten heraus und legte sie vor sich auf den Tisch.

„Rosa hat mir erzählt, dass Sie viele Fragen haben", sagte er.

„Ach ja? Zum Beispiel?", fragte ich schnippisch.

„Wieso sie hier wohnen darf, weshalb ich ihr ein Atelier eingerichtet habe, wer Maries Vater ist ..." Hagen sah mich an.

„Ja, das stimmt, das sind Fragen, die mich beschäftigen", sagte ich.

„Ich habe für Sie diese Kassetten besprochen", sagte Hagen und stand auf. „Vielleicht finden Sie ein paar Antworten darauf, und vielleicht motiviert Sie das, den Flieger am Sonntag zu nehmen und nach Hydra zu kommen. Ich lasse die Kassetten und das Diktiergerät hier liegen. Und jetzt kommen Sie, wir wollen Feuer machen." Er legte seine Hand auf meine Schulter und führte mich zurück in den Garten. Ich schaute mich im Gehen nach dem Schreibtisch um. Es waren zwei oder drei Kassetten, die dort lagen. Er hatte sie für mich besprochen? Wie musste ich mir das vorstellen? Hatte er wirklich hier in seinem Büro gesessen und für mich in das Diktiergerät gesprochen? Was konnte denn auf den Kassetten zu hören sein? Was hatte er zu sagen? Was wusste er? Ich war so überrumpelt von seinem Coup, dass ich kein Wort herausbrachte, sondern mich willig in den Garten führen ließ. Natürlich hätte ich gerne sofort gewusst, was auf den Kassetten zu hören war, aber dass ich jetzt die Ruhe fand, mich hinzusetzen und einem Diktiergerät zu lauschen, war ausgeschlossen. Und wieso das Diktiergerät? Wieso konnte Hagen nicht einfach direkt sagen, was er mir mitteilen wollte? Meine Gedanken kreisten um die Kassetten, während ich die Steine für die Umrandung der Feuerstelle herbeischleppte und auch während wir eine kleine Pyramide aus Holz darin aufbauten. Rosa wollte, dass wir Kartoffeln rösteten, Elena war jedoch dagegen. Sie sagte, das sei ein Armeleuteessen, aber Rosa bettelte so lange, bis Elena nachgab. Erst als wir uns setzten und Rosa und Hagen abwechselnd mit Marie im Garten spielten, gelang es mir, meine kreisenden Gedanken im Weißwein abzukühlen. Als Marie zu quengeln anfing und sich immerzu die Augen rieb, ging Rosa mit ihr ins Haus. Hagen folgte ihr. Aus der Stadt hörte man manchmal das Quietschen der Straßenbahn, ein Auto hupte, ein knatterndes Motorrad fuhr vorbei. Sonst nur das Gurren einer Taube, eine brummende Hummel, raschelnde Blätter, wenn der Abendwind über die Baumkronen strich.

„Dann wollen wir mal das Feuer anzünden", sagte Hagen, als er wieder aus dem Haus kam. Er drückte Brennpaste aus einer Plastikflasche auf ein paar Holzstücke und schob sie in die Pyramide. Dann zündete er die Holzstücke an. Das Feuer loderte sofort hell auf, und als Rosa aus dem Haus kam, schlugen die Flammen schon Funken sprühend in den Abendhimmel. Elena hatte Salat gemacht und wir aßen ihn mit getoastetem Weißbrot. Das Feuer musste erst herunterbrennen, ehe wir die Kartoffeln rösten konnten. Rosa sagte, Marie habe nicht einschlafen wollen. Sie legte das Babyphone neben ihren Stuhl und hielt es von Zeit zu Zeit an ihr Ohr, weil das Feuer so laut prasselte. Hagen entkorkte eine zweite Flasche Wein, denn die erste hatte ich fast leer getrunken, und wir stießen auf den Urlaub an. Dann erzählte er von Hydra, von Leonard Cohen, Henry Miller, Greta Garbo, Maria Callas, Onassis und wer sonst noch alles auf der Insel gewesen war. Er schien zu glauben, dass mir das gefiel. Er sagte, obwohl die Insel Hydra heiße, gäbe es dort keine Quelle, weshalb einmal täglich ein Tankschiff aus Athen Wasser bringen müsse. Am Hafen stünden Maulesel, die das Gepäck der Touristen in die wenigen kleinen Hotels und Pensionen brächten, denn Autos seien auf Hydra verboten. Er redete wie ein Wasserfall, und ich hatte den Eindruck, er wolle die Sätze, die er vorhin gesagt hatte, mit seinem Geschwätz auslöschen. Ich trank viel und schnell, weil ich immer noch aufgekratzt war.

Hagen sagte, wir bräuchten ein schönes Glutbett, wenn wir Kartoffeln rösten wollten, und ich holte noch ein paar Holzstücke von der Ateliermauer. Wir schauten zu, wie die Flammen an den dicken Holzstücken leckten, bis sie rot glühten und kleine blaue Zungen auf ihnen tanzten.

„Willst du uns nicht etwas spielen?", fragte Hagen, nachdem wir eine ganze Weile schweigend um das Feuer gesessen hatten. Er sah Elena an. Sie hatte ihre kleinen, harten Hände ineinandergelegt und starrte versunken vor sich hin. Ein kleines Lächeln huschte über ihr Gesicht, dann stand sie auf, ging ins Haus und kam kurz darauf mit einem großen, dunkelrot glänzenden Akkordeon wieder.

„Elena kann Akkordeon spielen?" Rosa sah verwundert erst zu Hagen, dann zu Elena. „Wieso kannst du auf einmal Akkordeon spielen? Wir haben so oft abends draußen gesessen, und nie habt ihr ein Wort gesagt." Sie drohte Hagen mit dem Zeigefinger. „Immer habt ihr Geheimnisse. Ihr hättet mir früher davon erzählen können, ich liebe Akkordeon, wirklich. Ich habe früher sogar selbst versucht, es zu lernen, ungefähr drei Wochen lang." Sie stockte und hob das Babyphon hoch. Ein leises Knacken war zu hören, dann ein blechernes Quengeln. „Ausgerechnet jetzt", sagte sie und rannte ins Haus. Elena fing an zu spielen. Ich habe keine Ahnung, ob sie wirklich gut spielte, ich verstehe nichts davon, aber es klang so traurig, dass man schon wieder froh darüber werden konnte, dass etwas so traurig klingen kann. Hagen stand langsam auf, spießte ein paar Kartoffeln auf angespitzte Äste und legte sie vorsichtig ins Feuer. Er bewegte sich, ohne ein Geräusch zu machen, wie jemand, der in ein Zimmer kommt, in dem jemand schläft.

Rosa kam mit Marie auf dem Arm aus dem Haus. Marie steckte in einem weißen Sack, ihre großen, blauen Augen waren verschlafen und sie sah uns verwundert an. Rosa setzte sich auf ihren Stuhl und legte den Finger auf die Lippen. Marie zeigte auf das Feuer, aber sie war ganz still, beinahe andächtig. Sie schaute uns immer der Reihe nach an: Hagen, Elena, das Feuer, mich.

„Du spielst wirklich wunderbar", sagte Rosa, nachdem Elena aufgehört hatte.

„Ja wirklich, es klingt wunderbar", sagte ich. Elena lächelte, aber es war ein anderes Lächeln als sonst. Es war echt.

„Spiel noch ein bisschen, bitte. Sie soll noch ein bisschen spielen, stimmt's Marie, du möchtest auch, dass Elena noch ein bisschen spielt."

„Da, da", flüsterte Marie und zeigte auf das Feuer.

„Heiß", sagte Rosa.

„Ich glaube, die Kartoffeln sind gut. Wer möchte eine?"

„Ich", sagte Rosa. „Aber Elena soll danach weiterspielen."

„Ich nehme auch eine", sagte ich. Hagen pellte die Kartoffeln und gab sie uns auf einem kleinen Teller. Ich fütterte Rosa, weil sie Marie auf dem Schoß hatte. Ich tauchte die heißen Kartoffelstücke in die Soßen und schob sie Rosa mit der Gabel in den Mund. Natürlich wollte Marie auch davon kosten, aber nachdem sie einmal an der Soße geleckt hatte, verzog sie das Gesicht.

Elena spielte weiter. Sie saß auf der Kante ihres Stuhls, das riesig wirkende Akkordeon auf dem Schoß. Ihre kleinen, ledernen Finger glitten über die Tasten, während sie langsam und gleichmäßig die schwarze Lunge des wunderbar traurigen Instruments füllte. Die Holzstücke glimmten nur noch unter der weißen Asche, die manchmal, von der Hitze erfasst, langsam emporschwebte in den dunklen, sternenklaren Himmel.

Marie fing an, sich die Augen zu reiben. Sie versuchte ein paarmal, sich aus Rosas Armen zu winden.

„Ich werde versuchen, sie hinzulegen", sagte Rosa, als Elena eine Pause machte.

„Vielleicht sollten wir alle ins Bett gehen. Wir haben morgen einen anstrengenden Tag vor uns." Hagen sah auf seine Uhr. „Es ist schon halb eins."

„Ich bin auch müde", sagte Elena und setzte das Akkordeon ab.

„Und was ist mit Paul? Er kann doch heute Nacht hier schlafen. Er muss uns doch morgen ohnehin zum Flughafen bringen. Oder willst du unbedingt nach Hause?"

„Unbedingt nicht, nein." Ich hatte ziemlich viel getrunken und war auf eine angenehme Weise erschöpft.

„Haben wir eine Matratze oder sowas?"

„Er könnte auf dem Sofa in der Bibliothek schlafen, wenn er will", sagte Hagen.

„Willst du?“

„Ja, klar.“

„Dann gute Nacht. Ich gehe schon mal und versuche Marie hinzulegen. Bis morgen, Paul.“

„Nacht, schlaf schön.“

Wir räumten alles zusammen. Hagen holte einen Eimer Wasser aus dem Haus und goss ihn auf die Glut. Dicker, grauweißer Rauch stieg zischend in den Himmel. Ich zündete mir noch eine Zigarette an und wartete, bis es im Haus stiller geworden war. Ich hatte keine Lust, mich zu waschen. Ich war viel zu betrunken. Außerdem ärgerte es mich, dass ich keine Gelegenheit gefunden hatte, nochmal mit Rosa allein zu sein.

Elena hatte mir zwei Decken bezogen. Ich ließ meine Sachen auf den Boden fallen und schlief sofort ein. Ich träumte von Rosa. Mein Bett stand auf dem Flur eines Polizeipräsidiums oder einer Kaserne. Männer in Uniformen liefen an mir vorbei, dann kam Rosa. Sie war unsichtbar, aber ich erkannte sie sofort. Sie kroch unter meine Decke und schmiegte sich an mich. Ich hatte Angst, jemand könnte bemerken, dass sie neben mir lag, aber keiner von den Soldaten oder Polizisten schien sie zu sehen. Nur ein Mann, der in Handschellen an meinem Bett vorbeigeführt wurde, lächelte kurz, als ich ihn anschaute, und ich wusste, er hatte Rosa gesehen.

XII

Als Rosa mich am nächsten Morgen weckte, war sie bereits geduscht, geschminkt und roch wunderbar. „Du musst aufstehen“, flüsterte sie, küsste mich auf die Wange und ging. Ich brauchte einen Moment, ehe ich begriff, wo ich war und weshalb Rosa um diese Zeit schon so vollendet wach aussah. Mir war speiübel, also flüchtete ich ins Bad und suchte auf dem Wannenrand Halt. Mein Herz raste. In der Küche hörte ich Elena hantieren, irgendwo quiekte Marie, Speichel sammelte sich in meinem Mund und ich musste mich übergeben. Danach ging es mir besser. Ich putzte mir endlos lange die Zähne, duschte abwechselnd heiß und kalt und trank ungefähr zwei Liter Leitungswasser. Trotzdem blieb die Welt zu hell, zu laut und vor allem zu schnell. In der Küche auf dem Stuhl am Fenster sitzend, kostete es mich große Anstrengung, die Geräusche, die aus dem Haus kamen, zuzuordnen. Elena hatte sich einen braunen Rock und eine Bluse angezogen und summte, soweit ich das beurteilen konnte, leise vor sich hin. Hagen war nirgends zu sehen, aber ich hörte seine Bassstimme ein paar Mal irgendwo im Haus. Rosa kam einmal in die Küche, Marie auf der Hüfte tragend, lächelte mich zerstreut an und ging gleich wieder. Es herrschte Bienenstock-Atmosphäre und ich fühlte mich wie ein tumber Bär, der, in dickes Fell gepackt, das komplizierte, zielgerichtete, emsige Treiben nur als eintöniges Summen wahrnahm. Zum Glück wollte Marie nicht mit mir spielen, ich wäre kaum in der Lage gewesen, ihr heute ein würdiger Partner zu sein.

Schließlich kam Hagen und übergab mir das Haus. Ich bekam einen Schlüssel in einem Lederetui und er zeigte mir, welche Türen ich abschließen musste, damit die Alarmanlage sich einschaltete. Elena, sagte er, habe mir Essen fürs Wochenende in den Kühlschrank gestellt, die Schlüssel für den Werkzeugkeller fände ich im Arbeitszimmer, schlafen könnte ich auf der Couch, und am Sonntag sollte ich mir ein Taxi zum Flughafen nehmen. Ich nickte ungefähr hundert Mal und dann stiegen wir alle in den Mercedes und fuhren los. Hagen saß neben mir, Rosa, Marie und Elena auf dem Rücksitz. Natürlich fuhr sich der Mercedes wunderbar, das merkte ich trotz meiner Bärenhaftigkeit. Rosa sagte, sie sei aufgeregt, Hagen lächelte, Elena und Marie schwiegen. Ich schaltete das Radio an. Es lief „I will survive" von Gloria Gaynor und ich fand das irgendwie passend. Wie lange wir eigentlich auf Hydra bleiben wollten, fragte ich und erhielt ein langes Schweigen als Antwort.

„Drei Wochen", sagte Hagen schließlich. Niemand protestierte.

„Ich wollte nur wissen, wie viele Unterhosen ich einpacken muss", sagte ich.

„Es gibt eine Waschmaschine", antwortete Rosa, „wir werden sehen, wie lange wir bleiben. Das kommt darauf an, wie sehr Marie die Hitze zu schaffen macht."

„Verstehe", sagte ich, hatte aber den Eindruck, dass die Frage, wie lange wir bleiben würden, gar nichts mit Marie zu tun hatte, sondern mit den drei Kassetten, die auf Hagens Schreibtisch lagen und die er für mich besprochen hatte. Es war die Aussicht, diese drei Kassetten zu hören, die mich den Abschied leichtnehmen ließ. Vielleicht war das Hagens Plan gewesen. Falls ja, dann ging er auf.

Auf dem Parkplatz an den Abflugterminals packte mich dann aber doch kurz die Wehmut, als ich die vielen Familien sah, die um uns herum aus ihren Autos stiegen und ihr zentnerschweres Gepäck auf die Straße wuchteten. Die Koffer, die Hagen aus dem Mercedes hob, nahmen sich dagegen bescheiden aus. Die Sonne brannte und nirgends ein Baum, unter dem man hätte Schutz finden können. Einen Moment standen wir ratlos voreinander. Es war Elena, die mir zuerst die Hand schüttelte, sich dann besann und mich kurzerhand an sich drückte. „Kommen Sie schnell", flüsterte sie mir zu, dann nahm sie ihren kleinen Koffer und watschelte ohne ein weiteres Wort Richtung Abflugterminals.

Hagen streckte mir die Rechte entgegen. „Ich werde Sie am Flughafen in Athen abholen. Bis dahin." Wir schüttelten uns die Hand und er sah mich prüfend an. „Keine Angst, ich werde da sein", sagte ich. Er nickte, nahm seinen und Rosas Koffer und ging.

Rosa, Marie auf der Hüfte tragend, kam als Letzte. Sie sah mich an.

„Machen wir's nicht so feierlich", sagte ich.

„Wehe, du kommst nicht", sagte Rosa.

„Ich komme", antwortete ich.

„Sag Tschüss zu Paul", sagte Rosa, griff nach Maries Patschhändchen und winkte damit. Dann beugte sie sich plötzlich vor und küsste mich auf den Mund. Ihre Zunge suchte meine und ich war froh, dass ich mir die Zähne so gründlich geputzt hatte. Ich umfasste ihre Hüfte und zog sie sanft an mich und diesmal ließ sie es geschehen. Wir küssten uns und es war der perfekte Flughafen-Parkplatz-Kuss, der all meine Lebensgeister weckte. Und gerade als das sanfte Kribbeln in meinen Zehen angekommen war, drehte sich Rosa um und ging, ohne einen einzigen Blick zurück, über den flimmernden Parkplatz davon. Nur Marie sah mich an. Ich winkte ihr nach, aber sie reagierte nicht. Sie sah mich nur an, die ganze Zeit, bis Rosa mit ihr im Flughafengebäude verschwunden war.

Zweiter Teil

I

Noch kussbeflügelt stieg ich in den Mercedes und fuhr zurück. An der ersten roten Ampel bemerkte ich, dass ich hungrig war. Ich beschloss, mir ein kräftiges Frühstück zu machen und mir dabei die erste Kassette anzuhören. Vor der zweiten roten Ampel wartend, kam ich auf die Idee, die Villa gründlich zu begutachten, einfach mal in Ruhe jedes Zimmer zu inspizieren, vom Keller bis zum Dachgeschoss, Rosas Atelier eingeschlossen. Vor der dritten roten Ampel fiel mir ein, dass ich ja noch einmal zu mir nach Hause fahren musste, um meine Sachen zu packen. Es war vielleicht gut, das gleich zu erledigen oder es doch lieber auf morgen zu verschieben. Vor der vierten roten Ampel wurde ich plötzlich schwermütig und beschloss, sofort wieder ins Bett zu gehen, beziehungsweise auf meine Couch. Die Zeit bis zu meinem Flug kam mir plötzlich unendlich lang vor und ich hatte den Eindruck, zurückgelassen worden zu sein. Als ich endlich in der Villa ankam, war alles still und leer und das deprimierte mich. Trotzdem schaffte ich es, mir zwei Spiegeleier mit Speck zu braten und sie mit getoastetem Brot zu verschlingen. Dazu trank ich frisch gepressten Orangensaft, der im Kühlschrank stand. Als die Verdauung einsetzte, wurde ich derart müde, dass ich mich ins Arbeitszimmer schleppen und auf die Couch fallen lassen musste. Ich sah die Kassetten, ich wollte sie hören, aber ich fühlte mich dazu nicht im Stande. Ich ließ die Jeans auf den Boden fallen und schlief sofort ein.

Es war Abend, als ich endlich ins Arbeitszimmer ging, um die erste Kassette zu hören. Nachdem ich aus meinem komatösen Schlaf erwacht war und einen Kaffee getrunken hatte, wollte ich kurz nach Hause fahren, um meine Sachen zu packen. Es sollte schnell gehen. Ich wollte ein paar T-Shirts, Unterwäsche und kurze Hosen in den Seesack stopfen, den ich mir während meiner Reise zugelegt hatte. Vielleicht wollte ich auch nur ein bisschen mit dem Mercedes herumfahren. Es war ein tolles Gefühl, in so einem Auto durch die Stadt zu rollen, sich einzubilden, es könnte mir gehören, auszusteigen und mit dem Funkschlüssel die Türen lässig über die Schulter zu verriegeln. Das alles steigerte meine Laune, es machte einfach Spaß. Es machte Spaß, in der Villa allein herumzustolzieren, in den Garten zu schauen und sich vorzustellen, wie er im Winter aussehen würde, nachdem es geschneit hatte, sich ein Leben in dieser Villa vorzustellen, ein Leben, in dem alles seinen Platz hatte, das angefüllt war mit schönen Dingen, mit Ordnung, mit Aufmerksamkeit und Vertrauen. Ich merkte nicht einmal, wie die Vorstellung von so einem Leben von mir Besitz ergriffen hatte, bis ich in dem stickigen Dachzimmer stand, in dem ich seit meiner Rückkehr in die Stadt hauste. Der Anblick traf mich wie ein Schlag. Das, Paul Mäder, ist dein Leben, dachte ich und es war ein niederschmetternder Gedanke. Natürlich konnte keine wie auch immer geartete Stadtwohnung mit der Villa konkurrieren, aber mein Dachzimmer war nicht einmal eine wie auch immer geartete Stadtwohnung, es war einfach nur erbärmlich. Auch die schon gestrichene Wand half nicht, im Gegenteil, sie machte alles nur noch schlimmer. Sie führte mir vor Augen, dass ich nicht fähig war, mich einzurichten, niederzulassen, anzukommen. Ich öffnete die Fenster und ließ mich in den einzigen Sessel fallen, den ich besaß. Er war durchgesessen und speckig, aber immerhin mit Rindsleder bezogen. Auf dem Tisch, den ich mir aus Obstkisten und einer Arbeitsplatte gebaut hatte, lagen wild durcheinander meine Schreibversuche. Ich stand auf, griff mir wahllos ein paar Seiten und fing an zu lesen, und weil so viel passiert war, seit ich zuletzt geschrieben hatte – die Arbeit im Garten, Rosa, Hagen –, saß ich jetzt hier und las meine eigenen Zeilen wie ein fremdes Buch. Und es war nicht schlecht, es las sich flüssig, ich musste sogar zweimal lächeln, auch wenn ich nicht sagen würde, dass ich ein Meister des Bonmots bin. Mein Stil war frei von Eitelkeiten, das gefiel mir, aber genau deshalb lag der ganze Fokus auf der Geschichte, und genau das war das Problem, denn alle meine Geschichten hatten kein Ende, kein Ziel, keine Architektur. Ich arbeitete vorher keine Charaktere aus, schrieb kein Exposé, keinen Plot, sondern folgte dem, was mir während des Schreibens einfiel. Im Grunde versuchte ich immer wieder, Jonas' Geschichten fortzuschreiben, seine unvollendeten Zeilen weiterzudenken, oder besser, herauszufinden, wie seine Geschichte weitergehen sollte. Ich hatte schlechte und gute Tage, Tage, an denen ich glaubte, dem Geheimnis näher zu kommen und andere, an denen ich wieder alles verwarf. Während ich las, dachte ich, es liegt an diesem Zimmer, es ist kein Ort, an dem ich sein möchte, es ist nur eine Behausung. Nachdem ich die Villa kennengelernt hatte, begriff ich, dass ich auf der Suche nach einem Ort war, an dem ich schreiben konnte. Meine Art zu arbeiten war so anfällig für Atmosphäre, für das Drumherum, für Stimmungsschwankungen, dass die Umgebung dabei eine entscheidende Rolle spielte, eine weitaus entscheidendere Rolle, als ich mir bisher eingestanden hatte. Einen Moment saß ich einfach da und starrte wieder auf die Wand des gegenüberliegenden Hauses, dann packte ich all meine Sachen zusammen, alles, was ich hatte, außer den Möbeln natürlich. Meine Manuskripte band ich mit einem Gürtel zusammen, stellte meine Typenradschreibmaschine darauf und trug sie zum Auto. Dann ging ich zurück, stopfte meine Klamotten in den Seesack, schloss die Tür ab und fuhr in die Villa. Es fühlte sich richtig an, die Dachgeschosswohnung zu verlassen, aber Orte zu verlassen, das war es, was ich in den vergangenen zwei Jahren ausgiebig getan hatte. Hierher war ich gekommen, um zu schreiben. Aber wie sollte das gehen? Was wollte ich tun? Auf der Rückfahrt kam mir die Stadt auf einmal fremd vor, so wie alle anderen Städte, in denen ich in den letzten zwei Jahren gewesen war. In der Auffahrt zur Villa blieb ich einen Moment im Auto sitzen. Hierher? Wollte ich hierher? Die Villa war luxuriöser, verführerischer, repräsentativer, aber war das gut für mich? Wollte ich hier sein? Bei Rosa, bei Marie, bei Hagen und Elena? Nicht, dass das meine Entscheidung gewesen wäre, aber darum ging es jetzt nicht. Die Frage war nicht, ob ich hier sein konnte, sondern ob ich es wollte. Etwas zu wollen ist eine Kunst, eine Begabung, es gehört so viel dazu, etwas zu wollen – es nicht nur auszuprobieren, zu kosten, daran teilzunehmen, das kleinere Übel zu wählen, den Weg des geringsten Widerstandes zu gehen, sich den Umständen zu beugen, sondern sich zu entscheiden, alles andere auszuschlagen, nicht an Zweifeln zu ersticken oder nach anderem zu schielen. Vielleicht war das unmöglich für mich? Vielleicht konnte ich das nicht? Vielleicht beherrschte ich diese Kunst nicht. Aber wer tat das schon? Rosa? Hatte sie Marie gewollt? Hatte sie sich während ihres Kunststudiums ein Kind gewünscht? Keine Ahnung, denn ich wusste immer noch nicht, wer der Vater war. Und Hagen? Er schien die Kunst des Wollens zu beherrschen, er hatte dieses Haus gefunden, sein Potenzial erkannt, Geld investiert, sich festgelegt. Und er schien sich wohlzufühlen damit. Sicher, er war alt und ich jung und vielleicht war die Kunst des Wollens etwas, das zu lernen viele Jahre dauerte, aber vielleicht brauchte man dafür auch keinerlei Erfahrung, sondern einfach nur Talent. Möglicherweise fand ich auf den drei Kassetten irgendwelche Hinweise dazu. Ich war jetzt bereit, Hagen zuzuhören. Also ging ich ins Arbeitszimmer, legte die erste Kassette in das Diktiergerät, setzte mich auf die Couch und da hörte ich sie, Hagens Bassstimme. Er sprach ruhig und ohne lange Pausen zu machen. Man merkte, dass er die Geschichte nicht zum ersten Mal erzählte.

II

Ich war sechzehn im Januar 1945, als wir auf der Dorfstraße einen Offizier fanden, zugeschneit, halbtot, mit irrem Gesicht. Und als wir ihn nach der Front fragten, lachte er blödsinnig, wie ein Idiot, als hätten wir ihm einen Witz erzählt. Da haben wir unsere Sachen gepackt, meine Mutter, meine Tante und ich, und sind losgefahren, mitten in der Nacht, bei minus zwanzig Grad, bis ins nächste Dorf, in dem sie schon standen, Wagen an Wagen, die ganze Straße entlang, soweit ich gehen konnte. Kindergeschrei, Gebrüll von Kühen und Pferden, Männern und Frauen, das Rattern der eisenbeschlagenen Räder auf der Straße: Das war der Anfang, und von da an wurde es schlimmer, mit jedem Kilometer, jeder Stunde, immer lauter und lauter, bis wir taub waren. Die Russen, es gab kein Wort, das uns mehr Angst machte. Es machte die Leute hysterisch, es war der Name der Bestie, die uns jagte, Tag und Nacht, und als sie uns das erste Mal erwischten, zerrten sie meine Tante vom Wagen und schleppten sie weg, an den Haaren gepackt. Neben mir erschossen sie zwei Männer. Einen warfen sie auf die Straße, zogen ihm die Hose runter und zerschlugen ihm mit zwei Steinen die Eier, dann erst erschossen sie ihn. Wahrscheinlich schrie er wie ein Tier, aber ich hörte ihn nicht, ich hörte nichts mehr. Ich saß da auf dem Wagen, ein leeres Gefäß, in das die Bilder fielen, und erst als unser Pferd durchging, angetrieben von den Gewehrsalven oder dem Geschrei oder was weiß ich wovon, erst als es neben meinem Kopf ein paarmal pfiff und ich, die Zügel lose in der Hand, durch die Luft flog, kam ich zu mir. Ich schlug auf das Pferd ein, schrie, schrie, schrie so laut ich konnte, jagte über den Acker, wahnsinnig vor Angst. Sie verfolgten uns nicht, wir waren ihnen egal, sie hatten keinen Ehrgeiz in dieser Nacht. Meine Mutter hatten sie nicht gefunden, weil sie sich hinten auf dem Wagen zwischen unserem Hab und Gut versteckte. Sie packte mich an der Schulter und rüttelte mich, sie schrie mich an, bis ich das Pferd anhielt. In der Ferne hörten wir das Bellen irgendwelcher Maschinengewehre und ein paar Granateinschläge. Wir weinten … weinten … weinten …

Ich lenkte den Wagen dorthin, wo ich das Frische Haff vermutete, über dessen Eis wir mussten, um auf die Nehrung zu kommen und dann nach Danzig. Das war unser Ziel – Danzig, als sei die Stadt durch einen magischen Bann geschützt, als sei sie uneinnehmbar, unverwundbar, ein heiliger Ort, den die Bestie nicht erreichen konnte. So kam sie uns vor, am Anfang, als wir noch nicht genug gesehen hatten.

Keine Ahnung, wie lange es dauerte, bis wir am Haff waren. Die Zeit hatte aufgehört. Wir fuhren zwischen anderen Wagen, vollbepackt mit Frauen und Kindern, das Vieh hinten angebunden, eingehüllt in eine Wolke aus Schnee, auf dieser Straße, die gesäumt war von weggeworfenem Plunder, totem Vieh, zerbrochenen Rädern. Und immer die Kälte, der Hunger, das Klagen der Frauen, deren Kinder erfroren waren, winzige dreckige Bündel, die man hinter den Büschen fand, wenn man pinkeln ging, weil es unmöglich war, sie zu begraben in der gefrorenen Erde. Stehen und warten und frieren, die Pferde antreiben, nichts hören, nichts sehen, das war das Beste, nichts als den Wagen vor einem. Erstmal zum Haff, wenigstens bis dahin wollten wir kommen, und als wir endlich dort standen, in der langen Reihe, die sich vor dem Eis gebildet hatte, dauerte es einen Tag, ehe wir bemerkten, dass wir es geschafft hatten.

Meine Mutter nahm noch zwei Frauen auf den Wagen, die kleine Kinder hatten. Das eine erfror, noch ehe wir das Haff erreichten.

„Ich glaube, es ist tot", sagte die Frau leise. Sie schrie nicht wie die anderen, sie hielt uns das Bündel hin, stumm, ohne zu weinen, und meine Mutter nahm es, gab es mir und sagte, ich solle es zu den Männern bringen, die – ein Stück weit die Kolonne entlang – versuchten, ein Grab auszuheben. Und ich nahm das Bündel und dachte, was müssen diese blöden Weiber auch Kinder kriegen, mitten im Krieg, was müssen sie herumvögeln und Kinder in die Welt setzen, jetzt, in dieser Hölle. Was wusste ich schon? Ich war sechzehn, dem Volkssturm entkommen, weil mein Vater bei Stalingrad gefallen war und meine beiden älteren Brüder in Kurland kämpften oder weil meine Mutter den Ortsgruppenleiter kannte und ihm gesagt hatte, sie könne allein nicht durchkommen. Ich brachte das Bündel zu den Männern, rauchte eine Zigarette mit ihnen und schaute verstohlen auf die bleichen, toten Leiber, die sie um ihre

Grube herum aufgestapelt hatten. Dann ging ich zurück und nickte meiner Mutter zu. Irgendwann waren wir bis ans Haff herangerückt, Meter um Meter, Stunde um Stunde. Offiziere ritten an der Wagenreihe entlang und schauten nach, ob sie noch irgendwo Verwundete unterbringen konnten, und jeder, an dem sie vorbeikamen, stellte ihnen die gleichen Fragen: Ob die Nehrung noch frei sei, ob man von Danzig aus noch über die Ostsee kommen könne, wo die Russen waren und wo die Vierte Armee, ob das Eis halten werde, wieso das alles so lange dauerte. Und schließlich waren wir da, am Haff: Acht Kilometer übers Eis, Wagen an Wagen, mit fünfzehn Metern Abstand, über schwankende Bretter, das aufspritzende Schmelzwasser des vorderen Wagens immer vor Augen, und die Schreie aus dem Morgennebel, wenn irgendwo ein Karren eingebrochen war, das hastige Umladen, die Rufe der Soldaten, die Abstände sollten eingehalten werden, und wenn der Nebel aufriss links und rechts die toten Tierleiber und gestrandeten Wagen, die aus dem Eis herausragten, wo die alten Fahrrinnen waren. Die Toten, die niemand wegschaffen konnte, weil das Eis an diesen Stellen schon brüchig war oder zerlöchert von den Bomben der russischen Flieger, nach denen alle immerzu Ausschau hielten. Und dann kamen sie, da waren wir schon ein gutes Stück gefahren und die Sonne hatte sich ein paarmal gezeigt, eine bleiche Scheibe im Morgendunst. Ich hörte sie erst, als schon die Ersten riefen: die Russen, die Russen! Dann das dumpfe Bellen der Maschinengewehre, es krachte, Wasserfontänen spritzten in den Himmel, Pferde gingen durch, die Abstände wurden nicht mehr eingehalten, dann schwankte der Boden, die Frauen hinten auf dem Wagen schrien. Ich sprang ab und lief. Hinter mir hob sich das Eis, eine riesige Scholle, die kurz senkrecht stand, bis unser Fuhrwerk versunken war, dann schlug sie zurück, noch ehe das Gewicht des Wagens das Pferd hinter sich hatte her-

ziehen können. Es fiel auf die Seite und wurde von einer Maschinengewehrsalve zerfetzt. Das alles sah ich nicht wirklich. Ich lief, blieb stehen, rannte in die andere Richtung, blieb wieder stehen, rannte zurück und immer so weiter, bis mich jemand packte und mir ein paar Ohrfeigen gab. Da war schon alles vorbei. Meine Mutter stand vor mir, nass bis auf die Haut. Der Wagen war versunken, das Pferd tot, wir mussten zu Fuß weiter. Jemand gab uns eine Decke, aber das half nicht viel. Meine Mutter zitterte am ganzen Körper, es wurde immer schlimmer. Sie sagte etwas, aber ich verstand sie nicht, weil auch ihre Stimme zitterte, und erst als sie auf einen der Wagen deutete, begriff ich und ging, die Leute um Kleider zu bitten. Eine ältere Frau saß da, die mich mürrisch abwies, aber ihre Tochter oder Schwester gab mir einen Rock, und von dem nächsten Wagen bekam ich eine Hose und einen Pullover, schließlich sogar eine Art Mantel oder Pelerine. Meine Mutter zog sich aus und ich gab ihr die Hose, den Pullover, den Rock, die Pelerine, die Decke, aber das alles half nichts, denn ihre Schuhe waren nass und daran ist sie gestorben, an der Kälte, die von ihren Füßen aufstieg, Tag und Nacht, als wir über die Nehrung wanderten, von Lagerfeuer zu Lagerfeuer, und sie versuchte, die Schuhe zu trocknen, immer wieder, aber kaum waren wir ein paar hundert Meter gegangen, hörte ich das Quietschen ihrer Schuhe bei jedem Schritt. Kurz vor Kahlberg brach sie das erste Mal zusammen. Ich versuchte sie auf einem der vorbeiziehenden Wagen unterzubringen, aber sie waren alle voll, mit Verwundeten, die man einfach im Graben hatte liegen lassen, bis sie halb verschneit waren, mit vor Hunger heulenden Kindern und erschöpften Frauen und all dem verfluchten Elend, das plötzlich über uns hereingebrochen war wie eine mittelalterliche Seuche. Die Leute schüttelten stumm den Kopf, als ich sie fragte, es war zwecklos, ich schleppte meine Mutter weiter. Bis Kahlberg, dachte ich, du musst bis Kahlberg kommen, dort findest du einen Arzt, aber alle, denen es so ging wie mir, hatten den gleichen Gedanken. Der Ort war überschwemmt von Hilfesuchenden, die Häuser verrammelt oder hoffnungslos überfüllt, die Läden geschlossen oder leer, es war die Hölle. Die Trecks zogen vorbei, viele hielten sich nicht lange auf, sie sahen, dass in Kahlberg nichts zu holen war, sie wollten nach Danzig. Ich wusste, dass wir es bis dahin nicht schaffen würden, nicht zu Fuß und bei der Kälte, durch den Wind, der scharf von der Ostsee über die Dünen blies, ohne Wasser, ohne irgendetwas, das wir essen konnten. Auf dem Weg hatte ich an den Feuerstellen Schnee geschmolzen, das hatten wir getrunken, und irgendwer hatte uns einen schwarzen Klumpen Pferdefleisch gegeben, das sie aus den toten Kadavern schnitten und brieten, aber da konnte meine Mutter noch gehen, da hatte sie noch nicht so gejapst. Ich packte sie und lief durch den Ort, von Haus zu Haus, an den Zäunen entlang, hinter denen die mondänen Villen lagen, durch den Kurpark, bis zur anderen Seite der Nehrung, dorthin, wo im Sommer die weißen Dampfer aus Elbing und Tolkemit anlegten. Keine Ahnung, was ich eigentlich suchte. Wahrscheinlich hoffte ich auf ein Wunder, auf irgendjemanden, der uns aufnehmen würde, aber das war blödsinnig, denn ich brachte es nicht fertig, an einer der Villen zu klingeln. Ich war ein Bauernjunge, die Welt hatte eine klare Ordnung für mich, selbst in dieser Situation: Es gab Leute, die in Villen wohnten und Leute, die davorstanden, und es kam mir einfacher vor, hier zu erfrieren, als dort zu klingeln. Das mag sich verrückt anhören, aber es war so. Niemand kam auf die Idee, die Villen zu stürmen oder zu plündern, niemand, auch ich nicht. Als es zu dämmern begann, bekam ich Angst. Meine Mutter sagte nichts mehr, sie hing an meinem Arm und ließ sich von mir herumzerren wie eine große Puppe, und ich merkte, dass sie sich nicht mehr lange auf den Beinen hal-

ten konnte. Wir gingen zurück, und ich fing an, nach einem Arzt zu rufen. Ich stellte mich an die Nehrungsstraße und rief immer wieder nach einem Arzt, bis ein alter Mann stehen blieb und mich stumm ansah, da war es schon dunkel. Ich zeigte auf meine Mutter, die neben mir zusammengesunken war. Er beugte sich zu ihr herunter, schaute sie an, schüttelte den Kopf und sagte nur leise. „Sie hat eine Lungenentzündung." Dann reihte er sich wieder in den Elendszug ein, der am Ufer der Ostsee entlangzog, und ich stand da und begriff, dass der Zufall uns ausgewählt hatte, dass wir es nicht schaffen würden. Eine winzige Veränderung in der Kette der Ereignisse und wir wären am Leben geblieben, es hätte gereicht, dass die Schuhe meiner Mutter nicht nass geworden wären, ja ich hielt es sogar für möglich, dass es eine einfache Lösung gab, uns noch zu retten, aber ich spürte, dass mir diese Lösung nicht einfiel. Ich war zu jung, zu unerfahren, zu erschöpft. Wir waren eine Herde Tiere auf der Flucht, unser Menschsein zählte nichts. Kraft, Ausdauer, Erfahrung, sichere Instinkte, das waren die Voraussetzungen, um zu überleben, aber auch die, die über diese Eigenschaften verfügten, konnten sterben. Der Zufall konnte sie auswählen, wie er uns ausgewählt hatte.

Ich weiß nicht mehr, was weiter passierte, wir waren im Weg, ein Hindernis, so wie ein umgefallener Baum auf der Straße, das hat uns gerettet. Jemand schrie mir ins Gesicht, ich solle den Weg frei machen, da war ich schon neben meiner Mutter in den Sand gesunken und halb erfroren. Irgendwo hörte ich einen Motor laufen, ein Soldat hatte mich an der Schulter gepackt und schüttelte mich, aber ich war nicht fähig aufzustehen, ich wollte es nicht, ich wollte da sitzen bleiben, neben meiner Mutter, die umgesunken war, den Kopf auf meinen Knien. Sie hat eine Lungenentzündung, flüsterte ich, vielleicht dachte ich es auch nur, keine Ahnung, es war stockdunkel, alles, was ich hörte, war der Motor eines Wagens dicht hinter mir. Dann packte jemand meine Mutter und trug sie weg. Ich hielt mich an ihr fest, hörte jemanden fluchen, sah einen Mann in langem Uniformmantel neben einem Auto stehen, der die Tür aufhielt, spürte die Wärme, die aus dem Wageninneren kam. Wir fuhren, wie lange, kann ich nicht sagen. Alles, was ich noch weiß, ist, dass wir durch eine Einfahrt fuhren und vor einer weißen Villa stehen blieben. Mein Körper funktionierte noch, er führte Befehle aus, die ihm gegeben wurden, ob ich sie gab oder ein anderer, schien egal zu sein.

Meine Mutter habe ich nicht wiedergesehen. Sie starb, während ich im Fieber lag. Ich weiß nicht einmal, wo sie begraben liegt. Die Gnädige hat sie wegbringen lassen, und als ich sie fragte, wohin, antwortete sie, sie wisse es nicht. Sie habe dem Major aufgetragen, sie fortzubringen, und er habe sich darum gekümmert. Ich habe ihn nie gesehen, den Major, obwohl ich ihm mein Leben verdanke. Er war mit seinem Fahrer von der Gnädigen gekommen und hatte uns beinahe überrollt. Wahrscheinlich war sein Fahrer nur ausgestiegen, um uns anzuschreien, aber als er sah, dass wir halbtot waren, packte er uns in seinen Wagen und brachte uns zur Gnädigen. Wir waren also immer noch in Kahlberg, in einer wundervollen Villa hinter Bäumen versteckt auf der anderen Seite der Nehrung, und als ich, zwei Wochen nachdem sie uns gefunden hatten, zum ersten Mal richtig aufwachte und, noch wackelig auf den Beinen, ans Fenster trat, blickte ich über das zugefrorene Haff auf die Silhouetten von Tolkemit und Frauenburg, die in der Sonne glänzten. Es war ein Postkartenbild, so malerisch und unwirklich, dass ich tatsächlich einen Moment lang dachte, ich könnte vielleicht tot sein. Meine Sachen hingen frisch gewaschen und ordentlich gefaltet über einem Stuhl. Ich hatte nur ein komisches weißes Hemd an. Nichts von dem, was ich sah, schien etwas mit dem zu tun zu haben, woran ich mich erinnerte. Der Krieg war verschwunden, das Elend, die Trecks, das Geschrei und Gewimmer, hier war alles hell und sauber, ein Reich der schönen Dinge, still, sonnig, geruhsam. Ich zog mich an und ging nach draußen. Mein Zimmer lag unterm Dach, das riesig war, zwei Geschosse, in dem vielleicht fünf oder sechs Gesindekammern lagen. Niemand begegnete mir, auch als ich durch eine kleine Tür auf die Galerie des zweiten Stockes trat, hörte ich nichts. Meine Beine zitterten noch und ich musste mich an dem Geländer festhalten, als ich Martha das erste Mal sah. Sie kam von draußen, lief durch die Empfangshalle und verschwand in einer Tür. Ich stieg die Treppe hinab und klopfte. Die Tür wurde sofort geöffnet, ich sah eine riesige Küche, in der, um einen Tisch am Fenster, zwei Frauen und ein alter Mann saßen. Sie tranken Kaffee, das konnte ich riechen. Nachdem wir uns einen Moment verwundert angestarrt hatten, boten sie mir einen Stuhl und einen Kaffee an und stellten sich vor: Der alte Mann hieß Hans, er war der Gärtner und Chauffeur der Gnädigen, Luise war die Köchin, Martha ein Dienstmädchen. Von der Decke herab hing eine Wiege, darin Johanna, Marthas Tochter, neun Monate alt. Unser Gespräch dauerte nicht lange, denn ich fragte sofort nach meiner Mutter, und als ich keine Antwort bekam, wusste ich, dass sie tot war. „Sie hat es nicht geschafft", sagte Luise. Danach schwiegen wir. Ich war nicht fähig, etwas zu empfinden, ich begriff einfach nicht, was vor sich ging. Martha sah mich an, und ich sah sie an, und ich dachte, sie ist wunderschön. Das war es, was mir in diesem Moment durch den Kopf ging. Sie hatte ein glattes, weißes Gesicht, die dunklen Haare streng zurückgekämmt und zu einem Knoten zusammengesteckt, und grüne Augen, leuchtend grün. Keine Ahnung, wie lange wir dasaßen und schwiegen. Irgendwann bimmelte eine kleine Glocke über der Tür.

„Geh du, Martha", sagte Luise und Martha stand auf und ging. Sie trug ein schwarzes Kleid mit V-förmigem Ausschnitt, und ich wusste, dass ich mich in sie verlieben würde. Es dauerte nicht lange, bis sie zurückkam und sagte, die Gnädige wolle mich sehen. Ich gehorchte.

Sie saß im großen Salon vor den Fenstern, von denen aus man über das Haff sehen konnte, und würdigte mich keines Blickes. Den Rücken mir zugewandt, sagte sie, es täte ihr leid, dass meine Mutter gestorben sei. Dann machte sie eine Pause. Danach erzählte sie, dass ihre ganze Familie beim Untergang der Gustloff ums Leben gekommen war. Ich stand in diesem riesigen, sonnendurchfluteten Zimmer und hörte sie die Namen all ihrer Verwandten aufzählen. Am Schluss verkündete sie, sie werde nie ein Schiff betreten, was auch geschehe, sie sei bereit, sich zu erschießen, sollte es den Barbaren gelingen, bis nach Kahlberg vorzustoßen, aber ich merkte, dass sie nicht wirklich daran glaubte. Sie wusste nicht, was da draußen los war, sie hatte diesen goldenen Käfig seit Wochen nicht verlassen. Sie sagte mir all das, weil ich ein Abgesandter des Elends war, das sie erwartete, vor dem sie sich fürchtete, das sie hasste. Ich solle mich nützlich machen, sagte sie, Luise werde mich einweisen. Bockig wie ein sechsjähriges Kind bestand sie darauf, dass ihr Leben weiterging wie bisher. Keine Stunde Fußweg von ihrem Haus entfernt zogen die Trecks an den Dünen der Ostsee entlang, aber sie sah sie nicht. Ihr Haus lag auf der anderen Seite der Nehrung, eine Villa im Seebad Kahlberg, in dem die Sommergäste von Elbing aus mit dem Dampfer anlegen würden, in ein paar Monaten schon. Sie spürte, dass das Blödsinn war, dass sie dieses Leben verloren hatte, für immer, aber sie war nicht fähig, sich ein anderes vorzustellen. Dass ihre Sturheit uns alle wahrscheinlich gerettet hat, wusste ich da noch nicht. Ich hörte ihr zu und dachte, sie ist verrückt, aber irgendwie bewunderte ich sie auch. Von der Gustloff hatte ich noch nie was gehört und ich hielt es für möglich, dass alles, was die Gnädige mir gesagt hatte, Unsinn war. Aber ich wagte nicht, ihr zu widersprechen.

Am ersten Abend in der Villa, den ich bewusst erlebte, lag ich im Bett und dachte an meine Mutter, aber ihr Bild war verschwunden, stattdessen sah ich Marthas ernstes Gesicht vor mir, und der Gedanke, dass sie mit mir gemeinsam unter diesem Dach lag, wie ich allein in ihrem Zimmer, machte mich ganz verrückt. Dem Tod entkommen, war ich in eine Welt geraten, die ich nur vom Hörensagen kannte, eine Welt der schönen Dinge. Jeder Gegenstand in diesem Haus war etwas Besonderes, jedes Messer, jede Tasse, noch der winzigste Aschenbecher strahlte Eleganz aus, Reichtum, Geschmack. Die Zimmer dufteten nach teurem Parfüm, nach Frauen, nach Sommer, nach Flirts. Ich befand mich in einem seltsamen Schwebezustand, anders kann ich es nicht beschreiben. Ich hatte kein Gefühl für die Realität. Hätte mir jemand gesagt, dass man solche Visionen hat, bevor man erfriert, ich hätte ihm geglaubt.

Jeden Morgen ging ich mit Hans in den Park und sägte Holz. Die Villa war die Sommerresidenz der Lochefelds, den Winter über wohnten sie in Elbing. Lochefeld besaß große Anteile an der Schichauwerft und hatte am Krieg verdient. Aber Elbing war schon Mitte Februar von den Russen besetzt worden und seitdem war er verschwunden. Die Gnädige tat so, als sei das normal, als wisse sie, wo ihr Mann sei. Ein paarmal habe ich sie sagen hören, er habe sich gemeldet, aus Sopot, aber Hans sagte mir, das sei Blödsinn. Trotzdem taten alle so, als glaubten sie die Geschichte. Niemand wollte sich mit der Gnädigen anlegen, noch nicht. Wir sägten also Holz und heizten die Öfen, auch die in den Gästezimmern. Die Gnädige bestand darauf, sie hoffte, der Major könnte plötzlich vor der Tür stehen, aber es kam niemand mehr. Hans ging jeden Abend an die

Nehrungsstraße, verteilte Brot und Tee und fragte die Vorbeiziehenden, wo die Russen stünden. Sie standen überall, und Ende März fingen sie an, vom anderen Ufer des Haffs aus auf die Nehrung zu schießen. Die Granaten flogen über uns hinweg, denn die Russen wollten die Flüchtlingstrecks am Ufer der Ostsee treffen, aber ein paarmal schossen sie daneben, und dann zitterten die Scheiben der Villa. Wir zogen also nachts alle in den Keller, alle außer der Gnädigen. Keine Ahnung, was sie Tag und Nacht tat. Ich ging ihr aus dem Weg, wir alle gingen ihr aus dem Weg, nur Luise hatte den Mut, sie manchmal zu besuchen, um den Speiseplan für den nächsten Tag durchzusprechen. Natürlich versuchte ich, mich so oft wie möglich in Marthas Nähe aufzuhalten, aber sie gab mir nicht viel Gelegenheit dazu. Ich war sechzehn, ein Bauernjunge, sie war mir gegenüber sehr reserviert, um nicht zu sagen überheblich. Das änderte sich allerdings, als die Granateinschläge sich häuften, als wir im Keller saßen und die Nachtflieger über uns hinwegdonnerten. Martha fing an zu begreifen, dass wir fortmussten, dass wir uns einreihen mussten in den Elendszug, aus dem ich gekommen war. Sie erkundigte sich ein paarmal umständlich, was meine Mutter und ich erlebt hatten, aber ich sagte ihr nur, wir hätten Pech gehabt. Sie wusste, dass das nicht stimmte, fragte aber nicht weiter.

Dann kam Hans und rief, Danzig sei gefallen. An diesem Tag gab es die erste große Auseinandersetzung mit der Gnädigen. Er sagte, wir müssten uns sofort auf den Weg machen, noch würden Schiffe von der Weichselniederung aus nach Hela fahren, aber die Gnädige antwortete, niemand bekäme sie auf ein Schiff. Ich gestehe, dass mich die Nachricht wieder zu Verstand brachte. Dass Danzig fallen könnte, so bald schon, damit hatte ich nicht gerechnet. Die Bilder kamen zurück, ich fing an zu zittern, so sehr, dass ich aus dem Zimmer gehen und mich draußen hinsetzen musste.

Drinnen hörte ich die Gnädige schreien, sie werde niemals ein Schiff betreten, und sie verbiete uns, in ihrem Haus davon zu sprechen. Wenn es Gottes Wille sei, die Welt von diesen Barbaren regieren zu lassen, werde sie sich erschießen. Es war aussichtslos. Wir blieben, aber das Donnern der Geschütze wurde immer lauter, auch am Tage. Ich saß am Tisch und hörte Hans reden, aber ich hatte Angst. Er wusste ebenso wenig wie die Gnädige, was uns da draußen erwartete. Selbst wenn wir es schafften, konnte es ihm und mir immer noch passieren, dass wir aufgegriffen und in den Volkssturm gesteckt wurden. Ich fing an, die Gnädige zu verstehen. Vielleicht war sie weitaus weniger verrückt, als ich gedacht hatte. Sobald sie dieses Haus verließ, war sie ein Tier, ein Zirkustier, dressiert für die Manege, das man plötzlich in die Wildnis jagte, und das schien sie zu wissen. Martha fing an, meine Nähe zu suchen, und nur dadurch gelang es mir, meine Angst zu bekämpfen. Wir saßen im Keller, sie an mich gelehnt, neben uns Johanna in einem Körbchen, und wenn es draußen donnerte und Martha aus ihrem Halbschlaf aufschreckte, dann drückte ich sie manchmal an mich. Sie roch so wunderbar.

Dann fiel Königsberg und der Strom der Flüchtlinge versiegte. Wir saßen in der Falle: vor uns das Haff, im Westen Danzig, im Osten Königsberg, und es war nur eine Frage der Zeit, bis es den Russen gelingen würde, bei Pillau auf die Nehrung zu kommen. Wenn wir überhaupt aus diesem Kessel rauskommen konnten, dann nur über die Ostsee, aber das wollte die Gnädige nicht, und wir fingen an, uns an den Gedanken zu gewöhnen, sie allein in der Villa zu lassen. Luise war die Einzige, die immer wieder forderte, wir müssten sie mitnehmen, aber nachdem Hans verschwunden war, hörte sie auf damit. Dann kam der erste Tag, den wir komplett im Keller verbrachten. Johanna schrie fast die ganze Zeit, weil die Bomben jetzt dichter fielen und das Haus bis in die Grundmauern erzitterte. Ich sagte, wir könnten nicht länger warten. Es wäre das Beste, wenn wir nachts gingen, da könnten uns die Flieger nicht so leicht erwischen. Außerdem schlug ich vor, nicht auf der Nehrungsstraße zu gehen, sondern durch die Wälder auf der Seite des Haffs. Das würde zwar länger dauern, war aber sicherer. Martha war mit allem einverstanden. Als wir am Abend aus dem Keller kamen, sah die Villa schon ziemlich ramponiert aus. Sie hatte noch keinen Treffer abbekommen, aber die Scheiben auf der hinteren Seite, die zum Park hin lag, waren zerborsten. Luise bat mich, mit ihr zur Gnädigen zu gehen, um ihr zu sagen, dass wir uns aufmachen würden. „Das sind wir ihr schuldig", sagte sie. Die Gnädige saß in der Dunkelheit des großen Salons und starrte aufs Haff. Eine Lampe war umgefallen, Geschirr lag auf dem Fußboden, ich nehme an, sie selbst hatte es heruntergeworfen.

„Gnädige Frau", flüsterte Luise, „wir können nicht länger warten, es ist zu gefährlich, Sie müssen auch an Martha und das Kind denken." Wir warteten, aber es kam keine Antwort. Als wir uns umdrehten und schon gehen wollten, kam die Stimme der Gnädigen aus der Dunkelheit. „Es ist gut, Luise", sagte sie, „legen Sie mir die Reituniform heraus und den Pelz, ich komme sofort." Ich hatte nicht damit gerechnet und wusste nicht, ob ich mich über ihren Entschluss freuen oder ärgern sollte. Zweifellos war sie eine Belastung, aber was sollte ich machen, ich konnte ihr nicht verbieten, mit uns zu kommen. Komischerweise war ich von dem Augenblick an, in dem wir beschlossen hatten zu gehen, ganz ruhig. Ich wusste auf einmal, dass wir es schaffen würden. Es gab nichts, was ich hätte packen können, also half ich Luise. Wir stopften Kartoffelmehl, Salz, Zucker, Wasser, Streichhölzer und alles, was uns brauchbar erschien, in einen Rucksack, den ich immer wieder anhob, um zu prüfen, ob er nicht zu schwer geworden war. Jeder sollte seine Papiere mitneh-

men, sonst nur das, was er selbst tragen konnte. Das Haus zitterte wieder. Es dauerte vielleicht eine Stunde, bis wir alle fertig waren, alle, bis auf die Gnädige. Ich fing schon an, auf sie zu fluchen, da kam sie, in Reithosen und Stiefeln, darüber ihren Pelz, sonst hatte sie nichts, keine Tasche, keinen Koffer, nichts. Das wunderte mich. Ich hatte ihr so viel Weitblick nicht zugetraut. Als Luise die Villa zugeschlossen hatte, sackte die Gnädige auf einmal zusammen. Sie weinte so furchtbar, dass mir selbst die Tränen in die Augen schossen. Ich musste auf einmal an meine Mutter denken und fing wieder zu zittern an. Ich weiß nicht mehr, wie es uns gelang, die Gnädige auf die Beine zu stellen. Jemand gab ihr vielleicht ein paar Ohrfeigen, aber genau weiß ich es nicht. Wir gingen. Ich zuerst, hinter mir Martha mit Johanna, dann die Gnädige, am Schluss Luise. Wir sprachen kein Wort. Es war kalt, aber bei weitem nicht so kalt wie Ende Januar, als ich mit meiner Mutter losgezogen war. Auf dem ganzen Weg dachte ich an sie. Ich dachte, dass sie jetzt wahrscheinlich überlebt hätte. Es war immer nur dieser eine Gedanke, den ich vielleicht tausendmal dachte: Jetzt hätte sie es geschafft. Natürlich war das Blödsinn, denn das Eis des Haffs trug längst niemanden mehr, wir wären um diese Zeit also niemals auf die Nehrung gekommen, aber darum ging es nicht. Ich geriet in eine Art Trance. Meine Schritte waren wie eine Trommel, die mich einlullte und wahrscheinlich war das gut so, auf diese Weise konnte ich meine Erinnerungen betäuben, meine Angst, von der ich nichts wusste, nichts wissen wollte. Erst als Martha rief, ich solle nicht so schnell gehen, sie kämen nicht hinterher, erst als ich stehen blieb und die Trommel aufhörte zu schlagen, nahm ich mich wieder wahr. Der Mond schien, wir kamen ganz gut voran. Bis zur Weichselmündung waren es ungefähr fünfundzwanzig bis dreißig Kilometer und ich hatte ausgerechnet, dass wir es bis zum Morgen geschafft ha-

ben müssten, wenn uns nichts aufhielt. Allerdings war der Weg beschwerlicher, als ich gedacht hatte. Wir liefen nicht direkt am Ufer des Haffs entlang, sondern kämpften uns durch den Kiefernwald, der uns Deckung und Schutz geben sollte. Wir stolperten über Wurzeln, kletterten durch die Verteidigungsgräben, die vom Haff bis an die Ostsee liefen, über die ganze Nehrung hinweg, und die wir also nicht umgehen konnten. Das kostete uns Zeit und Kraft. Die ganze Nacht über hörten wir Gefechtslärm, mal lauter, mal leiser, aber alles spielte sich am Ufer der Ostsee ab, ich hatte also richtig entschieden, den beschwerlicheren Weg zu nehmen. Die Frauen sagten kein Wort, marschierten tapfer, auch die Gnädige. Einen Teil des Wegs trug ich Johanna, weil Martha umgeknickt war und anfing zu humpeln. Ich band sie mir vor die Brust und streichelte ihr immerzu über den Kopf, weil ich spürte, dass ich sonst wieder angefangen hätte zu zittern. Sie war so winzig, es war beängstigend.

Hinter Bodenwinkel, als das Haff aufhörte, wurde es schwieriger, sich zu orientieren, aber wir schafften es, wie ich gedacht hatte, bis zum Morgen. Ich weiß nicht, was wir uns vorgestellt hatten, aber was wir sahen, als wir Nickelswalde endlich erreicht hatten, schnürte uns die Kehlen zu. Die Weichselniederung glich einer Mondlandschaft. Das ganze Gelände war aufgewühlt. Tausende hockten in kilometerlangen Deckungsgräben und warteten darauf, zwischen zwei Angriffen der Russen bis zu den Landungsstegen zu laufen, die am Ufer der Weichsel von Pionieren gebaut worden waren und an denen die Marine-Fähren und Pionier-Landungsboote anlegten, um die Leute nach Hela zu bringen. Es war die Hölle. Die Russen flogen Tag und Nacht Angriffe und wir sahen die in aller Eile ausgehobenen Massengräber in den Dünen. Die Fähre zwischen Nickelswalde und Schiewenhorst war noch in Betrieb, aber die Wenigsten wagten, sie zu benutzen, denn nichts forderte die Russen mehr he-

raus als diese schwimmende Bratpfanne mit den beiden Türmen, zwischen denen die Fahrerkabine hing. Aber sie trafen sie nicht, es war wie ein Wunder. Wir redeten mit den Leuten in den Gräben und erfuhren, dass die deutsche Ordnung und Gründlichkeit immer noch funktionierten. Die Flüchtlinge waren in Tausenderblocks eingeteilt, man brauchte, wenn man ein Mann war, ordentliche Papiere, um auf die Schiffe zu kommen, Frauen mussten ihren Namen, ihr Geburtsdatum und nächste Angehörige angeben, es gab Feldküchen, in denen sie alles nur irgendwie Essbare verarbeiteten, sämtliche Pferde der Flüchtlingstrecks und der Infanterie und alles Vieh, das es bis hierher geschafft hatte. Die Feldgendarmerie kontrollierte an allen Engstellen und hängte jeden auf, der zu desertieren versuchte, es gab Sanitätsstellen, die noch erstaunlich gut funktionierten, es war das perfekt verwaltete Elend und es gefiel mir nicht. Ich hatte keine Lust, noch im Volkssturm verheizt zu werden, und eine Stimme sagte mir, dass wir uns absetzen mussten, irgendwohin, wo wir sicher waren, sicher vor den Angriffen der Russen und sicher vor der Feldgendarmerie. Es konnte Tage dauern, bis wir bei diesen Menschenmassen überhaupt die Chance bekamen, auf ein Schiff zu kommen, und diese Tage mussten wir überleben. Also begab ich mich auf einen Erkundungsmarsch. Ich ließ die Frauen in einem der Gräben und sagte, ich wolle mich ein bisschen umsehen. Es war sehr früh, die meisten Leute schliefen noch, was sollten sie auch sonst tun. Ich lief zunächst im Schutz der Kiefernwälder am Ufer der Weichsel entlang, begriff aber bald, dass das, was ich suchte, hier nicht zu finden war, denn natürlich waren alle auf die Idee gekommen, die spärliche Deckung der Kiefernwälder auszunutzen. Je weiter ich mich allerdings von den Anlegestellen der Fähren entfernte, umso weniger Flüchtlinge sah ich. Entgegen meiner bisherigen Taktik suchte ich diesmal das Ufer der Ostsee, und dort fand ich, am Ende der gewaltigen Dünen, die die Weichsel noch ein Stück in die Ostsee hinausbegleiten, ein respektables Boot. Es war in einer Art Bucht festgemacht, verborgen durch einen kleinen Vorsprung der Düne, man sah es also nur von der See und aus der Luft natürlich, und das bereitete mir ein bisschen Sorgen, aber ich beschloss, es mir wenigstens anzuschauen, und was ich sah, gefiel mir. Das war genau der Ort, den ich gesucht hatte. Das Boot war vielleicht zehn Meter lang, es gab ein kleines Führerhaus, vorne ein paar Holzkisten, die verschlossen waren, unter Deck eine Küche und zwei winzige Kabinen, in denen jemand bis vor kurzem geschlafen haben musste, denn es lagen ein paar Armeedecken darin. Ob das Schiff noch seetüchtig war, wusste ich nicht, auf jeden Fall hätte man Benzin gebraucht, denn der Tank war leer. Ich warf einen Stein hinein und es polterte. Ich ging zurück und holte die Frauen. Ich sagte, ich hätte einen guten Platz für uns gefunden, dass wir auf einem Schiff wohnen würden, verschwieg ich, denn ich hielt es für möglich, dass die Gnädige sich sonst geweigert hätte, uns zu begleiten.

Wir sind bis zum Ende des Krieges auf diesem Kutter geblieben. Martha teilte selbstbewusst die Kabinen ein: Die Gnädige schlief mit Luise in der einen, sie selbst mit Johanna und mir in der anderen. Essen und Wasser holten wir uns aus der nächstgelegenen Feldküche, das heißt Martha oder Luise holten es, die Gnädige war sich zu fein, ich hatte Angst, aufgegriffen zu werden. Tag und Nacht kreisten die Russen über uns, aber wir waren ihnen keine Bombe wert. Wenn sie über uns hinwegflogen, hatten sie ihre Last wahrscheinlich schon abgeworfen. In den ersten beiden Nächten zitterten wir noch, aber dann begriffen wir, dass wir hier sicher waren. Wir wussten nicht genau warum, aber wir spürten, dass es so war. Von da an schliefen Martha und ich jede Nacht miteinander. Wir waren am Ende der Welt angekommen, in einer komischen Gegenwart, die abgelöst von Vergangenheit und Zukunft durch die Zeit trieb und eine Art Urgemeinschaft hervorbrachte, die nur aus Martha, Johanna und mir bestand. Wir sprachen nicht viel, wir ertasteten uns, wir klammerten uns aneinander, wir vögelten, gierig, ängstlich, als wollten wir tausend neue Menschen zeugen.

Die Gnädige schaute uns jeden Morgen hasserfüllter an, Luise bemühte sich, unsichtbar zu sein, ich versuchte herauszufinden, wie wir über die Ostsee kommen konnten. Martha sagte mir, sie hätte einen Onkel und eine Tante in Dessau, dorthin könnten wir gehen. „Und wenn irgendetwas mit mir geschieht, Hagen, dann bringst du Johanna dorthin, versprich mir das.“ Ich versprach es. Nach zehn Tagen hatten sich die Lager entlang der Weichsel gelichtet.

Luise sagte, wenn wir nicht bald versuchten, auf ein Schiff zu kommen, wäre es zu spät. Komischerweise widersprach ihr die Gnädige nicht mehr. Wir schafften es, Anfang Mai, ohne größere Mühe auf einem Pionierlandungsboot unterzukommen, das uns nach Hela brachte, aber dort war alles noch schlimmer: ein totes, vollgeschissenes Stück Land, ohne Schutz, ohne Deckung, aufgewühlt von Granaten, Raketen, Gräbern, übersät mit Toten, Verwundeten, erschöpften Soldaten und Flüchtlingen, pausenlos den Angriffen der Russen ausgesetzt. Und dort ist es passiert, einfach so, ohne jede Vorwarnung: Martha sank plötzlich um. Den Flieger hatten wir nicht einmal gehört. Sie zuckte kurz zusammen, dann knickten ihr die Beine weg. Es dauerte einen Moment, ehe das Blut die Kleidung durchdrang. Ich stand da, unfähig zu begreifen, was gerade geschehen war. Zum Glück hielt ich Johanna im Arm, sonst wäre sie vielleicht auch getroffen worden.

Noch am Abend desselben Tages brachten sie uns auf ein Schiff, das draußen in der Ostsee lag. Wir mussten unter Deck, weil die

Russen wie Schmeißfliegen das Schiff umkreisten und ihre Bomben warfen. Es stank nach allem, was aus einem Menschen herauslaufen kann: Pisse, Eiter, Kot, Schweiß, Blut.

Später, als wir stumm auf dem Boot hockten, in der Morgendämmerung, und sie kamen, um uns nach unseren Namen zu fragen, um ihre Listen zu schreiben und all das zu tun, was sie tun mussten, da schämte ich mich, weil mein Verstand noch funktionierte, weil ich nicht verrückt geworden war, weil ich Hunger hatte und atmete und mich ans Leben klammerte wie ein Schiffbrüchiger an ein Stück Holz. Sie haben uns nach Kiel gebracht, Johanna, die Gnädige und mich. Aber die ganze Küstenregion war überschwemmt von Flüchtlingen, die niemand versorgen konnte, also haben wir uns aufgemacht, nach Dessau, das war das einzige Ziel, das uns einfiel. Die Gnädige sprach nicht mehr, kein einziges Wort, auf dem ganzen Weg, der ein Kampf war, ein Kampf um Plätze in den wenigen Zügen, die noch fuhren, um Essen und Trinken, und die Gnädige, in ihren Pelzmantel und ihr hochmütiges Schweigen gehüllt, reizte die Leute. Hätten wir nicht Johanna gehabt, wer weiß, ob wir je in Dessau angekommen wären, in diese Stadt, die nur noch ein Trümmerhaufen war, aber Marthas Tante lebte noch, sie besaß eine große Gärtnerei und nahm uns auf, ein paar Wochen, dann hörten wir, dass die Amerikaner abziehen und die Russen kommen würden, es wollte kein Ende nehmen. Wir gingen nach München, die Gnädige und ich. Johanna ließen wir in Dessau in der Gärtnerei.

Anderthalb Jahre wohnten die Gnädige und ich in einem winzigen Zimmer. Wir sprachen kaum miteinander, versuchten durchzukommen. Ich habe sie gehasst in dieser Zeit, ihr ewiges Kränkeln, ihren Hochmut, ihre Unselbstständigkeit, und doch brachte ich es nicht fertig, sie allein zu lassen. Sie gab mir einen gewissen Halt, so komisch sich das anhören mag. Ich musste mich um sie kümmern, sie versorgen, das Zimmer heizen, Wäsche waschen, ihren Schmuck versetzen, ihren Pelzmantel, alles, was uns noch geblieben war. Ich hatte eine Aufgabe, und das hielt mich am Leben. Einmal in der Woche richtete sie sich her und ging auf irgendwelche Ämter. Sie sagte nicht, was sie dort wollte, sie verlangte nur, dass ich sie hinbrachte, dort wartete und sie wieder zurückbrachte. Manchmal weinte sie auf dem Rückweg, aber eines Tages trat sie wie eine Siegerin aus der Tür und verkündete, wir würden in die Schweiz gehen. Man hatte ihren Mann für tot erklärt und sie als Alleinerbin anerkannt. Sie war plötzlich wieder eine reiche Frau. Sie fragte mich nicht, ob ich Lust hatte, ihr zu folgen, sie legte es einfach fest und ich protestierte nicht.

III

In das Rauschen, das den letzten Worten Hagens folgte, klingelte plötzlich das Telefon. Ich erschrak und fühlte mich, als hätte ich etwas Verbotenes getan. Wer konnte das sein? Rosa? Hagen? Oder vielleicht ... der Kindesvater? Ich lief auf die Galerie hinaus und nahm den Hörer ab. Es war Rosa.

„Wie geht es dir?“, fragte sie.

„Gut“, sagte ich.

„Was machst du gerade?“

Ich stockte. Konnte ich ihr sagen, dass ich Hagens Kassetten hörte? Wusste sie davon? Hatte er es ihr erzählt? „Ich lese gerade in meinen Geschichten“, sagte ich. „Ich war bei mir und habe meine Sachen geholt und als ich in meinem Zimmer stand, da hat mich das große Elend gepackt. Ich fürchte, die eine Nacht in der Villa hat mir die Augen geöffnet. Ich finde mein Zimmer einfach nur schrecklich, es deprimiert mich, da kann ich nicht schreiben, das ist mir jetzt klar geworden."

„Warum ziehst du nicht in die Villa?", fragte Rosa. Ich war so perplex, dass ich nichts zu sagen wusste.

„Hagen hat garantiert nichts dagegen", fuhr sie nach einer kleinen Pause fort.

„Wie kommst du darauf, dass er nichts dagegen hat?"

„Er mag dich, das hat er mir gesagt."

„Ja, schon, ich, ich finde ihn auch interessant, aber das heißt ja noch nicht, dass ich in der Villa wohnen kann."

„Das Können ist nicht das Problem", sagte Rosa, „die Frage ist, ob du es willst."

Mir verschlug es zum zweiten Mal die Sprache. Wieso konnte Rosa meine Gedanken lesen?

„Aber es ist doch gar kein Platz mehr", sagte ich.

„Natürlich ist noch Platz", sagte sie. „Wir bewohnen ja nur die rechte Seite. Die linke steht leer. Auf jeder Etage gibt es eine leer stehende Einheit. Du könntest dir sogar aussuchen, ob du im Erdgeschoss, im Obergeschoss oder im Dachgeschoss wohnen willst."

„Das wusste ich nicht", sagte ich, weil mir nichts anderes einfiel. Die Vorstellung, in die Villa ziehen zu können, brachte mich völlig durcheinander, also versuchte ich das Gespräch auf ein anderes Thema zu lenken.

„Wie geht es euch, seid ihr gut angekommen?"

„Ja, alles gut. Für Marie war es natürlich ein bisschen viel. Erst der Flug und dann die Fähre. Sie konnte ewig nicht einschlafen. Aber jetzt schnieft sie in meinem Bett."

„Und wie ist es so auf Hydra?", fragte ich.

„Wunderschön natürlich“, sagte Rosa ein bisschen schnippisch. „Und bei dir?“

„Ein bisschen still.“ Ich fragte mich, ob sie einfach so anrief oder ob sie etwas Bestimmtes wollte.

„Also fehlen wir dir?“, fragte sie.

„Ja, ja schon, es ist fröhlicher, wenn ihr da seid.“

„Fröhlicher?“

„Lebendiger, lauter, abwechslungsreicher!“

„Also fühlst du dich einsam in deiner Dachwohnung?“

Ich überlegte einen Moment, was ich sagen sollte. Ich hatte das Gefühl, die Antwort auf diese Frage war wichtig. „Ja“, sagte ich, „ja, ich fühle mich einsam in meiner Dachgeschosswohnung.“

„Ich auch“, sagte Rosa sofort.

„Was?“, fragte ich.

„Ich fühle mich auch einsam“, sagte sie.

„Aber du hast Marie und Hagen und Elena.“

„Und dich?“, fragte Rosa.

„Und mich natürlich“, sagte ich leise.

„Marie ist ein Jahr alt, Hagen über sechzig und Elena sagt nie etwas. Denkst du nicht, dass ich mich da einsam fühlen kann?“

„Doch, doch natürlich.“

Wir schwiegen einen Moment.

„Warum fahren wir nach Hydra?“, fragte ich.

„Ich dachte, das sei jetzt klar“, sagte Rosa.

„Warum sollte es plötzlich klar sein?“

„Hast du die Kassetten nicht gehört?“

„Du weißt von den Kassetten?“, sagte ich vielleicht ein bisschen zu schnell und zu laut.

„Na klar, ich habe Hagen gebeten, sie dir zu geben. Ich wollte, dass er dir etwas schreibt, aber er hat gesagt, er könne es nicht. Und dass er dir die ganze Geschichte erzählt, dazu fand sich nicht die Gelegenheit."

„Welche Geschichte?", fragte ich und merkte, dass es mir schwerfiel, nicht zickig zu klingen. „Worum geht es hier? Ich meine, wir küssen uns auf dem Parkplatz, ich werde ganz verrückt, wenn du in meiner Nähe bist, jetzt fahren wir zusammen in den Urlaub, aber ich darf nicht wissen, wer Maries Vater ist, warum Hagen dich hier wohnen lässt, woher du ihn überhaupt kennst. Und als wäre das alles nicht schon verwirrend genug, sagst du mir, ich könnte auch in die Villa umziehen."

„Hör die Kassetten", sagte Rosa knapp.

„Aber warum?", rief ich. „Warum kannst du mir nicht sagen, was ich wissen will?"

„Weil es Hagens Geschichte ist, deshalb muss er sie selbst erzählen."

„Aber was hat Hagens Geschichte mit dir zu tun?"

„Paul, bitte! Hör die Kassetten, dann wirst du es verstehen."

Ich atmete tief durch, ich wollte nicht, dass wir uns stritten.

„Ja, ja, ich höre die Kassetten, aber ich begreife nicht, was diese ganze Geheimniskrämerei soll."

„Es ist kompliziert", sagte Rosa leise.

„Das war es irgendwie schon immer bei uns, schon damals beim Studium", sagte ich.

„Ich nicke", sagte Rosa, „das kannst du nicht sehen, deshalb sage ich es dir."

Wir lachten und ich war froh, dass wir die Kurve gekriegt hatten.

„Aber warum?“, fragte ich, „warum ist es bei uns so kompliziert?“

„Weil uns etwas Besonderes verbindet, und trotzdem könnte ich mich immerzu mit dir streiten, aber wenn du nicht da bist, dann fehlst du mir. Ich habe wirklich oft an dich gedacht. Ich habe sogar mal versucht, dich zu finden …“

„Mich zu finden?“, fragte ich. „Wirklich, wann war das?“

„Keine Ahnung, nachdem ich beim Studium angenommen worden bin.“

„Da bin ich wahrscheinlich gerade losgefahren“, sagte ich.

„Warum bist du eigentlich zurückgekommen?“, fragte Rosa.

„Weil ich ein Buch schreiben will.“

„Bücher kann man überall schreiben.“

„Eben nicht“, sagte ich. „Ich jedenfalls kann es nicht. Während meiner Reise habe ich Geschichten gesammelt, jetzt habe ich sie nach Hause geschleppt, wie ein Hamster Fressen in seinen Bau schleppt. Nur habe ich keinen Bau mehr. Alles hat sich verändert.“

„Also bist du unterwegs gewesen, um ein Buch zu schreiben?“, fragte Rosa.

„Am Anfang habe ich nicht darüber nachgedacht“, sagte ich, „da wollte ich einfach nur weg, weg von allem, aber dann, dann habe ich schon daran gedacht, Geschichten zu sammeln.“

„Du hast mir mal eine von deinen Geschichten zu lesen gegeben. Ich habe sie nicht verstanden, und ich glaube, das hat dich wütend gemacht.“

„Es hat mich fuchsteufelswild gemacht“, sagte ich, „und ich fand, dass du die Geschichte nicht verstehen wolltest. Aber dann habe ich sie Jahre später noch einmal gelesen, und da habe ich sie selbst nicht verstanden.“

Rosa lachte und es hob meine Stimmung, sie zum Lachen gebracht zu haben. Danach schwiegen wir einen Moment.

„Es ist schon ziemlich heftig, was Hagen da erzählt", sagte ich.

„Also hast du die Kassetten doch schon gehört?", rief Rosa.

„Nur die erste, nur die, wo er vom Ende des Krieges erzählt, von der Gnädigen und dem Tod seiner Mutter und all das."

„Er hat alles verloren", sagte Rosa, „seine Eltern, seine Brüder, sein Haus, einfach alles. Von einem Tag auf den anderen, alles weg."

„Genau wie du", sagte ich.

„Ich muss auflegen", sagte Rosa, „Marie ist gerade aufgewacht."

„Es ist schön, dass du angerufen hast", sagte ich.

„Wir sehen uns übermorgen. Und wehe, du kommst nicht."

„Warum denkt ihr alle, dass ich nicht kommen will?", fragte ich.

„Bis übermorgen", antwortete Rosa knapp. „Ich freu mich auf dich."

„Ich auch", sagte ich und dann legten wir auf. Nachdem ich den Kühlschrank durchstöbert, mir ein paar Brote gemacht und eine Flasche Weißwein geöffnet hatte, hörte ich die zweite Kassette.

IV

Also gut, das Geld. Natürlich hängt alles mit der Gnädigen zusammen. Nachdem sie an die Konten ihres Mannes herangekommen war, mietete sie sich lebenslang im Hotel Boveri in Zürich ein und sorgte dafür, dass ich dort als Barkeeper anfangen konnte. Sie bezahlte mein Gehalt, zwei Jahre lang, danach stand es dem Boveri frei, mich zu entlassen, aber sie behielten mich. Und dort, in der Bar des Hotels, lernte ich Otto Hallmann kennen.

Ich frage mich manchmal, was er heute macht, ob es ihm gut geht. Ich hoffe es, denn ich verdanke ihm meinen Reichtum. Wer weiß, wie alles gekommen wäre, wenn ich ihn nicht getroffen hätte. Keine Ahnung. Wie auch immer, dieser Mann, Otto Hallmann, arbeitete für eine Schweizer Firma, die optische Geräte herstellte. Immer, wenn er geschäftlich Amerika bereiste, übernachtete er vor der Abreise und nach der Rückkehr im Hotel Boveri. Zunächst war es nicht viel mehr als eine dieser typischen Barbekanntschaften. Wir unterhielten uns meistens über die Lebensläufe erfolgreicher Unternehmer. Ich las damals alle möglichen Wirtschaftszeitungen, denn meine Kundschaft bestand vorwiegend aus Geschäftsleuten. Grundig, Neckermann, Körber, Ford, Merrill, das waren Stars in den Fünfzigerjahren. Ich las alles, was ich über sie in Erfahrung bringen konnte. Ich verehrte sie, wie andere Leute Filmstars verehren. Hallmann hörte mir zu, oft die halbe Nacht lang. Er redete nicht viel, er trank nicht viel, gab mir aber immer ein viel zu hohes Trinkgeld. Eines Abends, Hallmann war gerade aus Amerika zurückgekommen, trank er entgegen seiner Gewohnheit drei oder vier Manhattan. Das machte ihn redselig. Er fing an, von seiner Zeit in Amerika zu reden, wohin er während des Zweiten Weltkrieges hatte fliehen müssen. Er erzählte von seinem Freund Carlson und von dem Kopierverfahren, an dem sie zusammengearbeitet hatten. Carlson war Patentanwalt und Physiker. Ein Mann mit Ideen, zu impulsiv für einen Anwalt, zu nervös für einen Physiker. Es ärgerte ihn, dass er für die Duplikate seiner Papiere so lange brauchte, denn damals hantierte man noch mit Kohlepapier, wenn man Kopien herstellen wollte, und das be-

deutete ständig schwarze Finger und einen Haufen Arbeit. Natürlich gab es schon Offsetdruckmaschinen, aber die waren groß, teuer, langsam und unpraktisch. Deshalb beschloss Carlson, einen neuen Kopierer zu entwickeln, der keine chemische Reaktion benötigte, Elektrofotografie nannte er das. Er erzählte lange davon und Hallmann, der Techniker war – ein Techniker aus Deutschland, das war damals für einen Amerikaner noch was – Hallmann fand die Idee großartig. Sie mieteten sich eine Wohnung über einer Bar in Astoria, Queens, und bastelten zwei Jahre an einem roten Kasten herum, an dem sie ihr neues Verfahren demonstrieren wollten. Sie wohnten in ihrer Werkstatt, lebten von den paar Dollars, die Carlson als Patentanwalt verdiente, und glaubten an ihren Erfolg. Irgendwann im Jahr 1938 nahm Carlson ein Blatt Papier, schrieb das Datum des gerade angebrochenen Tages darauf, steckte es in den roten Kasten, und eine Minute später hatte er eine Kopie dieses Blattes in der Hand. Sie hatten es geschafft und fingen an, mit ihrem Kasten hausieren zu gehen, aber zu ihrem großen Erstaunen interessierte sich niemand für ihre Erfindung. Es dauerte bis zum Ende des Krieges, ehe Carlson jemanden fand, der bereit war, ein bisschen Geld in das Projekt zu stecken, aber zu der Zeit war Hallmann schon wieder nach Europa zurückgekehrt. Am Schluss sagte er, es könne nicht mehr lange dauern, bis eine neue Kopierergeneration auf den Markt käme, die alles bisher Dagewesene in den Schatten stellen würde. Ich hielt ihn für einen Spinner, denn wir schrieben bereits das Jahr 1958. Etwas, woran man zwanzig Jahre ohne greifbares Ergebnis forscht, war ein Rohrkrepierer für mich. Ich machte ein paar sarkastische Bemerkung über Carlson, aber Hallmann war zu betrunken, um sie zu hören. Das hätte die ganze Geschichte sein können, aber ein paar Tage nach diesem Gespräch las ich in einer Zeitschrift etwas über eine amerikanische Firma: die Haloid Corporation. Sie hatte sich *mit einer sehr angesehenen englischen Firma zusammengeschlossen. In dem Artikel tauchte der Name Carlson auf, und ich erinnerte mich an das, was Hallmann mir erzählt hatte. Dieser Zufall war es, der mich auf die Idee brachte, die Sache genauer zu prüfen. Ich fing an zu recherchieren und las alles, was ich über die Haloid Corporation in Erfahrung bringen konnte. Es war eine mittelgroße Firma, die im Krieg Fotopapier für die Aufklärungsflüge der Armee hergestellt hatte. Der Mann, der sie nach dem Krieg übernahm, hieß Wilson, Joseph Wilson. Der Krieg war vorbei, das Geschäft mit dem Fotopapier ging zurück und Wilson sah sich nach neuen Produkten um. Seine Forschungsabteilung musste wochenlang alle möglichen technischen Zeitschriften durchforsten, bis sie zufällig auf die Veröffentlichung von Carlson stieß. Wilson fuhr zu Carlson und sah sich seine Arbeit an, und was er sah, gefiel ihm, also bot er ihm Geld. Carlson war zu dieser Zeit schon sieben Jahre auf der Suche nach einem potenten Finanzier. Alle großen Firmen hatten seine Erfindung bereits abgelehnt. Das Verfahren war ihnen zu aufwendig, aber Wilson interessierte das nicht. Er setzte auf Carlson, und das war ziemlich mutig. Stellen Sie sich vor, Sie hätten kein Geld, aber jemand kommt zu Ihnen, und will sich etwas borgen. Sie fragen ihn, wofür er das Geld braucht, und er erklärt Ihnen etwas, wovon Sie keine Ahnung haben. Was Sie aber wissen, ist, dass alle, die davon Ahnung haben, nichts damit zu tun haben wollen. Sie wären verrückt, wenn Sie ihm Geld geben würden, dass Sie nicht haben. Sie wären verrückt oder genial, das hängt einzig und allein vom Erfolg der Sache ab. Wilson war verrückt und genial. Er setzte auf Carlson und nur auf Carlson. Er steckte Unsummen in die Forschung, obwohl es der Firma nicht gut ging. Er dachte, er könnte den ersten Kopierer etwa 1950 auf den Markt bringen, aber da hatte er sich gründlich geirrt. Carlson forschte und forschte und Wilson zahlte und zahlte. Er gab Anteilsscheine an seine Mitarbeiter aus und an jeden, der sie haben wollte. Allmählich nahm der Kopierer Form an, das ging eindeutig aus den Artikeln hervor. Es war also mehr an der Geschichte, die Otto Hallmann mir erzählt hatte, als ich dachte. Ich wartete auf ihn und ließ mir alles noch einmal haarklein berichten. Ich wünschte mir plötzlich, Carlson möge Erfolg haben, wie man sich wünscht, dass diese oder jene Fußballmannschaft ein Spiel gewinnt. Die Sache wurde zu einer fixen Idee. Und dann, eines Nachts, lag ich in meinem Bett und beschloss, Geld aufzutreiben und es in die Haloid Corporation zu investieren. Es ließ mich nicht mehr los. Es war wie ein Fieber, wie das Fieber eines Glücksspielers, aber ich brauchte Geld, ich brauchte einen Einsatz, um überhaupt anfangen zu können. Und der einzige Mensch, den ich um Geld bitten konnte, war die Gnädige.*

Jeden Abend kam sie in großer Garderobe in die Bar, setzte sich allein an einen Tisch und trank ein Glas Champagner, wofür sie exakt fünfundvierzig Minuten benötigte, keine Minute länger oder kürzer, man hätte die Uhr danach stellen können. Ihre Aufmachung war so pompös, dass sie wahrscheinlich länger brauchte, sich für ihren Auftritt herzurichten, als er dauerte. Obwohl sie nach dem Krieg lange Zeit in ein und demselben Zimmer mit mir gewohnt hatte und ohne mich wahrscheinlich verhungert wäre, siezten wir uns bis zum Schluss. Das Gefühl, arm und abhängig zu sein, hatte ihr Weltbild derart erschüttert, dass sie, um es zu reparieren, sich beweisen musste, dass ich ihr Angestellter war. Das war der Grund, warum sie jeden Abend dieses Schauspiel für mich aufführte. Sie ließ sich von mir bedienen und das gab ihr das Gefühl, die Weltordnung wieder hergestellt zu haben. Sie lebte nach festen Ritualen. Ihr Besuch in der Bar war eines dieser Rituale, dass sie jedes Jahr zu Weihnachten ein Paket nach Ostdeutschland zu Jo-

hanna schickte, ein anderes. Natürlich schickte sie es nicht selbst. Sie gab mir fünfzig Franken und sagte, ich solle Kaffee und Schokolade kaufen und es zu Johanna nach Dessau schicken. Ich tat es. Ich kaufte für fünfzig Franken Süßigkeiten und Gebäck und schrieb eine Karte. Das Porto bezahlte ich selbst. Johanna schickte mir jedes Jahr kurz nach Silvester einen Brief, in dem sie sich bedankte. Anfangs waren die Briefe in einer krakeligen Kinderhandschrift geschrieben, später mit elegantem Schwung, und ich stellte sie mir vor, Marthas Tochter, ich stellte sie mir anhand ihrer Handschrift vor. Einmal im Jahr dachte ich an sie, und jedes Mal nahm ich mir vor, sie um ein Foto zu bitten, aber ich brachte es nicht fertig. Keine Ahnung warum. Vielleicht hatte ich Angst, enttäuscht zu werden. Ihre Handschrift war so schön und ich wollte, dass sie mich an Martha erinnern würde. Sie tat es, aber das wusste ich damals noch nicht.

Wie dem auch sei, als ich am Morgen des 23. Mai 1958 zur Gnädigen ging, ich werde dieses Datum niemals vergessen, als ich also an ihre Tür klopfte und in ihre Suite trat, saß sie ordentlich frisiert und aufwendig geschminkt am Fenster und schaute auf den Zürichsee. Ich hatte mich immer gefragt, was sie eigentlich den ganzen Tag machte, und jetzt sah ich, dass sie nichts tat. Ihr Leben war kaputt. Sie kannte niemanden in Zürich, niemanden außer mir, aber mit mir wollte sie nicht verkehren, das ertrug sie nicht. Ich erzählte ihr neben der Tür stehend von Carlson und Hallmann. Ich versuchte, so verständlich wie möglich zu reden, verstrickte mich aber in tausend Einzelheiten, und je näher ich dem Punkt kam, sie um Geld bitten zu müssen, umso katastrophaler wurde das, was ich erzählte. Ich brachte es nicht fertig, sie direkt zu fragen. Schließlich gab ich auf und schwieg. Sie sah mich nicht an. Ich war mir nicht einmal sicher, ob sie mir überhaupt zugehört hatte. Als ich schon dachte, es *wäre vielleicht das Beste, einfach zu gehen und sie allein zu lassen, fragte sie plötzlich: „Wie viel brauchen Sie denn?"*

Ich wusste es nicht, ich hatte über diesen Punkt nicht nachgedacht. Sie stand auf, ging zu ihrem Schreibtisch, öffnete ihn, las eine Weile in irgendwelchen Papieren und sagte dann:

„Ich gebe Ihnen 20 000 Dollar. Das müsste genügen. Wenn an der Sache was dran ist, können Sie damit schon ein bisschen was ausrichten. Wenn nicht, werde ich es überleben."

Ich hatte mit 2000, maximal mit 5000 Dollar gerechnet. 20 000 Dollar, das war 1958 ein Vermögen, ein unvorstellbar großes Vermögen, so groß, dass ich von dem Tag an schlecht schlief. Bis dahin hatte ich gedacht, das Leben als Barkeeper würde mir gefallen. Jetzt musste ich erkennen, dass ich offenbar größenwahnsinnig war, neidisch, geldgierig, ehrgeizig. Ich bekam Angst. Ich dachte auf einmal, die 20 000 Dollar wären bei der Haloid Corporation schlecht angelegt. Je länger ich nachdachte, umso ängstlicher wurde ich. Was ich getan hatte, kam mir ungeheuerlich vor. Nach drei Wochen ging ich wieder zur Gnädigen und sagte ihr, die Sache sei zu riskant, sie könne ihr Geld zurückbekommen. Sie warf mich hinaus, und das erschütterte mich noch mehr. Es erschütterte mich, dass ich recht hatte: Mit der Stelle als Barkeeper, die sie mir besorgt hatte, war ihre Schuld bezahlt, damit aber, dass ich sie um Geld gebeten hatte, stand ich in ihrer Schuld, und genau das war es, was sie wollte. Das gehörte für sie zu einem Angestellten, das Gefühl der Dankbarkeit gegenüber seiner Herrschaft. Ihre große Geste war ein Racheakt, und den wollte sie sich nicht kaputt machen lassen von meiner Ängstlichkeit. Als ich aus ihrem Zimmer ging, hörte ich sie in meinem Rücken fluchen. Sie nannte mich einen Bauern. Ich hatte sie wirklich gekränkt. Ich wusste nicht, was ich tun sollte. Das Geld kam mir wie ein Fluch vor. Es klebte an mir. Dass ich es nicht einfach ausgeben konnte, stand fest, denn es gehörte mir ja nicht, aber was sollte ich damit tun? Als ich schließlich Otto Hallmann bat, Anteilsscheine im Wert von 20 000 Dollar bei der Haloid Corporation zu kaufen, dachte der, ich sei verrückt geworden. Mit der Verzweiflung eines Ertrinkenden bearbeitete ich ihn so lange, bis er schließlich bereit war, die Transaktion abzuwickeln. Damit, dass die Geschichte gut ausgehen könnte, rechnete ich nach dieser Nacht nicht mehr. Ich hoffte nur, nicht zu viel zu verlieren, um der Gnädigen das Geld irgendwann zurückgeben zu können.

1960 brachte die Haloid Corporation ihren Kopierer auf den Markt. Er kostete die unglaubliche Summe von 29500 Dollar. Viel zu teuer für eine kleine Anwaltskanzlei. Und was tat dieser Wilson dagegen? Er vermietete seine Kopierer einfach. Alle in der Firma fanden diese Idee idiotisch, denn sie wollten endlich wieder Geld in den Kassen haben, aber Wilson setzte sich durch und er behielt recht. 1961 ging das Unternehmen an die New Yorker Börse. Im ersten Jahr stieg die Aktie um sage und schreibe 47 Prozent. Das kam mir wie ein dummer Witz des Schicksals vor. Dass man Geld hart erarbeiten musste, war ein Naturgesetz für mich, und alle, die für ihr Geld nicht hart arbeiteten, waren Betrüger oder Hochstapler und würden irgendwann bestraft werden, davon war ich tief im Inneren überzeugt. Carlson und Wilson und die Leute, die für sie arbeiteten, wussten, woher ihr Reichtum kam. Aber ich hatte nichts dafür getan. Ich stand in meiner Bar und mixte Drinks. Anfangs verfolgte ich ängstlich den Kurs, aber je höher er stieg, umso geringer wurde mein Interesse. Ich kümmerte mich einfach nicht mehr um die Sache, sprach mit niemanden darüber, denn im Grunde schämte ich mich dafür. Solange das Geld in Aktien angelegt war, konnte ich damit nichts anfangen, und das minderte mein Schuldgefühl. Ich redete mir ein, ein Leben als Barkeeper wäre genau das, was ich mir immer gewünscht hatte. Am Tage schlief ich, nachts arbeitete ich, ich hatte kaum Freunde, meine Beziehungen waren durch die Bar geregelt, ich stand dahinter, die anderen davor. Das ging so zehn Jahre lang, dann fing die Gnädige zu trinken an. Zuerst zwei Gläser, dann drei und dann fünf oder sechs. Am Schluss saß sie bis in den Morgen grell geschminkt an ihrem Tisch und trank Champagner. Manchmal zwei Flaschen. Ich stand hinter der Bar und wartete, bis ihr der Kopf auf die welke Brust sank. Dann trug ich sie auf ihr Zimmer. Sie war leicht und wurde immer leichter und also beschloss ich, ihr das geborgte Geld zurückzugeben, ehe sie mir wegstarb. Ich ging zur Bank und fragte, was mein Aktienpaket inzwischen wert war. 1,4 Millionen US-Dollar war die Antwort – und sie traf mich wie ein Schlag. Ich konnte zwei Tage lang nichts essen. 1,4 Millionen Dollar, das waren damals ungefähr vier Millionen Mark. Es war eine unglaubliche Menge Geld und sie machte mir Angst. Vielleicht, wenn ich das Geld langsam verdient hätte, mir erst ein Auto gekauft, dann eine bessere Wohnung genommen, später ein teureres Auto und vielleicht ein Haus und so weiter, vielleicht hätte ich mich dann an das Geld gewöhnen können, aber so? Ich empfand es als eine ungeheure Verantwortung, der ich nicht gewachsen war. Ich konnte mich einfach nicht darüber freuen. Es war wie fremdes Geld, das ich zu verwalten hatte, und ich wusste nicht wie. Schließlich rief ich einen Anwalt in Deutschland an. Ich erzählte ihm die ganze Geschichte und er riet mir zwei Tage später, meine Aktien zu verkaufen, um die Haloid Cooperation stand es nicht besonders gut, es gab andere Firmen, die sich auf dem Markt breit machten. Also verkaufte ich mein Aktienpaket und war plötzlich Millionär. Ich weiß nicht, auf welchen Wegen diese Nachricht das Hotel erreichte, aber es dauerte keine zwei Tage, dann wussten nicht nur die meisten Angestellten von meinem plötzlichen Reichtum, sondern auch einige Gäste. Was immer ich mir gedacht hatte, im Boveri konnte ich nicht bleiben. Es blieb mir nur noch, der Gnädigen ihr Geld zurückzugeben und mich von ihr zu verabschieden.

Sie lag im Bett, als ich kam, um ihr zu sagen, dass ich gekündigt hatte und zurück nach Deutschland gehen wollte. Ihr Haar hatte sie nicht frisiert, sie war ungeschminkt und ihre Zähne lagen in einem Glas auf dem Tisch. Ihr Geld wollte sie nicht zurück.

„Ich brauche es nicht mehr", sagte sie, und als ich protestieren wollte, hob sie nur müde die Hand. Es war eine so traurige, endgültige Geste, dass ich augenblicklich verstummte.

„Lassen Sie eine Flasche Champagner kommen und setzen Sie sich zu mir. Jetzt, wo Sie ein Millionär sind, können wir zusammen trinken." Ihr komischer kleiner Mund verzog sich und ich begriff, dass sie lächelte. Also bestellte ich eine Flasche Champagner und setzte mich zu ihr. Wir tranken, es dauerte zwei Stunden, bis die Flasche leer war, und in diesen zwei Stunden haben wir nicht ein einziges Wort gesagt. Wir stießen an, sie verzog den Mund, ich nickte kurz und stürzte den Champagner herunter. Ich wollte fort. Sie war mir plötzlich so nahe, ungeschminkt und ohne ihre teure Verkleidung, ich verstand nicht, wieso sie es zuließ, dass ich sie so sah, aber als ich aufstehen wollte, legte sie ihre kleine, harte Hand auf meine und ich brachte es nicht fertig, zu gehen. Nach dem zweiten Glas wurde ich ruhiger, nach dem dritten starrte ich auf den Zürichsee, so wie sie es vielleicht immer getan hatte, und als sie eingeschlafen war, trank ich den Rest der Flasche allein aus.

Am nächsten Tag fuhr ich nach Hamburg. Die Gnädige starb drei Monate später und ich bat meinen Anwalt, sich um die Sache zu kümmern. Ich fuhr nicht zu ihrer Beerdigung, ich wollte nicht noch einmal mit ihr alleine sein.

V

Nach der zweiten Kassette beschloss ich, eine kurze Pause zu machen. Es war schon nach Mitternacht, aber ich wollte alle Kassetten hintereinander hören. Als ich mich jedoch kurz auf der Couch ausstreckte, schlief ich sofort ein. Wenig später schreckte ich auf, weil ich schlecht geträumt hatte. Mir fiel ein, dass ich die Eingangstür noch abschließen musste. Jeder konnte in die Villa spazieren und sich nehmen, was er wollte, oder mich im Schlaf erschlagen.

Es mag an dem Traum gelegen haben, an Hagens Kriegsgeschichte, jedenfalls gruselte ich mich ein bisschen. Ich wusste, ich musste aufstehen und die Haustür abschließen, aber ich brachte es nicht fertig. Schließlich überwand ich mich doch und ging aus dem Arbeitszimmer auf die Galerie und dann hinunter in die Eingangshalle. Wie groß, wie still, wie mächtig dieses Haus war, wie beeindruckend, wie einschüchternd. So viel leerer Raum, so viel Einsamkeit. Und dann schoss es mir durch den Kopf, dass Hagen hier versucht hatte, das Haus der Gnädigen nachzubauen. Von ihrem Haus kam ich zur Gnädigen selbst und zu ihrer Zeit im Hotel Boveri. Was für ein Wahnsinn, so zu leben, so von allem getrennt, so mutterseelenallein. Ich tappte barfuß die große Treppe hinunter. Eigentlich wollte ich die Haustür nur abschließen, der Schlüssel lag auf der Kommode am Eingang, aber ich ging doch hinaus in den Garten und blieb auf der Terrasse stehen. Es war warm, nur ein leichter Wind ließ die Blätter der Pappeln hinter der Auffahrt rascheln. Irgendwo rief ein Käuzchen, und fern tönte das ewige Zivilisationsrauschen, das man nachts in jeder Stadt hören kann. Wenn ich in fünfunddreißig Jahren meine Geschichte würde erzählen müssen, was hätte ich zu sagen? Ich beneidete Hagen um das, was er erlebt hatte, selbst um die Gräuel des Krieges, von der Bar in Zürich ganz zu schweigen, der Gnädigen, den Millionen, dem ganzen Wahnsinn, der seinem Leben einen Stempel aufgedrückt hatte.

Mein Leben kam mir dagegen so banal vor, den Tod meines Bruders ausgenommen. Aber ich lebte noch und musste irgendetwas mit diesem Leben anfangen. Nur was? Alles war vom Zufall bedroht, warum Pläne schmieden, Ziele festlegen, Strategien verfolgen. Aber sich dem Zufall ergeben, sich treiben lassen wie ein Stück Holz im Fluss, das hörte sich einfacher an, als es war. Warum war ich nicht in Italien geblieben, oder in Holland? Wenigstens ein paar Jahre. Weil es hier weniger fremd war als woanders? Aber stimmte das? Die ganze Stadt war eine einzige Baustelle, alles änderte sich rasend schnell. Wo war in all dem mein Platz? Hier? In der Villa, in diesem Garten, den ich ja schon ein bisschen gezähmt hatte? Vielleicht war das tatsächlich eine gute Idee. Nicht nur, weil es keine wirklichen Alternativen gab, sondern auch wegen Rosa, Marie, Hagen, ja sogar Elena.

Mich fröstelte. Ich ging wieder ins Haus, schloss die Tür ab, holte mir aus der Küche das Diktiergerät und die halbvolle Flasche Wein und hörte, auf „meiner“ Couch hockend, die dritte Kassette.

VI

Ich will Ihnen das Ende der Geschichte erzählen, soweit es sich erzählen lässt. Für mich hat sie kein Ende und eben das ist der Grund, weshalb ich sie Ihnen erzähle.

Ich lebte nach meiner Abreise aus Zürich in Hamburg. Es lässt sich nicht viel über dieses Leben sagen, es war belanglos. Geld zu haben, bekam mir nicht, ich war nicht daran gewöhnt, mir fehlte die Erfahrung, die Phantasie, es auszugeben. Mein Leben lang war Sparsamkeit die wichtigste Direktive gewesen. Ich bereute es längst, nach Deutschland gekommen zu sein. Ich sehnte mich nach meiner Bar im Hotel Boveri. Ich kam nicht damit klar, nichts tun zu müssen. Das Einzige, was ich weiterhin tat, war, zu Weihnachten ein Paket zu packen und es Johanna nach Dessau zu schicken. Nur verwandte ich jetzt viel mehr Aufmerksamkeit auf diese Pakete. Ich lief schon Anfang November herum und überlegte, was ich kaufen sollte. Ich gab viel mehr Geld aus. Es lag nicht nur daran, dass ich viel Zeit hatte, es lag auch daran, dass ich wieder in Deutschland war. Ich schickte die Pakete nicht wirklich zu Johanna, ich schickte sie in meine Vergangenheit, ich schickte sie in den Osten, nicht in die DDR, über die ich nichts wusste und nichts wissen wollte. Ich schickte sie eigentlich nach Ostpreußen. Sie waren für mich selbst bestimmt, diese Pakete, für das Kind, das ich gewesen war und natürlich für meine Mutter. Irgendwo im Osten verlief die deutsche Grenze, der Eiserne Vorhang, hinter den niemand blicken konnte, und eben dorthin schickte ich meine Pakete, in ein Niemandsland, ein Märchenland, das unerreichbare Land meiner Kindheit, das durch diese Mauer geschützt war. Natürlich antwortete mir Johanna jedes Mal, aber ich las ihre Briefe nur noch flüchtig. Ich wollte nicht, dass sie mir etwas über das Leben hinter der schützenden Mauer erzählte. Ich wollte nicht, dass sie mir meine Illusion kaputt machte. Ich hatte einen Säugling über die Ostsee nach Dessau gebracht, das war über dreißig Jahre her und es interessierte mich nicht, was aus diesem Säugling geworden war. Johanna war nur der Garant, dass meine Pakete nicht zurückkamen. Deshalb wusste ich auch nicht, mit wem ich eigentlich sprach, als sie mich eines Tages anrief. Ich brachte ihren Namen nicht mit meinen Paketen in Verbindung, und als ich endlich begriff, war ich nicht sonderlich begeistert. Ich verstand nicht, wieso sie sich plötzlich meldete, es war ein ziemlich wirres Telefonat. Ich war abweisend und wortkarg, sie aufgeregt und unglaublich fordernd. Erst als ich verstand, dass sie in Hamburg war, wurde ich nachgiebiger. Wir verabredeten uns in einem Café. Ich wollte nicht, dass sie mich zu Hause besuchte. Und als ich sie dann sah, als sie vor mir saß, eine Zigarette nach der anderen rauchte und mir von dem wahnsinnigen Versuch erzählte, mit zwei Paddelbooten die Ostsee zu überqueren, von der Tragödie, die sich da abgespielt hatte, von ihrer Tochter Rosa und ihrem Mann, die in der DDR geblieben waren, während sie und ihre Schwägerin hier in Hamburg gelandet waren, erst da packte mich die Aufregung. Johanna sah Martha so ähnlich. Es war beängstigend. Ich musste sie immerzu anschauen, anstarren ist vielleicht das bessere Wort. Es gibt diese Geschichten über Doppelgänger, Leute, die aussehen wie Gorbatschow oder Frank Sinatra, man schaut sie an, man sucht nach Unterschieden, man sagt: Das ist verblüffend. Man sagt es, weil man weder Gorbatschow noch Frank Sinatra persönlich gekannt hat. Trifft man aber den Doppelgänger eines Bekannten oder Freundes, ist das beängstigend, glauben Sie mir. Ich starrte Johanna also an und tat das Naheliegende: Ich suchte nach Unterschieden. Ihre Art zu reden war anders, ihre Ausstrahlung, ihre Gesten, ihre Haare, sogar die Haarfarbe, alles war anders, aber ihr Gesicht nicht, ihre Hände nicht, ihr Körper nicht. Es war sogar so, dass die Unterschiede den Eindruck der Ähnlichkeit verstärkten. Sie versuchte nicht, wie Martha auszusehen, wie auch, sie hatte sie ja nicht gekannt, aber genau darin lag die Absurdität. Johanna war keine Erscheinung, kein Geist, sie hatte nichts von der Verschlossen-

heit und Strenge Marthas, sie wirkte elegant, oder besser souverän, selbst in ihrem Schmerz. Sie war eine andere Frau, sie sah nur eben wie Martha aus. Erst später merkte ich, dass sie Martha in gewisser Hinsicht auch ähnlich war. Es dauerte einige Zeit, bis ich begriff, was sie eigentlich von mir wollte. Ich sollte herausfinden, wo Rosa war. Dass ihr Mann im Gefängnis saß, stand für Johanna fest, aber wo war ihre Tochter? Sie bat mich, bei ihren Schwiegereltern anzurufen. Sie sagte, wenn sie anriefe, würde sofort aufgelegt. Die Eltern ihres Mannes waren streng gläubige Kommunisten und mochten Johanna nicht, und sie war sich sicher, dass sie ihr allein die Schuld an dem Fluchtversuch gaben. Ich sollte sie also anrufen, aber Johannas Namen nicht erwähnen. Das war schwierig. Ich bin kein besonders großer Telefonierer. Trotzdem versuchte ich es. Ich rief an und fragte sofort nach Rosa. Ich fragte einfach: „Ist Rosa da?“, die Kommunistengroßmutter war dran.

„Ja, sie ist da“, sagte sie. „Gut, kann ich sie sprechen?“, fragte ich, und das war alles. Die Kommunistengroßmutter wollte wissen, wer ich bin, und mir fiel keine gute Lüge ein. Ich sagte, ich sei ein Freund, aber das war nicht sehr überzeugend. Sie wollte meinen Namen wissen und von wo aus ich anrief, und all das konnte ich nicht sofort beantworten. Ich machte zu lange Pausen. Schließlich sagte ich ihr, von wo aus ich anrief, und warum. Sie legte sofort auf. Immerhin hatte ich herausgefunden, dass Rosa bei ihren Kommunistengroßeltern war. Johanna war davon nicht begeistert, aber natürlich war es ihr lieber, als wenn sie im Heim gewesen wäre.

Von da an trafen wir uns beinahe täglich und jedes Mal überredete mich Johanna, ihre Schwiegereltern anzurufen. Ich tat es, die Telefonate dauerten nie lange. Ihr Schwiegervater brüllte mich jedes Mal an und legte danach auf, ihre Schwiegermutter legte sofort auf, wenn sie meine Stimme erkannte. Johanna schrieb Briefe, wir packten Pakete und schickten sie an Rosa, sie kamen ungeöffnet zurück. Ich hatte einen ganzen Schrank voller Süßigkeiten zu Hause, wir kauften jedes Mal etwas Neues, weil wir nicht wussten, was wir tun sollten. Ich habe auch Regine kennengelernt, Rosas Tante. Johanna gab ihr die Schuld an dem gescheiterten Fluchtversuch, oder wenigstens daran, dass die beiden Boote getrennt worden waren. Regine weinte immerzu. Auch sie versuchte anzurufen, aber es war dasselbe wie bei mir. Sie tat mir leid, aber natürlich stand ich auf Johannas Seite. Ich gab Regine Geld, das war alles, was ich tun konnte. Sie nahm es und verschwand, später haben wir uns ein paarmal geschrieben. Johanna zog zu mir, ich hatte eine große Wohnung, mit der ich nichts anzufangen wusste. Wir schrieben Briefe an das Auswärtige Amt in Bonn, wir telefonierten, wir warteten. Ich rief weiter jeden Nachmittag in Leipzig an, bis die Kommunistengroßmutter mich eines Tages fragte, ob ich je auf die Idee gekommen sei, dass die Leitung abgehört werden könnte. „Denken Sie an Rosa und vor allem an ihren Vater, der im Gefängnis sitzt", sagte sie. „Johanna soll aufhören, so verdammt egoistisch zu sein, sie hätte sich das alles früher überlegen sollen, jetzt ist es zu spät. Rosa geht es gut, sagen Sie ihr das, und sagen Sie ihr auch, wenn sie nicht aufhört, uns zu belästigen, werden wir unsere Telefonnummer ändern lassen."

Nach diesem Gespräch rief ich nicht wieder an. Ich begriff, dass es aussichtslos und gefährlich war, und ich dachte zum ersten Mal, dass ihre Großmutter nicht ganz Unrecht hatte. Wir fuhren nach Bonn und sprachen mit einem Mann vom Auswärtigen Amt. Er machte uns wenig Hoffnung. Es gab die Möglichkeit, ihren Vater freizukaufen, auf Familienzusammenführung zu plädieren und sie so in den Westen zu holen. Wie lange das alles dauern würde, war aber nicht klar, und ob es überhaupt funktionierte, nicht sicher. Wir baten ihn, alles in die Wege zu leiten, und fuhren zurück. Wir warteten. Ich sagte Johanna, was die Kommunistengroßmutter mir gesagt hatte. Wir stritten uns das erste Mal. Sie schrie mich an und ich war mir sicher, sie würde ausziehen, aber sie blieb. Das Auswärtige Amt teilte uns mit, dass Peter Marne nicht freigekauft werden wollte. Johanna war verzweifelt. Sie fing zu trinken an, rauchte drei Schachteln täglich, ließ den Fernseher den ganzen Tag laufen, ging nicht aus dem Haus, pflegte sich nicht, heulte jede Nacht. Es war schrecklich. Ich wusste nicht, was ich tun sollte. Ich hatte Angst, sie könnte sich etwas antun. Schließlich kam sie und sagte, sie werde in die DDR zurückgehen. Diesmal war ich es, der schrie, aber es half nichts, sie schien fest entschlossen zu sein. Ich ging zu Wolf, meinem Rechtsanwalt, dem einzigen Menschen, den ich ein bisschen besser kannte und zu dem ich Vertrauen hatte. Ich fragte ihn, was ich tun sollte. Er sagte, er werde sich erkundigen. Zwei Tage später rief er mich an, wir trafen uns, ich schaffte es, Johanna zu überreden, mitzukommen. Wolf erzählte uns, was passieren könnte, wenn Johanna zurückging. Die Wahrheit war, niemand wusste es genau. Es war möglich, dass sie in Ehren empfangen und ihr alles verziehen wurde, es war aber auch möglich, dass sie verhaftet und eingesperrt wurde, ja sie musste sogar damit rechnen, dass man ihr das Sorgerecht entzog. Die Vorstellung, eingesperrt zu werden, schien sie nicht zu schrecken, die Vorstellung, das Sorgerecht zu verlieren und ihre Tochter nicht wiederzusehen, war ihr unerträglich. Wolf sagte, er wolle versuchen, etwas für Johanna zu erreichen. Er schlug vor, wir sollten so lange wegfahren. Johanna protestierte zuerst, gab aber dann nach. Wolf imponierte ihr. Sie hatte Vertrauen zu ihm.

Wir fuhren nach Athen. Fragen Sie mich nicht, warum gerade Athen, ich weiß es nicht. Wir fuhren auf den Lykabettus und haben diese Stadt gesehen. Sie war weiß, von oben sah sie weiß aus, strahlend weiß, aber von unserem Hotelfenster aus war sie schmutzig, heiß und schmutzig und laut. Jeden Abend sind wir durch die Plaka gelaufen, wir haben gegessen und getrunken, anfangs wenig, später mehr. Sie hat uns verrückt gemacht, diese Stadt, verrückt und stumm. Wir haben aufgehört zu sprechen. Immer sind wir gelaufen, Nächte lang. Am Tag haben wir geschlafen. Wir waren süchtig nach Schlaf, ein dünner Schlaf bei geschlossenem Fenster und zugezogenen Gardinen; wir haben den Lärm gehört, die Autos, die Stimmen auf dem Flur des Hotels. Die Luft war dünn, dünn und heiß. Einmal haben wir uns mittags mit dem Taxi nach Piräus fahren lassen. Wir wollten den Hafen sehen, aber er war hässlich. Die Bars und Cafés leer, das Wasser dreckig, die Schiffe gewöhnlich. Das war der letzte Versuch zu tun, was wir glaubten, tun zu müssen. Wir dachten, wir müssten uns alles ansehen, aber es interessierte uns nicht. Die Stadt interessierte uns nicht, die Menschen interessierten uns nicht, trotzdem blieben wir vier oder fünf Wochen dort. Wir waren nicht fähig, einen Entschluss zu fassen. Ich begriff erst in Athen, dass ich reich war. Es war das erste Mal, dass mich dieser Gedanke nicht erschreckte. Es war das erste Mal, dass ich es genießen konnte. Ich fing an, darüber nachzudenken, was ich mit dem Geld tun könnte, außer es gewinnbringend anzulegen, meine ich. Ich dachte, ich müsste irgendetwas damit tun. Etwas Verrücktes vielleicht, oder etwas Großes, Außergewöhnliches. Sie wissen nicht, wie wunderbar das Gefühl war, Geld zu haben. Es hatte etwas Geheimnisvolles, damals hatte es noch etwas Geheimnisvolles. Es war noch keine Selbstverständlichkeit, ich hatte mich noch nicht daran gewöhnt. Dazu die Stadt, die Fremde, die Hitze, das Licht, der Schmutz, der Lärm.

Irgendwann beschlossen wir, durch die Ägäis zu fahren, und von dem Tage an, an dem wir diesen Entschluss gefasst hatten, wurde ich unruhig. Ich traf alle möglichen Vorbereitungen, las Bücher und machte Pläne für die Zukunft. Ich überlegte, was wir mit meinem

Geld machen sollten, wohin wir fahren, was wir kaufen könnten. Schließlich ließ ich unsere Koffer zum Hafen bringen und wir fuhren nach Naxos, Rhodos, Kreta, Paros und was weiß ich. Wir blieben überall nur vier oder fünf Tage, verlangten die besten Zimmer, ließen uns ein bisschen herumfahren, bestanden darauf, Deutsch zu sprechen. Ich sah das Meer, die Felsen, die Zypressen und Pinien und ich dachte, das ist wunderschön, wahrscheinlich ist das alles wunderschön, aber ich empfand es nicht. Wir fuhren weiter, getrieben von einer alles verzehrenden Unruhe, die mich reizbar werden ließ. Ich gab mit meinem Geld an, kaufte mir und Johanna einen Haufen unnützen Plunder, gab beschämend hohe Trinkgelder und verbreitete schlechte Laune. Dann hörten wir irgendwo, dass die Callas und Onassis manchmal auf einer Insel namens Hydra Urlaub machten, und wir beschlossen, dorthin zu fahren. Wir hätten auf jede andere Insel fahren können, aber wir wollten sehen, wo die Reichen und Berühmten abstiegen, wir rechneten uns vielleicht selbst dazu. Es war eine winzige Insel, ohne Autos, ohne Wasser, aber mit einem wundervollen, kleinen Hafen. Dort saßen wir und sahen die eleganten, weißen Yachten im Wasser schaukeln. Auf der Uferpromenade schlenderten im Laternenschein wunderschöne Menschen, darüber, an die kahlen Felsen geklammert, kleine, weiße Häuser, es war das Paradies. Ein kleines Paradies, nicht wirklich anders als die anderen Inseln, aber dadurch, dass es keine Autos gab, nur Maultiere, war sie ruhiger, friedlicher, und diese Ruhe übertrug sich auf mich. Ich wich nie von Johannas Seite, wagte es aber auch nicht, ihr näher zu kommen. Ihr Gleichmut war ungebrochen, ihre Ernsthaftigkeit, ihr Schweigen. Sie redete nicht viel, beantwortete meine Fragen nur knapp, nickte, wenn ich ihr etwas vorschlug. Ich behandelte sie wie eine Kranke und sie erduldete mich wie ein Todkranker seinen Arzt. Am liebsten saß sie abends am Hafen und schaute den Schiffen zu, der Fähre, mit der die Tagesurlauber zurückfuhren, kurz darauf das Wasserschiff, dessen Ladung in riesige Tanks gepumpt wurde, und natürlich die Yachten. Einmal sagte sie dort zu mir: „Jetzt könnte alles zu Ende sein, schöner als jetzt kann es nicht werden." Der Satz verletzte mich. Ich war froh zu erfahren, dass sie glücklich war, aber ich wusste nicht, ob dieses Glück etwas mit mir zu tun hatte, und wenn es etwas mit mir zu tun hatte, wieso es dann jetzt zu Ende sein sollte, wieso sie nicht daran glaubte, dass ich sie auch morgen noch glücklich machen konnte.

In dieser Nacht schliefen wir das erste Mal miteinander. Wir standen vor ihrem Zimmer, sie schloss die Tür auf und ich folgte ihr einfach. Ich sagte nichts, setzte mich auf ihr Bett und sah sie an, wie sie am Fenster stand, den Rücken mir zugedreht. Da ging ich zu ihr und küsste sie. Ich hoffte, ihr so näher zu kommen, aber ihr Stummsein widerstand jeder Berührung. Wir zogen uns schweigend aus, sie drehte das Licht ab, und legte sich neben mich. Es war so, als wäre ich mit einer Hure mitgegangen. Sie blieb mir fremd. Ich konnte in ihren Körper eindringen, aber nicht in ihr Schweigen. Das machte mich rasend. Ich hatte Lust, sie zu schlagen, nur um sie zu einer Reaktion zu zwingen. Ich wollte, dass sie schreit, ob vor Lust oder vor Schmerz, war mir egal. Ihr Atem ging schneller, sie packte meinen Kopf bei den Haaren, legte ihre Beine um mich, bewegte ihre Hüften, und dabei sah sie mich an, die ganze Zeit sah sie mich an, als wolle sie mir etwas sagen. Dass ich aufhören sollte oder weitermachen, dass sie glücklich war oder mich hasste, ich wusste es nicht, ich begriff es nicht, ich verstand sie nicht, und doch fühlte ich mich ihr nahe, als wäre es mein Schweigen, mein Stummsein, meine Ratlosigkeit, Unentschlossenheit, Verwirrung. So blieb es: Sie gab mir nie das Gefühl, sie verstehen zu können, und sie tat nie so, als verstünde sie mich.

Wir fuhren zurück nach Deutschland. Was uns dort erwartete, war niederschmetternd für Johanna. Ihr Mann war aus der Haft entlassen worden und bat sie, in die Scheidung einzuwilligen. Wolf hatte versucht, ihn umzustimmen, ohne Erfolg. Die treibende Kraft war offenbar ihr Schwiegervater, der einen großen Einfluss hatte. Er wollte nicht, dass Johanna zurückkam. Sie weinte zwei Tage und ich hatte nicht die Kraft, sie zu trösten. Ich wollte, dass sie mit ihrer Vergangenheit abschloss, dass sie das alles vergaß, ich wollte ein neues Leben mit ihr anfangen. Ich vertraute darauf, dass die Zeit alle Wunden heilen würde, tatsächlich wollte ich, dass sie mich liebte, mehr als sie je einen Menschen geliebt hatte, und also riet ich ihr, in die Scheidung einzuwilligen. Sie tat es.

Ein halbes Jahr später heirateten wir. Sie sagte ja, ich sagte ja, wir waren uns fremd und würden uns immer fremd bleiben, das war unsere Nähe, wenn Sie so wollen, diese Art von Ehrlichkeit. In der Hochzeitsnacht weinte sie. Ich wollte nicht wissen warum und fragte nicht danach. Etwas später fing ich an zu arbeiten. Ich tat das, was Leute, die Geld haben, gewöhnlich tun: Ich verdiente noch mehr Geld. Ich kaufte Häuser, sanierte sie, vermietete sie, verkaufte, kaufte neue. Ich tat es, weil ich nicht wusste, was ich sonst hätte tun sollen. Wolf half mir, er beriet mich, er machte die Verträge, er sorgte dafür, dass Johanna und ich Leute kennenlernten. Ich hatte eine kleine Affäre, ich musste mir beweisen, dass ich einer Frau die Illusion von Glück geben konnte. Keine Ahnung, ob Johanna es bemerkte, wir sprachen nicht darüber. Wir sprachen überhaupt nicht miteinander. Möglich, dass ich sie manchmal gehasst habe, aber ich blieb bei ihr, lebte mit ihr, schlief mir ihr, schwieg mit ihr. Ich glaube, je alltäglicher eine Beziehung wird, umso schwieriger ist es, herauszufinden, was man wirklich empfindet.

Wir sind noch einmal nach Hydra gefahren, Gott weiß warum.

Wir wussten beide, dass es zwecklos war, aber wir taten es trotzdem. Ende September, die Insel menschenleer, das Wetter mild, das Meer trübe, aufgewühlt, gefährlich. Zwei Tage lang saß ich gereizt neben Johanna, nörgelte, wippte mit dem Fuß, war unausstehlich. Ich trank viel und aß wenig, dachte immerzu an meine Geschäfte, wälzte mich nachts auf meinem Bett, stand auf, ging auf die Terrasse, rauchte, legte mich wieder hin. Ich kam mir wie ein Gefangener vor. Johanna ertrug das alles mit stoischer Ruhe, und das machte mich ganz verrückt. Ich hasste sie, ihr unergründliches Unglück, für das ich mich verantwortlich fühlte, obwohl ich doch wusste, dass ich nichts damit zu tun hatte, und vielleicht kränkte mich das noch mehr, zu wissen, dass ich nicht einmal fähig war, sie unglücklich zu machen. Am dritten Tag um die Mittagszeit hielt ich es nicht mehr aus. Ich ließ sie allein und lief davon, ohne Ziel. Ich lief die einzige Straße entlang, die es gab. Sie führte die Felsen hinauf, an der Steilküste entlang ins Innere der Insel. Irgendwann bog ich von ihr ab und folgte einem Schotterweg, dann einem staubigen Trampelpfad, der immer schmaler wurde und sich schließlich ganz in dem zähem, harten Gestrüpp verlor, mit dem die ganze Insel bewachsen war. Ich stand am Fuße des höchsten Berges der Insel, Zikaden schnarrten um mich her, ein durchdringendes, hartes Geräusch, hart wie das Gestrüpp zu meinen Füßen. Die Sonne schien und hatte noch immer erstaunliche Kraft. Nirgends Schatten, das Gelände unwegsam, steinig, abweisend. Ich beschloss, den Gipfel zu besteigen. Er sah nicht so hoch aus, eine Stunde Fußmarsch, dachte ich, höchstens anderthalb. Am frühen Abend würde ich zurück sein und ich würde schlafen können, das war ein Trost. Aber ich hatte mich gründlich verschätzt. Nach einer Stunde hatte ich nicht einmal ein Drittel geschafft. Das Gelände weitete sich, der Gipfel rückte mit jedem Schritt weiter fort, das Gestrüpp zerschnitt mir die

Beine, meine Sandalen waren für den Aufstieg ungeeignet, ich spürte jeden Stein, knickte ein paarmal gefährlich um, konnte mich aber nicht abstützen, ohne mir auch die Arme zu zerschneiden. Der Schweiß lief mir in die Augen, ich begann zu fluchen, mein Ehrgeiz erwachte, ich wurde wütend und also immer unvorsichtiger und ungeschickter, und also noch wütender. Auf der Hälfte des Weges entdeckte ich flache Natursteinmauern, die das Gelände zerteilten. Ich beschloss, auf ihnen entlangzulaufen, um meine Beine zu schonen. Anfangs ging das ganz gut, aber die Mauern waren alt, die Steine lose, und nachdem ich zweimal fehlgetreten war, gab ich auf und lief wieder durchs Gestrüpp, ließ mir die Waden zerschneiden, wehrte mich gegen die aufspringenden Zikaden, deren Gezeter mich auf dem ganzen Weg begleitete. Am Schluss wurde der Weg so steil, dass ich mich auf die Hände herunterlassen musste. Das Gestrüpp hatte aufgehört, es gab keine Wurzeln mehr, die den Grund festhielten, und ich musste mich äußerst vorsichtig bewegen, um nicht abzurutschen. Nach drei Stunden stand ich auf dem Gipfel und schaute keuchend über die Insel. Es war kein erhabener Moment, kein Sieg, denn die Sonne stand schon gefährlich tief; meine Beine zitterten und ich hatte Angst. Mir war auf einmal eingefallen, dass es in dieser Gegend von Schlangen wahrscheinlich nur so wimmelte, und wie um meinen Gedanken zu bestätigen, hatte ich auf dem Gipfel ein totes, steifes Exemplar gefunden. Ich wusste nicht, ob sie giftig war, aber auch wenn sie harmlos gewesen sein sollte, gefiel mir die Vorstellung nicht, von einer Schlange gebissen zu werden. Ich sah die Schaumkronen ans Ufer rollen, die Hafenbucht mit den winzigen, weißen Schiffen darin, und plötzlich hatte ich die Idee, Johanna könnte dort unten sitzen und mich sehen. Ich winkte ihr zu, ich winkte wie ein Verrückter, am liebsten hätte ich ein Feuer entzündet und ihr Rauchzeichen gegeben. Ich stand mit verschwitz-

tem Gesicht und zitternden Beinen dort oben und wusste auf einmal, dass ich sie liebte und immer lieben würde, dass ich mit ihr alt werden wollte. Ich wusste plötzlich, dass mein Hass Selbsthass war, dass er nichts mit ihr zu tun hatte. Keine große Erkenntnis, werden Sie vielleicht sagen, aber was macht das schon. Für mich war es wichtig, das zu begreifen, es nicht nur zu ahnen oder zu spüren, sondern klar zu denken. Ich begann den Abstieg, ich wollte zu ihr, so schnell wie möglich. Nachdem ich zweimal etwa zwanzig Meter den Abhang hinuntergerutscht war, ohne Halt zu finden, und mir dabei den Fuß empfindlich verstaucht hatte, begriff ich, dass meine Situation ernst war, viel ernster, als ich gedacht hatte. Es begann bereits zu dämmern und der Abstieg war viel komplizierter als der Aufstieg, er forderte mehr Kraft, mehr Geduld und Konzentration, und das alles hatte ich nicht mehr. Die Angst machte mich ungeschickt. Am Schluss tappte ich benommen durch die Dunkelheit, über mir tausend Sterne. Die Zikaden waren verstummt, jedenfalls hörte ich sie nicht mehr. Wie oft ich hinfiel und wieder aufstand, weiß ich nicht. Ich kann mich ab einem bestimmten Punkt nicht mehr an den Abstieg erinnern. Ich lief wie eine Maschine, die ein kleiner Konstruktionsfehler immer wieder umwirft. Mein ganzer Körper war zerkratzt, die Haut im Gesicht und auf den Armen verbrannt, die Beine blutig. Ich sah aus, als hätte mich eine Horde wilder Hunde angefallen. Johanna saß am Hafen und wartete auf mich. Sie stand langsam auf, als ich ins Licht der Laterne trat. Ihren Gesichtsausdruck werde ich nie vergessen. Sie liebte mich, das konnte ich sehen. All meine Zweifel, all mein Misstrauen gegen sie waren völlig unbegründet. Sie liebte mich, sie saß da und wartete und sorgte sich um mich, weil sie mit mir zusammen sein wollte, so wie ich mit ihr. Von diesem Tage an war ich ruhig, so ruhig wie nie in meinem Leben. Aller Ehrgeiz, alle Unruhe waren erloschen. Ich saß mit Johanna am Hafen, Stunde, um Stunde, tat nichts, sagte nichts, schaute. Wenn die Sonne im Meer versunken war, gingen wir auf unser Zimmer und liebten uns. Jede Nacht. Es war kein wildes, unbestimmtes Begehren, das ich zu befriedigen versuchte, es war ein langsam anwachsendes Verlangen, das sie in mir weckte und stillte. Wir lagen nackt nebeneinander, küssten uns, streichelten uns, genossen die Erregung, hielten sie zurück und steigerten sie dadurch, und wenn sie mich ansah, wie sie mich immer angesehen hatte, mit dieser Frage im Blick, dann schaute ich sie an, bis sie lächelte, als hätte ich ihre Frage beantwortet. Natürlich wussten wir beide, dass wir dieses Glück, diesen Frieden, diese Gelassenheit nicht einfach so mit nach Deutschland nehmen konnten, dass sie an diesen Ort gebunden waren, an dieses Licht, diese Einsamkeit, diese Zeit. Je näher der Tag unserer Abreise kam, umso stiller wurden wir. Wir wussten, dass es zwecklos war, den Urlaub zu verlängern, es wäre nicht dasselbe gewesen, es wäre einer Kapitulation gleichgekommen. So liefen wir durch die engen, kleinen Straßen, besuchten noch einmal alle Restaurants, in denen wir gegessen hatten, saßen am Hafen, auf der Terrasse unseres Hotels und nahmen Abschied, nur war es für mich ein Abschied von diesem Urlaub, für Johanna war es ein Abschied von allem. Ich sah, dass sie manchmal die weißen Wände der Häuser berührte, die Tische, an denen wir aßen, die Möbel in unserem Zimmer. Sie berührte das alles, wie sie mich berührte, mit einer seltsamen Zärtlichkeit. Ich sah es, aber ich dachte mir nichts dabei. Ich merkte nicht, dass ihr Unglück längst zurückgekehrt war, dass es sie längst wieder bedrohte. An dem Morgen unserer Abreise wachte ich in der Dämmerung auf. Johanna war nicht da. Ich zog mich an und ging auf den Flur. Alles war still, wundervoll still. Ich hatte keine Angst, ich rechnete nicht mit einer Katastrophe. Als ich hinaus auf die Terrasse trat, sah ich das Meer im Morgendunst. Ich hörte es rauschen, das war alles, kein anderes Geräusch, kein Mensch in den Straßen. Irgendwo links hinter der Steilküste tauchte die Sonne aus dem Meer. Ich konnte sie nicht sehen, aber ihr Licht färbte schon den Himmel. Ich beschloss, aufs Dach zu steigen und einen letzten Blick über die Insel zu werfen. Es gab eine kleine, eiserne Leiter, die an der Wand befestigt war. Oben auf dem Dach waren die riesigen Wassertanks montiert. Ich konnte bis in die Hafenbucht sehen. Und dort stand Johanna. Sie trug ein weißes, langes Baumwollkleid. Ich hätte rufen können, aber ich wagte es nicht. Es wäre ein Verbrechen gewesen, die Stille zu verletzen. Sie war so vollkommen, heilig wie eine Kathedrale, fest gefügt aus der Reglosigkeit der Dinge. Und Johanna war der weiße Engel, der sich in dieser Stille bewegte. Sie ging auf dem Weg, der zur Steilküste führt. Einmal winkte ich ihr zu, weil ich glaubte, sie habe mich gesehen. Sie lief, bis sie hoch oben über dem Hafenbecken angekommen war, dann stand sie einen Moment und sprang. Ich sah es, ich sah, wie sie fiel, auf den Felsen aufschlug, ins Meer rollte. Ich sah es, aber ich konnte es nicht glauben. Es gab kein Geräusch, verstehen Sie, ihr Fall war lautlos, ihr Aufschlag still. Sie schrie nicht. Nichts deutete darauf hin, dass ihr Sprung Realität war. Er hätte ebenso gut ein Traum sein können, ein Bild, ein unverständliches Ereignis irgendwo in der Ferne. Der Morgen war so zauberhaft, so unschuldig, so heilig, dass es unmöglich war, sich selbst wahrzunehmen.

Irgendwann ließ hoch oben über der Bucht eine einzige Zikade ihren durchdringenden Klagelaut hören, dann noch eine und noch eine. Es war eine Welle, die über die Bucht rollte, eine Welle tausender knarrender, schnarrender Töne, ein Klagechor verbrannter Stimmen, der die Wirklichkeit wieder in Gang setzte.

Ich bin nicht wieder nach Deutschland zurückgekehrt, ich habe gegessen, geschlafen, telefoniert, mich gewaschen. Es wunderte mich manchmal, dass ich all das tat, es kam mir unwirklich vor, so zu leben, aber ich tat es, jeden Tag, und niemand merkte etwas. Man hielt mich für einen ganz normalen Menschen, ich selbst hielt mich dafür. Ich wäre bereit, zu glauben, all das nur geträumt zu haben, aber ebenso gut könnten Sie mir erklären, dass ich jetzt träume, dass ich noch immer auf meinem Bett liege, neben Johanna, dass ich gleich aufwachen und sie anschauen werde, und dass wir wieder am Hafen sitzen, schweigen und uns lieben ...

Dritter Teil

I

Nach drei Stunden Flug trat ich in den Gluthauch Athens, froh, wieder festen Boden unter den Füßen zu haben. Auf dem zweiten Flug meines Lebens hatte ich kettenrauchend auf Platz 34B versucht herauszufinden, ob es mir gefiel, eingesperrt in einer Metallröhre mit 900 Kilometer pro Stunde durch die Luft zu rasen, angewiesen auf die Fähigkeiten eines Piloten, den ich nicht persönlich kannte. War das eine gute Art zu reisen oder blanker Wahnsinn? Immerhin, ich war hier, ich war in Athen, und es war gerade erst Mittag. Mit meinem VW Derby hätte ich eine Woche dafür gebraucht.

Der Bus, der uns zum Terminal brachte, neigte sich gefährlich nach links, während er über das Flughafengelände rumpelte, und ich stellte fest, dass um mich herum nur Paare standen, immer sie und er, Vater und Mutter, Frau und Mann, manchmal mit Kindern, meistens ohne. Ich war der einzige Alleinreisende. Noch ein Nachteil des Fliegens: Man merkte, dass man allein war.

Im Gepäckraum, auf meinen Seesack wartend, dachte ich an die letzte Kassette. Eigentlich hatte ich die ganze Zeit daran gedacht, und doch fühlte ich mich nicht auf die Begegnung mit

Hagen vorbereitet. Er wartete da draußen auf mich, in der Ankunftshalle, was sollte ich ihm sagen? Ich wusste jetzt viel mehr über ihn, ich kannte seine Geschichte und wie sie mit Rosas Geschichte zusammenhing, ich fühlte mich ihm verbunden, aber in Wahrheit war ja nichts passiert. Ich hatte seiner Stimme gelauscht, während er 2400 Kilometer weit weg an einem Ort saß, der für ihn mit Erinnerungen aufgeladen war, für mich aber nicht. Alles konnte gut werden, es konnte aber auch schief gehen. Denn warum ich hierherkommen sollte, dazu hatte Hagen kein einziges Wort gesagt, auch nicht darüber, wer Maries Vater war. Ich spürte meine Anspannung. Möglicherweise wegen des Fluges, der mir in den Knochen steckte, möglicherweise wegen der Hitze oder dem fremden Land, das ich zum ersten Mal besuchte, möglicherweise aber auch, weil ich merkte, dass sich da etwas zusammenbraute.

Das Transportband sprang an und mein Seesack kam als eines der ersten Gepäckstücke angerollt. Ich packte ihn und ging durch die Glastür in die Ankunftshalle. Und da, gleich hinter der Absperrung, stand Hagen, an eine Säule gelehnt. Er trug eine schwarze Leinenhose, dazu ein graues Leinenhemd und Pantoletten aus braunem Leder.

Ich winkte ihm zu, ich konnte nicht anders. Erst jetzt, da ich ihn sah, merkte ich, wie sehr ich mich freute, ihn zu sehen. Sollte ich ihn umarmen? Oder ihm nur die Hand schütteln? Wir gingen aufeinander zu und blieben hilflos voreinander stehen. Und dann tat ich es: Ich ließ den Seesack auf den Boden gleiten und breitete die Arme aus. Hagen lächelte sein Präsidentenlächeln und wir umarmten uns. „Ich danke Ihnen“, flüsterte ich. „Ich danke Ihnen für die Kassetten.“ Er sah mich an und sagte:

„Schön, dass Sie gekommen sind, Paul." Dann gingen wir, ohne ein weiteres Wort zu verlieren, hinaus aus der Ankunftshalle zu den Taxen.

Wir fuhren auf einer sechsspurigen Straße Richtung Hafen. Es war unerträglich heiß, das Taxi, ein etwa dreißig Jahre alter Mercedes ohne Klimaanlage, ließ uns den Zustand der Straße deutlich spüren.

„Waren Sie schon mal in Athen?", fragte Hagen. Ich schüttelte den Kopf und schaute aus dem Fenster. Die Sehsucht hatte mich gepackt, die Gier zu sehen, Menschen, Häuser, Landschaften, die richtige Welt. Ich hatte mir das nie klar eingestanden, aber insgeheim war der Teil Europas, den ich als DDR-Bürger nicht hatte bereisen dürfen, für mich früher die richtige Welt gewesen, die Welt, die ich nur aus Büchern kannte: Italien, Frankreich, Spanien, Portugal, Skandinavien, die Beneluxstaaten. Mag sein, dass ich nach dem Fall der Mauer meine Koffer gepackt hatte, um vor den Erinnerungen an meinen Bruder zu fliehen, aber ganz sicher war ich auch aufgebrochen, um sie zu sehen, die richtige Welt, den Westen. Das Wort allein hatte 1990 eine enorme Anziehungskraft auf mich, obwohl ich in den Süden aufgebrochen war. Westen war keine Himmelsrichtung, sondern eine Verheißung.

Es war daher nicht wichtig, dass Athen dreckig war, staubig, heiß, verwahrlost, eine Betonwüste am Meer, von kleinen Oasen durchbrochen, die an meinem Fenster vorbeihuschten und denen ich gerne mehr Aufmerksamkeit geschenkt hätte. Es ging nicht um Schönheit, es ging um das Andere.

„Unsere Fähre legt schon in einer halben Stunde ab", sagte Hagen, „vielleicht können wir auf der Rückreise ein oder zwei

Nächte in Athen bleiben." Ich nickte selbstvergessen. Ja, vielleicht war das eine gute Idee, es kam ganz darauf an, was auf Hydra passieren würde.

Der Passagierhafen von Piräus in der Mittagsglut, ein von Zweckmäßigkeit verhunztes Betonareal, dem nicht einmal das strahlend blaue Wasser ein bisschen Mittelmeerflair zu geben vermochte. Hagen zahlte das Taxi und zeigte auf ein blau-gelbes Tragflächenboot, das vor uns am Kai lag. Die Karten für die Überfahrt hatte er schon gekauft und wir konnten sofort an Bord gehen. Das Innere der Fähre ähnelte sehr dem Flugzeug, dem ich gerade entstiegen war. Es gab mehr Platz für die Beine und größere Fenster auf allen Seiten, aber die Sitze sahen denen im Flugzeug zum Verwechseln ähnlich und waren auch so angeordnet; das Ganze verströmte diesen von Sicherheitsvorschriften diktierten Fließbandfertigungschic. Wir fanden zwei nebeneinanderliegende Plätze, ziemlich weit vorn, sodass wir das Meer vor uns und rechts neben uns sehen konnten. Es gab eine Klimaanlage und ich entspannte mich ein bisschen.

„Wie lange fahren wir?", fragte ich.

„Anderthalb bis zwei Stunden", sagte Hagen. „Sie müssen müde sein, wenn Sie ein bisschen schlummern wollen, nehmen Sie auf mich keine Rücksicht. Ich muss nicht unterhalten werden."

Ich nickte dankbar. Er hatte recht, ich war müde. In der vergangenen Nacht war ich jede Stunde aufgewacht, aus Angst, zu verschlafen. Dann der aufregende Flug, die Ungewissheit, wie Rosa und ich uns begegnen würden, überhaupt Griechenland, die Hitze, das Meer ... Ich schloss die Augen, um ein bisschen zu dösen, musste aber sofort eingenickt sein, denn als ich sie wieder öffnete, glitten wir schon übers offene Wasser. Die Kabine war von einem gleichmäßigen Dröhnen erfüllt, Hagen hatte sich in Luft aufgelöst und ich brauchte unbedingt etwas zu trinken. Außerdem beschloss ich, mein verschwitztes T-Shirt zu wechseln.

Auf der Suche nach den Toiletten fand ich im hinteren Teil des Bootes eine Bar, an der Hagen stand und sich mit dem Barkeeper unterhielt, auf Griechisch, wie ich beim Näherkommen feststellte. Ich bat um ein Glas Wasser, ging, nachdem ich es ohne abzusetzen ausgetrunken hatte, auf die Toilette, zog mein verschwitztes T-Shirt aus und das frische an, das ich aus meinem Seesack geangelt hatte. Auf dem Rückweg sah ich, dass Hagen schon auf seinem Platz saß. Ich fühlte mich erfrischt und bereit für ein Gespräch mit ihm. Er lächelte mir zu, als ich kam und ich lächelte zurück. Einen kurzen Moment saßen wir schweigend nebeneinander, dann sah ich ihn an: „Darf ich etwas fragen?"

„Aber ja", sagte er.

„Ich habe die Kassetten gehört und ich verstehe jetzt viel besser, was Sie und Rosa verbindet. Möglicherweise verstehe ich sogar, warum Sie hierherfahren wollten, aber warum sollte ich mitkommen? Und bitte sagen Sie nicht, Rosa wollte es so, Sie haben die ganze Zeit dafür plädiert, dass ich mitkomme. Warum?"

Hagen nickte, er schien darauf gewartet zu haben, dass ich diese Frage stelle.

„Es fing kurz vor Maries Geburt an", sagte er. „Wir wohnten schon in der Villa, aber jeden Tag kamen die Handwerker und erledigten Restarbeiten. Ich schlief damals auf dem Sofa, auf dem Sie jetzt geschlafen haben. Eines Nachts weckte mich Rosa und flüsterte mir zu, ihr Großvater stehe draußen im Garten. Er sei gekommen, um sie mitzunehmen. Ich war sofort hellwach, rannte in den Garten und suchte nach ihm. Nichts, er musste geflohen sein, als er mich hatte kommen hören. Ich ging zurück. Rosa hatte Angst, das konnte ich sehen. Ich versuchte, sie zu beruhigen und kochte ihr Tee. Wir saßen in der Küche und ich versprach ihr, gleich am nächsten Tag zu ihrem Großvater zu gehen und ihn zur Rede zu stellen. Sie können sich vorstellen, Paul, dass ich wild entschlossen war, Rosa zu verteidigen. Dieser Großvater hatte Johanna in den Tod getrieben, er hatte Rosas Kindheit zerstört, er war ein Tyrann und jetzt war meine Stunde gekommen, dachte ich. Er hatte seine Macht verloren und die neue Macht stand ihm wahrscheinlich nicht in dem Maße zur Verfügung wie mir."

„Welche Macht meinen sie?", fragte ich.

„Geld", antwortete Hagen knapp. „Ich fuhr also am nächsten Morgen nach Berlin zu der Adresse, die Rosa mir gegeben hatte. Es war ein Gründerzeithaus, noch nicht renoviert, aber nicht so verfallen wie die meisten anderen in der Straße. Ich klingelte und war bereit, mich nicht abwimmeln zu lassen. Es dauerte, ehe Schritte zu hören waren. Die Gardine hinter der Wohnungstür wurde beiseitegeschoben und das kleine, knochige Gesicht einer alten Frau erschien kurz hinter der Glasscheibe. Das war die Frau, mit der ich telefoniert hatte von Hamburg aus, das war Rosas Großmutter, die Handlangerin des Teufels, seine willfährige Dienerin. Sie öffnete und ich sagte, ich wolle zu ihrem Mann. „In welcher Angelegenheit?", fragte sie. Ich erzählte ihr kurz, warum ich gekommen war. Sie sah mich an, ohne irgendeine Reaktion zu zeigen. Keine Ahnung, was sie dachte, gesagt hat sie jedenfalls nichts. Sie trat einfach beiseite und geleitete mich ins Wohnzimmer, in dem der Tisch gedeckt war: weißes Tischtuch, Kerze, Porzellanteller, Silberbesteck, alles millimetergenau ausgerichtet. Es roch nach Möbelpolitur, und da, an der Stirnseite des Tisches saß er, der Teufel, Rosas Großvater. Sein Gesicht war zweigeteilt, die rechte Hälfte hing, durch einen Schlaganfall kraftlos geworden, herunter und zog den halben Mund und den Tränensack mit, sodass das Auge, vom Lid halb verdeckt, krank und tot wirkte. Die linke Gesichtshälfte aber, in der noch Leben war und die verschiedene Gemütsverfassungen hätte ausdrücken können, war in verächtlicher Pose erstarrt, und diese Verachtung war es, die der kraftlosen, erschlafften Hälfte Hässlichkeit verlieh. Neben ihm, an den Tisch gelehnt, stand ein Gehstock. Keine Frage, dieser Mann konnte nicht gestern Nacht in meinem Garten gestanden haben. Vor allem konnte er nicht geflohen sein, dazu war er nicht fähig. Ich stand in dem dunklen Zimmer, und beobachtete, wie die Dienerin dem Teufel ein Brötchen schmierte."

„Ich verstehe nicht, wie war das möglich?", fragte ich.

„Gleich, Sie verstehen es gleich, Paul", sagte Hagen. „Ich fuhr zurück und erzählte Rosa von meiner Begegnung mit ihrem Großvater. Sie wollte nichts davon hören und bestand darauf, dass er gestern Nacht in unserem Garten gestanden hatte."

„Was? Wieso? Wieso hat sie darauf bestanden?", sagte ich.

„Sie musste jemanden in unserem Garten gesehen und ihn mit ihrem Großvater verwechselt haben. Das war damals die einzige Erklärung für mich."

„Und heute?", fragte ich. Hagen hob kurz die Hand und nickte, zum Zeichen, dass er mir gleich Antwort geben werde. „Ich ließ also eine aufwendige Alarmanlage installieren, die nicht nur das Haus, sondern auch den Garten überwachte."

„Haben Sie herausgefunden, wer im Garten gestanden hat?“

„Niemand“, sagte Hagen, „es hat niemand in unserem Garten gestanden. Das ist der Grund, warum ich wollte, dass Sie mit nach Hydra kommen.“

„Ich verstehe kein Wort“, sagte ich.

„Rosa fing an, nachts durchs Haus zu schleichen“, fuhr Hagen fort. „Wenn Elena oder ich sie fanden, behauptete sie jedes Mal, ihr Großvater stünde im Garten und wolle sie holen. Sie aß nicht mehr, wirkte apathisch oder redete ununterbrochen, aber so schnell, dass man Mühe hatte zu verstehen, was sie sagte.“

„Also wollen Sie mir sagen, Rosa ist … verrückt?“, fragte ich gereizt. Hagen schaute sich kurz um, ließ sich aber nicht aus der Ruhe bringen: „Wir wollten mit ihr zum Arzt gehen, aber das lehnte sie ab. Schließlich lud ich einen Psychiater zu uns nach Hause ein. Ich behauptete, er sei ein Freund von mir. Er unterhielt sich mit Rosa, komischerweise war sie an diesem Tag ganz klar und vernünftig. Trotzdem verschrieb er ihr ein Beruhigungsmittel. Das half, Rosa schlief nachts wieder durch und mit dem Schlaf verschwanden auch die anderen Symptome. Sie fing wieder an zu essen, arbeitete täglich in ihrer Werkstatt. Man musste sie zwingen, Pausen zu machen.“

Hagen sah mich an, so als würde dieser Satz meine Frage endgültig beantworten.

„Und weiter?“, fragte ich.

„Alles war gut“, sagte Hagen. „Marie wurde geboren, Rosa kümmerte sich um sie, wir hatten die Sache mit ihrem Großvater im Garten längst vergessen, wir hatten sie abgetan als Stresssymptom während der Schwangerschaft. Irgend so etwas hatte der Psychiater wohl auch gesagt. Aber dann, kurz bevor Rosa und Sie sich wieder begegnet sind, fing es erneut an. Zuerst hörte ich nachts Schritte im Haus. Dann behauptete Rosa wieder, ihren Großvater im Garten gesehen zu haben."

„Also ist sie doch … krank?", fragte ich. „Wollen Sie mir das sagen?"

Hagen starrte auf die Lehne des Sitzes vor ihm. „Ich will Ihnen sagen, dass ich Ihre Hilfe brauche, Paul. Seit Sie da sind, hat sich Rosas Zustand verbessert. Sie schläft wieder, sie kümmert sich um Marie, sie isst regelmäßig, manchmal arbeitet sie sogar in ihrem Atelier."

„Also das ist es", sagte ich.

„Ja, das ist es", antwortete Hagen. „Ich verstehe nichts von dieser Art … Krankheit. Ich weiß nicht, wie ich mich verhalten, was ich tun soll, ob ihr Zustand kritisch ist oder nicht."

„Ich habe auch keine Ahnung davon", sagte ich.

„Aber zusammen können wir uns um Rosa kümmern, wir können uns beraten, was zu tun ist, sollte es wieder schlimmer werden."

„Rechnen Sie damit?", fragte ich.

„Ich weiß es nicht, ich weiß es wirklich nicht, aber ich glaube, dass Rosa Ihnen vertraut, und ich fände es gut zu wissen, dass ich auf Sie zählen kann, sollte es wieder schlimmer werden."

Ich schaute hinaus aufs Meer, das in der gleißenden Mittagssonne glitzerte. In der Ferne glitt eine Insel an uns vorbei. Der Horizont war verschwommen.

„Und Maries Vater?", fragte ich. „Wer ist Maries Vater?"

„Das soll Ihnen Rosa selber sagen", antwortete Hagen.

„Aber Sie wissen es?", sagte ich. Er nickte.

„Dann sagen Sie es doch." Er sah mich an und schüttelte den Kopf. „Das soll Rosa machen, das ist besser, glauben Sie mir."

II

Ich weiß nicht, woran es lag, an den bunt gekleideten Menschen vielleicht, die vielsprachig in der kleinen Hafenbucht umher wuselten, den Packeseln, die am Eingang zu den engen Gassen warteten, dem Meer, auf dem die eleganten Yachten schaukelten, den Zikaden, deren Zirpen alles andere übertönte, dem strahlend blauen Himmel, dem Geschrei der Kellner, dem Geknatter der Taxiboote, mit denen die Touristen sich zu kleinen Badebuchten fahren ließen ... Es war wohl alles zusammen, das mir Rosa so verwandelt erscheinen ließ, als ich sie vor dem kleinen Café am Hafen sitzen sah. Sie trug enge Jeansshorts und ein schwarzes Top, dazu Riemchensandalen mit Absätzen. Das Haar hatte sie mit vielen Spangen hochgesteckt, was wirr und wild und doch irgendwie genau richtig aussah. Sie hatte sich geschminkt, besonders ihre Wimpern, weshalb ihre Augen noch dunkler wirkten als sonst. Mein Herz schlug mir bis zum Hals, als ich sie sah. Mit einem flüchtigen Kuss auf die Wange begrüßte sie mich.

„Hattest du einen guten Flug?“, fragte sie zerstreut.

„Ich glaube schon“, sagte ich.

„Möchtest du was trinken? Kaffee vielleicht?“

„Ja, Kaffee wäre gut.“ Rosa gab dem Kellner ein Zeichen, deutete auf ihre Kaffeetasse und hob den Daumen. Der Kellner lächelte und nickte. Ich war irgendwie von ihrer Andersartigkeit eingeschüchtert und musste sie immerzu anstarren.

„Was ist?“, fragte sie.

„Nichts, nichts“, stammelte ich.

„Warum siehst du mich so an?“

„Weil du so anders aussiehst“, sagte ich. „Wir haben uns nur zwei Tage nicht gesehen und schon hast du dich vollkommen verändert."

„Ach ja?"

„Wo ist Marie?"

„Bei Elena."

Und wo ist ihr Haus?", fragte ich zu Hagen gewandt.

„Ziemlich weit oben", sagte Hagen und stand auf. „Ich gehe schon vor, ich muss noch telefonieren, und Marie wird gleich aufwachen."

„Danke", sagte ich.

„Wofür?", fragte Hagen.

„Dass Sie mich abgeholt haben."

„Gerne", sagte er, strich Rosa kurz über die Schulter und ging. Es war nur eine kleine Geste, aber sie drückte so viel Vertrautheit aus, dass ich sofort eifersüchtig wurde. Hagen war mit Rosa durch weitaus mehr verbunden als ich. Andererseits verband auch Hagen und mich ein Geheimnis, von dem Rosa nichts wusste. Einen Moment schoss mir durch den Kopf, dass er sich die Geschichte mit dem Großvater im Garten und Rosas Unruhe auch nur ausgedacht haben konnte. Aber warum? Warum sollte er sich so etwas ausdenken? Und seine Sorge um Rosa schien echt gewesen zu sein.

„Hast du die Kassetten gehört?", fragte Rosa, als Hagen gegangen war.

„Ja, klar", sagte ich.

„Und?", fragte Rosa.

„Was meinst du?", sagte ich.

„Was ich meine?", sagte sie gereizt und beugte sich vor. „Ich will wissen, was du zu den Kassetten sagst?"

Ich schwieg. Es war ein verstocktes, blödes Schweigen, das

ich mir selber nicht erklären konnte. Lag es an der kurzen Berührung von Hagens Hand an Rosas Schulter oder war es die Tatsache, dass mir niemand sagen wollte, wer Maries Vater war? Ich wusste es nicht. Rosa stöhnte.

„Sag was!“, befahl sie.

„Was denn?“, fragte ich. „Ich weiß nicht, was du erwartest?“

„Ich erwarte, dass du irgendetwas zu den Kassetten sagst“, antwortete Rosa. Es war eine absurde Unterhaltung.

„Ich verstehe jetzt besser, warum Hagen dich bei sich wohnen lässt“, sagte ich schließlich, „weshalb er so großzügig ist, ich verstehe, warum alle hierher nach Hydra wollten, aber warum du wolltest, dass ich mitkomme, das verstehe ich noch immer nicht. Was machen wir hier, Rosa? Und wer ist Maries Vater? Das will mir nach wie vor keiner sagen.“

Rosa starrte mich an, kreuzte die Arme vor der Brust, umfasste ihre Schultern mit den Händen und lehnte sich zurück. Ihr Blick ging an mir vorbei aufs Meer hinaus. Sie kam mir von einem Moment auf den anderen unerreichbar vor. Eben hatte sie noch versucht, mich zu verhören, jetzt wirkte sie plötzlich teilnahmslos. Erst als der Kellner meinen Kaffee brachte, sah sie mich wieder an. Es war eine erstaunliche Wandlung, die sich da in kurzer Zeit mit ihr vollzogen hatte. Sie schien sich selber festzuhalten, so als fürchte sie, ihr Körper könne etwas Ungewolltes tun, gleichzeitig zeigten die gekreuzten Arme Abwehr an. Und während ich sie beobachtete, dachte ich, dass Hagen recht haben konnte mit dem, was er mir auf dem Tragflächenboot gesagt hatte. Rosa wirkte auf einmal unsicher und zerbrechlich auf mich, ihre Schminke, ihre Absatzschuhe, ihre Jeansshorts, das schwarze Top, all das ließ mich plötzlich an eine Seiltänzerin denken, die in einem feinen Kostüm über dem Abgrund balanciert und dabei versucht, so leichtfüßig und normal wie irgend möglich auszusehen. Ich musste an ein Lied von Ulla Meinecke denken, das ich früher oft gehört hatte: „Du bist die Tänzerin im Sturm, du bist ein Kind auf dünnem Eis, du wirfst mit Liebe nur so um dich und immer triffst du mich …"

„Weißt du, was ich getan habe, gleich nachdem die Mauer gefallen war?", fragte Rosa.

„Was?"

„Ich habe nach meiner Mutter gesucht." Sie beugte sich vor und trank einen Schluck aus meiner Kaffeetasse. „Mein Vater konnte mir nicht helfen, aber er hatte die Adresse seiner Schwester, meiner Tante Regine. Ich bin also zu ihr gefahren, sie wohnte in Hannover. Ich war sehr aufgeregt. Die Aussicht, meine Mutter wiederzusehen, nach all den Jahren, das war als würde ich zu einer Preisverleihung fahren. Mein Los hatte gewonnen, auch wenn ich noch nicht wusste, wie viel, war ich davon überzeugt, dass mein Leben nach der Gewinnausschüttung anders sein würde als vorher. Verstehst du? Ich kann's nicht anders sagen." Sie sah mich an, ich nickte und dachte an ihre Glückskontentheorie.

„Tante Regine wohnte in einer kleinen, hässlichen Wohnung. Sie empfing mich in einem Bademantel, und nachdem wir die üblichen Höflichkeiten ausgetauscht hatten, sagte sie mir, dass meine Mutter tot sei, gestorben an einem seltenen Hirntumor. Dann hat sie mir ein Foto von Johanna geschenkt, auf dem sie wunderschön aussah." Rosa fingerte eine Zigarette aus der Schachtel, die vor ihr lag. Irgendwo lachte eine Frau, an der Mole entstieg ein junges Paar einem der Taxiboote, das gerade angelegt hatte.

„Ich war nicht wirklich traurig“, sagte Rosa, nachdem sie sich die Zigarette angezündet hatte. „Dass mein Los nichts gewonnen hatte, das kannte ich schon, daran war ich gewöhnt. Ich fuhr also zurück und bewarb mich an der Kunsthochschule. Kurz darauf rief mein Vater mich an und sagte mir, Tante Regine sei gestorben, an einem seltenen Hirntumor. Das kam mir komisch vor, also fuhr ich mit meinem Vater nach Hannover. Und dort fand ich in einer Kommode eine Kiste mit Briefen meiner Mutter. Und ganz unten in dieser Kiste lag ein Brief von Hagen, in dem er von Johannas Tod schrieb. Der Absender war gut lesbar, so kam ich an Hagens Adresse.“ Sie rauchte und schaute noch immer aufs Meer hinaus.

„Und dann bist du nach Hydra gefahren? Einfach so?“, fragte ich.

„Ja“, sagte sie, ohne mich anzusehen. „Tante Regine hatte meinem Vater 8000 Mark hinterlassen. Er gab mir die Hälfte, ich nahm das Geld und kam hierher. Und hier habe ich Hagen getroffen und er hat mir alles erzählt, zuerst von meiner Mutter, dann von meiner Großmutter. Die ganze verrückte Geschichte. Und Morgenfrüh, noch ehe die Sonne aufgeht, noch ehe die Zikaden anfangen zu schreien, werde ich zu der Stelle gehen, an der sich meine Mutter hat ins Meer fallen lassen. Denn Morgen vor genau zehn Jahren hat sie sich hier umgebracht.“ Jetzt sah sie mich an, mit einem trotzigen Blick. „Und ich wünsche mir, dass du mitkommst. Ich wünsche mir, dass du morgen früh neben mir stehst an der Stelle, von der sie gesprungen ist. Und wenn du das nicht willst, dann kann ich auch nichts dagegen tun, und wenn du das alles nicht verstehst, dann bist du ein Idiot. So und jetzt müssen wir gehen, Marie ist sicher aufgewacht, und es ist eine sehr große Umstellung für sie. Sie war ja noch nie woanders als in der Villa. Ich möchte sie nicht zu lange allein lassen." Rosa drückte energisch die Zigarette aus und stand auf.

„Bezahlen können wir am Ende der Woche, Hagen hat hier überall Kredit." Sie setzte sich einen großen Sonnenhut auf und ging einfach los. Wie schaffte sie es, dass ich mir in ihrer Gegenwart so oft wie ein Idiot vorkam? Vielleicht lag das einfach daran, dass ich mich oft wie einer benahm. Warum hatte ich ihr nicht einfach auf ihre Frage nach den Kassetten geantwortet? Was war los mit mir? Was war los mit uns? Wieso stritten wir dauernd?

Mein Seesack war schwer und ich hatte Mühe, mit Rosa mitzuhalten. Ihr Gang, ich liebte ihren Gang, er war so energisch, so fordernd, so schwungvoll. Wir reihten uns ein in die Prozession aus Maultieren und Touristen, in das Gewirr aus Gesten, Blicken und Stimmen, manchmal der Geruch eines Parfüms, der Klang einer Stimme, ein Blick, der mich traf, Gelächter, das aus einem der Hinterhöfe aufflog, die Rufe aus den Küchen, manchmal Fetzen von Musik. Obwohl die Sonne hoch stand, fand ihr Licht kaum den Weg in die engen Gassen, durch die wir liefen, unzählige Treppen hinauf, immer weiter hinauf, bis die sonnenbebrillten Gesichter der Touristen seltener wurden und uns schließlich niemand mehr entgegenkam. Und da war es, Hagens Haus überm Meer. Nichts Besonderes, so schien es auf den ersten Blick: zwei Stockwerke, das Walmdach mit Tonziegeln eingedeckt, Türen und Fensterläden in Griechischblau gestrichen. Rosa blieb stehen und sah mich an. Mir lief der Schweiß in Strömen am ganzen Leib herunter, von der Stirn übers Gesicht den Hals entlang, von den Achselhöhlen über die Hüften in meine Unterhose, von den Kniekehlen in die Schuhe.

Ich muss ein klägliches Bild abgegeben haben, denn Rosa erschrak, als sie sich zu mir drehte.

„Elena hat sicher Eistee gemacht“, sagte sie und öffnete die Haustür. Wir betraten einen wunderbar kühlen Flur mit abgewetztem Steinfußboden, stiegen ein paar Stufen hinauf und kamen in ein sehr großes Zimmer, an dessen Ende sich ein offener Kamin befand. Rechts gaben vier große Fenster einen atemberaubenden Blick aufs Meer und die Dächer des Ortes frei, der Fußboden war mit Steinzeug belegt und die Holzbalkendecke strahlte weiß lasiert. Ich hatte Lust, mich in das schwere, mit weißem Leinen bezogene Sofa vor dem Kamin fallen zu lassen und für den Rest des Tages aus dem Fenster zu schauen.

Aber Rosa ging weiter in die geräumige Küche, in der wir Elena fanden. Sie begrüßte mich mit einem lauten „Kalimera glykia mou!“. Dann hob sie die Arme, rief etwas, das ich nicht verstand und goss mir sofort ein Glas Eistee ein. Rosa lief in den kleinen Innenhof. Ich blieb in der Küche, die ebenso spartanisch eingerichtet war wie das große Wohnzimmer. In der Mitte eine Kochinsel, über der, an einem Eisengestell, viele Töpfe baumelten. Der Herd war an der Wand, darüber ein gemauerter Abzug, die Schränke ebenfalls gemauert und mit unbehandelten Holztüren versehen, alles mediterran, zweckmäßig, zeitlos. Elena watschelte umher, offenbar eine Vesper zubereitend, soweit war alles wie immer, nur anders als in der Villa in Deutschland redete sie dabei die ganze Zeit Griechisch. Ein paar Mal lächelte sie mich an und nickte, und ich hatte den Eindruck, sie redete mit mir, da ich aber kein Wort verstand, wusste ich es nicht genau. Ich glaubte, die echte, die wahre Elena zu sehen. Ihre Schweigsamkeit war an die Fremde gebunden, hier, in ihrer Heimat, war sie ein Plappermaul. Von draußen hörte ich Marie quieken. Also trank ich aus, verneigte mich vor Elena, um mich für den Eistee zu bedanken, und ging nach draußen. Der Innenhof, vielleicht siebzig oder achtzig Quadratmeter groß, wurde von einer knorrigen Platane den ganzen Tag beschattet. Ringsum standen große Tontöpfe mit Oleander- und Olivenbäumen, Kräutern und Sträuchern, an der gegenüberliegenden Wand wucherte eine herrlich blühende Bougainvillea. Hagen und Rosa, die Marie auf dem Arm hielt, saßen auf Holzbänken unter der Platane. Hagen hatte eine Videokamera in der Hand und filmte Marie, was sie sehr interessant zu finden schien, denn sie grapschte ein paar Mal nach dem Objektiv. Als sie mich sah, schien sie mich nicht zu erkennen, denn sie streckte weder die Ärmchen aus noch lächelte sie. Zwei Tage hatten gereicht, um mich aus ihrem Gedächtnis zu löschen. Rosa schien meine Enttäuschung zu bemerken, denn sie sagte leise zu Marie: „Schau mal, wer da kommt? Der Paul. Du wunderst dich, dass der auch hier ist in diesem fremden Haus, den kennst du sonst nur aus der Villa und da gehört er für dich auch hin, ja? Wieso ist der jetzt auch hier, genau wie Hagen und Elena, das fragst du dich. Ja, das fragt sich der Paul auch die ganze Zeit, mein Schatz."

Einen Moment schaute mich Marie noch an, dann streckte sie plötzlich die Ärmchen nach mir aus und ich fing sofort an, mich kindisch zu benehmen. Ich hob sie hoch, drehte mich mit ihr einmal um die eigene Achse und redete mit ihr in Kindersprache. Sie steckte die Faust ihrer rechten Hand in den Mund und lachte dabei still. Ihre feinen Härchen flatterten, sie schaute in den Himmel. Ich hielt sie noch einen Moment auf dem Arm, dann wollte sie wieder zu Rosa. Hagen bot an, mir mein Zimmer zu zeigen, und ich fand das eine ausgezeichnete Idee. Ich wollte einen Moment allein sein. Wir stiegen eine Treppe hinauf in den zweiten Stock. Der Blick von dort aufs Meer war fast noch spektakulärer und gehörte für die Dauer meines Aufenthaltes ganz allein mir. Ich warf meinen Seesack auf das einfache Holzbett und öffnete eines der beiden Fenster, dann zog ich als Erstes meine Schuhe aus, weil ich den kühlen Steinboden unter meinen nackten Füßen spüren wollte. Zigaretten und Feuerzeug legte ich auf den kleinen Tisch, der zwischen den Fenstern stand. Aus meinem Seesack wühlte ich die kurze Hose, die ich eingesteckt hatte. Meine Jeans und die restlichen Sachen stopfte ich in die Kommode aus hellem Holz neben der Tür zum Bad. Ich wusch mich, setzte mich auf einen der beiden Holzstühle, die auch Griechischblau gestrichen waren und deren Sitzfläche aus Korbgeflecht bestand, und zündete mir eine Zigarette an. Die Weite des Meeres machte mich still. Schauen, ich konnte hier sitzen und schauen, ewig schauen, warten, dass die Sonne im Meer versank. Vielleicht ein Glas kühlen Weißwein trinken, mehr brauchte es nicht. Hagens Haus lag so hoch oben am Hang, dass der Blick endlos weit ging, über die terracottafarbenen Dächer der Häuser hinunter zum Hafen mit den weißen Booten, über die Felsen, die hinaus ins endlose Meer wuchsen und darin versanken, bis hin zum Horizont, über dem der blassblaue Himmel strahlte, mit feinen Wölkchen betupft.

III

Rosa weckte mich vor Sonnenaufgang. Einen Moment blieb ich liegen. Gestern Nacht hatte ich das Gelächter aus den Tavernen gehört, die Rufe der Betrunkenen, Schritte, das Geschrei von Katzen. Jetzt hörte ich nichts, nicht einmal das Meer. Es war vollkommen still. Ich schlich ins Bad, wusch mich, putzte mir die Zähne und schlüpfte in meine Sachen. Die Stille ließ jedes noch so kleine Geräusch monströs erscheinen. Rosa wartete in der Küche auf mich. Wir sprachen nicht. Sie deutete mit dem Kopf auf eine Tasse, aus der es nach frischem Kaffee roch, und dabei fiel ihr eine Haarsträhne, die sich aus einer ihrer zahlreichen Haarklammern gelöst hatte, ins Gesicht.

Gestern Abend, als wir im Hof saßen, hatte ich ihr gesagt, dass ich sie verstünde, dass ich wüsste, warum wir hier sind und dass ich sie sehr gerne heute Morgen begleiten würde. Sie hatte ein paarmal genickt, aber nichts gesagt. Hagen hatte mit seiner Videokamera gespielt und sich die Aufnahmen der letzten Tage angeschaut, wir waren zeitig zu Bett gegangen.

Ich trank nur zwei, drei Schluck Kaffee, dann stellte ich die Tasse auf die Kochinsel, zum Zeichen, dass ich bereit war zu gehen. Als wir hinaus auf die Straße kamen, hatte der Tag noch keine Farben. Die Luft war angenehm kühl und zwischen den Häusern sahen wir, wie das erste Sonnenlicht den Himmel über der Horizontlinie violett färbte. Rosa nahm meine Hand. Sie trug dieses knielange Kleid, in dem sie so erwachsen aussah, ein Wickelkleid, das hatte sie mir gesagt, „das ist ein Wickelkleid, Paul", dazu flache Schuhe, die kein Geräusch auf der Straße machten. Unser Weg führte hinunter zum Hafen. Jetzt endlich hörte man die Wellen, ganz leise, ein wiederkehrendes Plätschern, so zurückhaltend, ja geradezu unterwürfig, als wagte nicht einmal das Meer, die Stille zu stören.

Kurz bevor wir die Treppe erreichten, die zur Hafenpromenade führte, drängte mich Rosa sanft nach links in eine Gasse, aus dem Ort heraus, rauf auf einen der beiden Felsenrücken der Bucht. Bald konnten wir weit aufs Meer hinausschauen, das sich noch immer in graue Schleier hüllte, auch wenn der Sonnenstreifen über dem Horizont schon breiter geworden war. Weit draußen flog eine einsame Möwe. Alles war Anfang.

Nachdem wir eine Weile schweigend hintereinander gegangen waren, blieb Rosa plötzlich stehen und zeigte auf eine Stelle rechts des Weges.

„Da ist es“, sagte sie mit ruhiger Stimme. „Von da ist sie gesprungen.“ Sie machte zwei Schritte auf den Abgrund zu.

„Rosa?“, sagte ich leise.

„Keine Angst, ich springe nicht“, antwortete sie, ohne sich nach mir umzudrehen. Sie schaute hinab. Ihrem Blick folgend, trat ich neben sie. Es ging dreißig oder vierzig Meter abwärts, unten ragten mehrere Felsen aus dem Meer. Ich hätte nur einen weiteren Schritt tun müssen und alles wäre zu Ende gewesen. Man musste sich seiner selbst ganz sicher sein, um von dieser Vorstellung unberührt zu bleiben. Ein Schritt, wie oft tat ich einen Schritt, ohne darüber nachzudenken, wie oft wurde mein Handeln von Unbedachtheit bestimmt und Routine. Hier, an diesem Abgrund stehend, musste ich ganz auf meine Vernunft vertrauen, darauf, dass sie sich unter dem, was mein Tun beeinflusste, als stärkste Kraft erwies.

Hatte Johanna, fragte ich mich, diesen Ort ausgesucht, hatte sie geplant, hier herunterzuspringen, oder war sie zufällig hier entlanggekommen? War ihre Vernunft, im Kampf mit allem anderen, zu schwach gewesen, diesen einen Schritt zu verhindern, oder hatte ihre Vernunft den Befehl gegeben, diesen einen Schritt zu tun?

Aus den Augenwinkeln sah ich, dass Rosa den Kopf hob. „Jetzt“, sagte sie leise und im gleichen Moment hörte ich die ersten Zikaden schnarren. Es war nicht ganz klar, woher das

Geräusch kam, von irgendwo weiter oben, von einer der umliegenden Bergspitzen wahrscheinlich. Und wirklich, genau wie Hagen es beschrieben hatte, weckte dieses erste Zirpen alle anderen Zikaden und von dem Punkt des ersten Tones aus breitete sich das Schnarren explosionsartig über die ganze Insel aus.

Rosa sah mich nicht an. Irgendetwas ging in ihr vor. Sie war so ernst, so gefasst. Dicht neben ihr stehend, war ich bereit, sie sofort festzuhalten, falls sie einen Schritt in die falsche Richtung zu machen versuchte. Ich war auf alles gefasst.

„Als ich auf die Insel kam und Hagen das erste Mal sah", sagte Rosa, „habe ich mich gewundert, dass er so viel älter war als meine Mutter. Als ich ihm sagte, wer ich bin, ist er zusammengesackt. Ihm knickten die Beine weg, als habe jemand mit einem Stock in seine Kniekehlen geschlagen. Er hat sich tausendmal entschuldigt und versucht, wieder der Hagen zu sein, den du kennengelernt hast, ganz Gentleman, aber es hat gedauert, bis er sich wieder gefangen hatte. Wir haben am Hafen gesessen, es war schwierig am Anfang. Ich wollte, dass er mir von Johanna erzählt, aber er sagte, das fiele ihm schwer. Also schwiegen wir, bis ich es nicht mehr aushielt, da war es schon dämmrig. Wir stiegen hinauf zu seinem Haus und setzten uns in den Hof und dann fing ich an, meine Geschichte zu erzählen, alles, alles habe ich erzählt: Von meiner Erinnerung an unsere missglückte Flucht, an die schrecklichen Tage der Ungewissheit danach, an die noch schrecklichere Gewissheit, dass meine Mutter unerreichbar für mich war, genau wie mein Vater. An die Lieblosigkeit im Hause meiner Großeltern, an die Strenge meines Großvaters, seinen Jähzorn, seine Liebenswürdigkeit, die jederzeit in Wut umschlagen konnte, an meine unterwürfige Großmutter, die Schulzeit, na all das, was ich dir auch schon erzählt habe. Hagen hatte eine Flasche Wein geholt und dann noch eine und Wasser und Kaffee, wir redeten die ganze Nacht. Er erzählte mir vom Krieg, von meiner Großmutter Martha, von der ich noch nie etwas gehört hatte, von Johanna, er erzählte es so wie auf der Kassette, ungeschminkt, es sprudelte aus ihm heraus, und ich saugte jedes seiner Worte auf. Ich war begierig, etwas über meine Familie zu erfahren, über meine Mutter und meine Großmutter. Zum ersten Mal bekam ich eine Vergangenheit, die zu mir passte, von der ich wollte, dass sie meine Vergangenheit ist, zum ersten Mal hörte ich etwas über meine Mutter, das nicht verächtlich aus dem Mund meines Großvaters quoll oder ängstlich aus dem meines Vaters sickerte. Hier redete jemand leidenschaftlich über sie, und als wäre das nicht genug, bekam ich auch noch eine Großmutter." Rosa machte eine Pause.

„Als es anfing, hell zu werden", fuhr sie leiser fort, „sagte ich, ich wolle die Stelle sehen, von der Johanna in den Tod gesprungen war. Hagen schüttelte nur den Kopf. In all den Jahren, in denen er hier gelebt hatte, war er nie hier oben gewesen. Aber ich habe nicht lockergelassen, und schließlich hat er eingewilligt. Also sind wir gemeinsam hierher gegangen, so wie du und ich jetzt. Zuerst ist nichts passiert, ich habe dagestanden und nichts gefühlt, gar nichts. Aber dann, als die Zikaden zu schnarren anfingen, da hat's mich plötzlich erwischt." Rosa lachte kurz und hart.

„Irgendwann habe ich mich zu Hagen umgedreht. Er weinte genau wie ich. Nur schien er nicht so viel Übung darin zu haben. Er war vollkommen hilflos, jedenfalls kam er mir so vor. Vielleicht sah ich auch nur eine Chance, mich zu retten, indem ich mir einredete, ihn trösten zu müssen. Und dann ist es einfach passiert."

„Was ist passiert?", fragte ich leise.

„Wir haben uns erst nur umarmt, aber dann ..."

„Was?"

„Er hat mit meiner Großmutter geschlafen und mit meiner Mutter, ich wollte das auch", sagte Rosa, noch immer aufs Meer schauend, „wir haben beide nicht damit gerechnet, dass es so kommt, es war ein Unfall."

„Ein Unfall?!", hörte ich mich sagen. „Als Jonas und ich auf der Müritz gekentert sind, das war ein Unfall. Wir konnten nichts dafür!", schrie ich. „Aber das hier! Marie ist doch kein Unfall! Das ist doch ... Scheiße!" Ich trat mit dem Fuß gegen einen Stein. Obwohl ich versuchte, tief zu atmen, wurde es schlimmer, aber auf die Erde legen wollte ich mich nicht.

„Wie, wie habt ihr ...?", keuchte ich. „Ich meine, Hagen oben, du unten? Oder umgekehrt, hast du auf ihm gesessen? Oder im Stehen?"

„Beruhige dich erst mal", sagte Rosa.

„Kann ich nicht, geht nicht, seit dem Unfall ..." Ich merkte, dass ich hyperventilierte.

„Paul, bitte!", sagte Rosa.

„Warum, warum hast du es mir nicht gleich gesagt? Warum, warum?"

„Ich hatte Angst, dass du es nicht verstehst."

Ich beugte mich vor, stützte mich auf die Knie und schüttelte den Kopf.

„Hagen ... Hagen hätte es mir sagen müssen."

„Ich habe es ihm verboten."

Das Blut rauschte in meinen Ohren. Ich sah Rosa vor mir

stehen, hinter ihr der Abgrund. War die Vernunft noch immer die stärkste Kraft? Steuerte sie mein Handeln?

„Ich dachte, wenn du es siehst, wenn du hier bist ... dann ... dann ..."

„... kann ich nicht weglaufen ...", stammelte ich.

„Ja."

Ich ballte die Fäuste, stampfte mit dem Fuß auf, wie ein kleines Kind, das seinen Willen nicht bekommt, und rannte davon. Ich rannte durch das hämische Schnarren der Zikaden, fort, fort, den ganzen Weg, den wir gekommen waren. Ich schleppte mich zurück, nach Atem ringend, eingesperrt in einen Körper, der von meiner Vergangenheit gesteuert wurde und von Rosas Geständnis ...

Alles war still, als ich das Haus betrat. Hagen saß mit Marie an dem Holztisch, an dem ich gestern meinen Eistee getrunken hatte. Vor ihm stand ein Teller, auf dem klein geschnittenes Toastbrot lag. Marie hatte ein Lätzchen um. Beide schauten mich erschrocken an.

„Sie hätten es mir sagen müssen", keuchte ich. „Sie hätten es mir selber sagen müssen, statt Rosa vorzuschicken. Sie hätten es mir sagen müssen, verdammt!"

Hagen sah mich entsetzt an, dann legte er den Löffel auf den Teller und drückte Maries Kopf schützend an seine Brust. Es sah so aus, als wolle er ihr meinen Anblick ersparen. Das war zu viel. Ich schnaubte wie ein Stier, rannte in den Hof und fing an, die Blumentöpfe umherzuwerfen. Ich wollte das nicht, aber ich hatte mich nicht mehr im Griff. Ich musste fluchen, es ging nicht anders. Das Einzige, was ich verhindern konnte, war, dass ich schrie. Stattdessen presste ich die Schimpfworte durch meine geschlossenen Zähne. Schließlich geriet ich an einen großen

Topf, den ich nicht hochbekam. Mir blieb die Luft weg, ich zitterte und dann hörte ich, dass Marie zu weinen anfing. Ich sackte zusammen. Blut lief an meiner rechten Hand herunter, ich musste mich irgendwo geschnitten haben. Elena kam und nahm Marie mit.

„Wo ist Rosa?“, fragte Hagen leise.

Ich wagte nicht, ihm zu sagen, dass ich einfach fortgelaufen war und sie stehen gelassen hatte.

„Ist sie noch dort?“, fragte er. „Hast du sie dort allein gelassen?“

„Sie hat mir alles erzählt“, sagte ich.

Er nickte. „Dann müssen wir zum Hafen.“

„Zum Hafen?“

„Sie wartet dort auf uns, bei Baptist.“

Es dauerte einen Moment, ehe ich begriff, was er gesagt hatte.

„Sie hat mit Ihnen verabredet, was sie tut, wenn ich sie allein auf dem Felsen zurücklasse?“, stammelte ich.

„Ja“, sagte Hagen. „Sie hat mir gesagt, was sie tun wird, wenn Sie fortlaufen.“

„Es ist zu viel“, sagte ich. „Rosa wohnt in Ihrem Haus, sie hat dort ihr Atelier, Sie sind Maries Vater und haben eine Geschichte mit der Großmutter und der Mutter, Sie sind Rosas Familie und sie erzählt Ihnen alles, das ist zu viel, ich kann nicht, ich hab's versucht, ich hab's wirklich versucht.“

„Es geht die ganze Zeit nur um Sie“, sagte Hagen scharf. „Wieso begreifen Sie das nicht? Rosa hat Angst, Sie zu verlieren, deshalb hat sie diese Reise vorgeschlagen.“

„Sie hat Angst, dass ich fortlaufe.“

„Ja, sie hat Angst, dass Sie fortlaufen“, sagte Hagen.

„Sie weiß, dass ich ein Feigling bin“, sagte ich.

„Hören Sie auf, sich zu bemitleiden.“ Er stand auf.

„Wir gehen zum Hafen. Wenn Sie sich die Hand verbunden und beruhigt haben, kommen Sie nach. Wir müssen frühstücken.“

IV

Die Hitze des kommenden Tages war jetzt spürbar. Überall schlenderten Touristen durch die engen Gassen, die ersten Maultiere trugen steifbeinig Koffer und Taschen über rutschiges Kopfsteinpflaster. Wie ein geprügelter Hund trottete ich zum Hafen. Was sollte ich Rosa sagen? Wie sie anschauen? Und Hagen? Mama, Papa, Kind! Es war noch nicht vorbei, das spürte ich. War es da gut, jetzt zu ihnen zu gehen? Sollte ich mich nicht lieber in Sicherheit bringen? Scham brannte in mir, aber zugleich Wut darüber, so hintergangen worden zu sein. Gärtner, ich war der Hausgärtner! Gleich darauf hatte ich Angst. Himmel Herrgott, hatte ich Rosa verloren, weil ich fortgelaufen war? Dass sie es vorhergesehen hatte, konnte doch heißen, dass sie für diesen Fall eine Entscheidung getroffen hatte. Warum hatte ich mich nicht besser im Griff? Konnte ich nicht so verständnisvoll sein wie Hagen? Oder irgendein anderer Mensch? Diese scheiß Panikattacken!

Am Hafen herrschte reges Treiben. Die Morgenfähre hatte schon angelegt und in den Cafés und Souvenirläden drängten sich die Tagestouristen. Rosa saß mit Hagen und Marie neben Baptists Laden an einem Tisch. Die perfekte Familie. Sie würdigte mich keines Blickes, als ich mich setzte. Hagen schob mir einen Teller hin, Besteck, eine Tasse. Seine Fürsorglichkeit ging mir auf die Nerven. Irgendwo schrie ein Maultier, am Nebentisch näselte melodisch eine Engländerin, das Sonnenlicht blitzte in den schaukelnden Scheiben der Yachten, auf den Holzpflöcken, an denen sie festgemacht waren, saßen die Möwen und schauten gleichmütig aufs Meer, eine Katze brachte eine Fischgräte in Sicherheit, drei Mädchen setzten sich vor uns an einen Tisch, kramten aufgeregt in ihren Taschen und fingen an, Postkarten zu schreiben. Ich beschirmte das Gesicht mit der Hand und schaute hinüber zu Baptist. Auf einem Hocker vor der Tür saß er, ein Berg von einem Mann mit dem Gesicht eines Piraten: breit, braun gebrannt und mit einem grau melierten Vollbart, und als wäre das nicht genug, trug er auch noch ein Kopftuch. In seinem Laden gab es den üblichen Plunder: Postkarten, Stifte, Tücher, Zigaretten, Zeitschriften, ein paar Bücher in Deutsch, Englisch und Griechisch und glänzende, heliumgefüllte Luftballons in den verschiedenen Formen und Farben.

Der Kellner kam, ich bestellte Kaffee und Croissants. Wir taten so, als wäre alles normal, als würde die Alltäglichkeit unseres Zusammenseins uns langweilen. Für jeden Außenstehenden waren wir eine ganz gewöhnliche Familie: Mutter, Vater, Kind und Großvater. Nur die Großmutter fehlte. Niemand ahnte, dass der Großvater mit der Enkelin ein Kind hatte und ich gar nicht dazu gehörte. Ich war nur – ja was? Anwärter auf die Stelle des Liebhabers? Rosa strengte sich mächtig an, mich zu ignorieren, und ich spürte schon wieder den Drang, fortzulaufen. Wie oft hatte ich ihm nachgegeben, ohne es zu merken? Wie oft war ich aufgestanden und gegangen, ohne überhaupt wahrzunehmen, dass ich fortlief, floh, irgendeinem Konflikt auswich.

Heute nicht, heute würde ich sitzen bleiben und schauen, was passierte, egal was es war.

„Habt ihr ein trockenes Brötchen mitgebracht?", fragte Rosa und sah dabei nur Hagen an. Er nickte, wühlte in der Marie-Tasche und legte, auf der Suche nach dem Brötchen, seine Videokamera auf den Tisch. Dass sie zu den Babyutensilien gehörte, fand ich zwar komisch, dachte mir aber nichts dabei. Als Hagen das Brötchen gefunden hatte, wollte er es Rosa geben, aber sie saß zu weit weg und hatte Marie auf dem Arm. Also gab er das Brötchen mir, ich reichte es an Rosa weiter und dabei sahen wir uns gezwungenermaßen kurz an.

„Danke", sagte sie und schenkte mir ein kleines Lächeln, ehe sie sich ganz darin vertiefte, die Schmerzen, die Maries wachsende Zähnchen verursachten, mit Hilfe des Brötchens zu bekämpfen.

„Du musst daran lutschen", sagte Rosa. „Beiß drauf, jawohl, so ist es gut, schlabbere es voll, weich' es ein. Dann tut's nicht so weh."

Das Lächeln, das sie mir geschenkt hatte, so klein es auch gewesen sein mochte, elektrisierte mich. Ich fühlte mich wie ein in der Wildnis gestrandeter Städter, der versuchte, ohne Streichhölzer ein Feuer zu machen, und dem es gerade gelungen war, einen Funken zu erzeugen. Jetzt musste ich diesen Funken nutzen, ich musste aus diesem kleinen Lächeln ein Gespräch entfachen, ich musste irgendetwas sagen, aber mir fiel nichts ein. Ich sah mich um, fand aber nur die auf dem Tisch liegende Videokamera. Und dann, als ich zu Baptist hinüberschaute, schoss mir eine absurde Frage durch den Kopf: Wie viele Heliumballons waren wohl nötig, um die Videokamera fliegen zu lassen? Keine Ahnung, wie ich auf diese Frage kam, sie kam mir einfach so in den Sinn. Es war Zufall, eine zufällige Verknüpfung dessen, was ich in dieser Situation wahrnahm. Natürlich konnte ich diese Frage nicht stellen, ich musste etwas Geistreiches sagen, etwas, das Rosa zum Lachen brachte, aber was? Die Sekunden verstrichen ungenutzt und in meiner Verzweiflung stellte ich dann doch die Frage: „Wie viele Ballons man wohl braucht, um die Kamera fliegen zu lassen?“ Und entgegen aller Erwartung hob Rosa den Kopf, sah mich an und sagte: „Was?!“ Dabei huschte erneut ein kleines Lächeln über ihr Gesicht, und das euphorisierte mich geradezu, also sagte ich: „Ich habe mich nur gerade gefragt, wie viel von Baptists Heliumballons wohl nötig sind, um die Kamera fliegen zu lassen?“

Rosa schaute zu Hagen, als sei er für solche Fragen zuständig, dann schaute sie wieder mich an, aber diesmal schien sie zu überlegen, ob meine Frage, nachdem ich sie auf dem Felsen hatte stehen lassen, eine Unverschämtheit war oder ob sie sie als ein völlig verblödetes Versöhnungsangebot annehmen sollte. Sie entschied sich für Letzteres.

V

Hätte ich gewusst, was sich aus meiner Frage entwickelte, ich wäre stumm geblieben. Zu meiner Verteidigung kann ich nur anführen, dass die Spannung zwischen Rosa, Hagen und mir an diesem Morgen wie ein Brandbeschleuniger wirkte. An einem anderen Tag wäre vielleicht nichts passiert, an diesem jedoch entwickelten sich die Ereignisse so schnell, dass niemand sie stoppen konnte.

„Wie viel wiegt die Kamera?“, fragte Rosa. Hagen zuckte mit

den Schultern. „Irgendetwas zwischen einem und anderthalb Kilo“, sagte er.

„Und wie viel wird so ein Ballon tragen?“ Rosa ließ keinen Zweifel daran, dass sie das Experiment sofort angehen wollte. Natürlich beeilte ich mich, sie dabei zu unterstützen. Das war meine Chance, mich mit ihr zu versöhnen. Wir mussten nicht darüber reden, dass Hagen Maries Vater war, dass ich den Hof verwüstet hatte, warum sie mir nicht bei unserer zweiten oder dritten Begegnung von ihrem Geheimnis erzählt hatte. Wir konnten zusammen sein und gemeinsam etwas tun, wir hatten ein „Projekt“, ein Ziel, ein Problem. Hagen wusste nicht genau, wie er sich verhalten sollte.

„Aber auf der Kassette sind Aufnahmen von Marie“, sagte er.

„Ich möchte es sehen“, sagte Rosa. „Ich möchte sehen, wie wir hier am Hafen stehen und dann, wenn die Kamera steigt, wie wir kleiner werden, immer kleiner, wie wir verschwinden, zu Punkten werden, zu Punkten auf dieser Insel, zu Punkten auf dieser Insel in diesem riesigen Meer. Das möchte ich sehen. Alles soll kleiner werden, immer kleiner, bis es mit der Insel verschmilzt.“

Nachdem sie das gesagt hatte, wussten Hagen und ich, dass es hier nicht nur um kindliche Neugier ging, um Trotz oder höhere Diplomatie. Die Sache hatte jetzt so etwas wie einen metaphysischen Überbau, und das bedeutete, wir mussten alles tun, um die Kamera fliegen zu lassen. Also ging Hagen zu Baptist und fragte ihn, wie viele Heliumballons er besäße. Baptist griff unter den Ladentisch und legte einen Stapel zusammengefalteter, glänzender Folien neben die Kasse.

„Wir kaufen sie alle“, sagte Hagen. Baptist nickte, als habe er diese Bestellung erwartet. Er fragte nicht, er ging wortlos durch die Tür hinter dem Kassentresen und rollte von dort eine Heliumflasche in den Laden. Geschenkband und eine Schere fanden sich und so fingen wir an, die Ballons zu füllen. Jeder, der hereinkam, blieb stehen und wollte wissen, was da gespielt wurde. Eine Gruppe junger Holländer versuchte besonders hartnäckig herauszufinden, was wir vorhatten, und als sie es begriffen, fingen sie sofort an, uns zu helfen. Immer mehr Ballons schwebten unter der Decke, es wurde gelacht und gerufen. Rosa stand neben mir, wir verschlossen, wie alle anderen, die mit Helium gefüllten Folienkolben, aber anders als alle anderen wussten wir, dass der ganze Rummel ein Ablenkungsmanöver war, ein Scheingefecht, und dieses Wissen war es, das uns wieder zueinander brachte. Von Zeit zu Zeit sahen wir uns an. Wir lächelten nicht verschwörerisch, wir zwinkerten uns nicht zu, wir sahen uns nur an, und das war besser als jede andere Form der Versöhnung. Hagen stand neben der Tür, hielt Marie auf dem Arm und redete leise mit ihr. Manchmal gab er ihr eine herunterhängende Schnur in die Hand, sie zog daran und dabei schaute sie zu dem Ballon hinauf, den sie so hoch und runter bewegen konnte. Das gefiel ihr einerseits, andererseits war ihr das Gewimmel im Laden zu viel. Besonders Baptist flößte ihr Angst ein, weshalb sie immer, wenn er versuchte, mit ihr Kontakt aufzunehmen, ihr Gesicht an Hagens Hals drückte.

Als Baptist draußen die ersten Ballons zu einer Traube zusammenband, schauten immer mehr Leute zu seinem Laden. Ein vielsprachiges Frage- und Antwortspiel begann, Gelächter, Rufe, Kinderhände, die sich in die Luft reckten, jeder wollte wissen, wozu das Ganze diente. Jemand musste zu Sephora laufen, denn obwohl die Kamera leicht war, reichten Baptists Ballons nicht aus. Immer mehr Touristen blieben stehen, sie hatten Zeit, sie waren gut gelaunt und Baptist tat, was in seiner Macht stand, um sie zu unterhalten. Als schließlich laute Ohs und Ahs vor dem Laden ankündigten, dass wir es bald geschafft haben würden, holte ich eine Rolle Paketkordel aus dem Laden und hielt sie Hagen hin. Der übergab Marie an Rosa und dann umwickelte er die Kamera mit der Kordel und knotete sie fest, sodass sie, als Baptist sie an die Ballontraube hängte, leicht nach unten zeigte. Jetzt schaltete Hagen die Kamera ein, richtete sie zuerst auf Rosa, Marie und mich und ließ sie dann vorsichtig los. Und wirklich, die Kamera stieg in die Luft. Eine riesige, in der Sonne glitzernde Ballontraube schwebte majestätisch in den blauen Himmel. Es waren über hundert Ballons, Telefone, runde Sofakissen mit albernen Motiven, Herzen, Sterne, Zahlen, ein großes G, sogar zwei Einhörner, zusammengebunden zu einem absurden Strauß, an dem Hagens kleine Kamera hing und, so hofften wir, uns alle filmte. Jeder wollte aufs Bild. Die Leute, dicht zusammengedrängt, winkten und lachten, Baptist hielt ein Kind hoch über seinen Kopf, und ich, irgendwie ergriffen, tastete nach Rosas Hand, und da, ohne dass es jemand merkte, riss die Schnur, an der die Ballontraube hing. Warum, wusste niemand, denn eigentlich war sie stark genug gewesen. Vielleicht lag es daran, dass Baptist die Markise vor seinem Laden selbst zusammengeschweißt hatte und die Schnur an einer der nicht abgeschliffenen Schweißnähte entlangscheuerte und riss. Vielleicht gab es dafür aber auch einen ganz anderen Grund. Die Ballontraube stieg sehr langsam, deshalb begriffen die Leute erst, was passiert war, als sie den Kurs wechselte und aufs Meer hinaustrieb. Da allerdings war es schon zu spät, um die Kamera wieder einzufangen, aber auch zu spät, um sie einfach fliegen zu lassen. Das Signal kam von einem der jungen

Holländer, der plötzlich pfeifend und winkend zum Kai lief, in eines der Taxiboote sprang und die Verfolgung aufnahm. Von da an gab es kein Halten mehr. Die anderen Holländer sprangen zu dritt oder viert in die kleinen Boote, und jagten aufs Meer hinaus. Kurz darauf legte die erste Yacht ab, und wer von den Yachtbesitzern die Ballontraube bis jetzt noch nicht gesehen hatte, entdeckte sie, als die Leute in den Himmel zeigten, wo sie, von irritiert kreischenden Möwen begleitet, dahintrieb. Natürlich sprangen nicht alle in ein Boot, die meisten blieben einfach am Hafen stehen und verfolgten das Spektakel oder bestellten sich noch einen Kaffee, aber alle oder beinah alle schauten der Ballontraube nach und redeten miteinander. Hagen hielt noch immer die Paketkordel in der Hand. Er war bestohlen worden von dem größten Dieb, den es gab, dem Zufall. Ich wusste nicht, was ich denken sollte, die Kamera war mir im Grunde egal, ich hatte Rosa besänftigen wollen und das war mir gelungen. Trotzdem tat es mir leid, dass die Kamera jetzt davonflog. Immerhin hatte Rosa sich gewünscht zu sehen, wie wir alle kleiner wurden und unsere Probleme mit uns.

Plötzlich pfiff jemand laut vom Kai her. Dort stand breitbeinig ein Mann und winkte uns zu. Er war ganz in Weiß gekleidet, vielleicht fünfzig Jahre alt, schwarzes Haar mit grauen Strähnen darin. Er war zweifellos reich, denn er stand auf einem riesigen, weißen Motorboot, eines von denen, wie man sie manchmal in amerikanischen Spielfilmen sieht. Es taugte, um Wettrennen zu fahren, aber es war kein Boot, um längere Strecken zurückzulegen wie die eleganten Yachten aus Southampton. Der Mann rief etwas auf Griechisch und Hagen antwortete ihm.

„Was hat er gesagt?" fragte Rosa.

„Er wollte wissen, ob die Kamera uns gehört …“

„Und?“

„Er lädt uns ein, auf sein Boot zu kommen, er weiß angeblich, wie wir sie wiederbekommen.“

„Das hat er gesagt?“, fragte ich.

„Das hat er gesagt“, antwortete Hagen.

Rosa und ich sahen uns an, dann küsste Rosa Marie auf die Wange, übergab sie an Hagen und zog mich hinunter zum Kai. Ohne zu zögern, sprang sie auf das Boot und sah mich an.

„Komm!“, rief sie. Oh Gott, das Boot schwankte stark von ihrem Sprung. Augenblicklich wurden meine Hände feucht. Wie denn? Wie sollte ich da aufspringen, wenn es so schwankte? Die Motoren liefen schon, ein tiefes, gurgelndes, kraftstrotzendes Geräusch.

„Spring doch!“, rief Rosa.

Alles sträubte sich in mir, aber wenn ich jetzt zögerte, hatte ich Rosa verloren. Also machte ich einen großen Schritt und ging sofort in die Hocke. Auf allen Vieren kroch ich auf die Windschutzscheibe zu, denn der Athener zog sofort den Gashebel herunter.

„Halt!“ Ich klammerte mich an der Rückenlehne fest. Rosa lachte und reichte mir die Hand. Und dann, als ich schweißgebadet auf dem hinteren Sitz saß, ließ der Athener die Motoren aufheulen. Das Wasser schäumte am Heck, das Boot hob sich und wir jagten aufs Meer hinaus, den anderen nach. Das Wasser war hart wie Beton. Der Athener saß auf seinem Schalensitz vor dem kleinen Steuerrad, seine rechte Hand ruhte auf dem chromblitzenden Gashebel. Ein paarmal drehte er sich zu mir um und lachte. Rosa bedeckte mit beiden Händen ihre Haare und hielt den Kopf eingezogen, ich saß steif auf dem Rücksitz, die Hände links und rechts auf den Polstern liegend versuchte ich, mich abzustützen, aber jedes Mal, wenn der Athener an seinem Steuerrad drehte und das Boot sich neigte, fiel ich zur Seite. Das gefiel ihm wahrscheinlich, diesem sonnengebräunten Snob mit seinem gelackten Haar und seinem schneeweißen Lachen. Wahrscheinlich ließ er sonst nur langbeinige Blondinen an Bord, wahrscheinlich wartete in Piräus sein Ferrari, wahrscheinlich war er der größte Arsch, der in ganz Griechenland zu finden war, und ausgerechnet auf seinem Boot mussten wir sitzen. Speichel sammelte sich in meinem Mund, ich hielt, ohne es zu merken, die Luft an. Ich war nicht fähig, mich der Geschwindigkeit zu überlassen, das Gefühl, die Kontrolle zu verlieren, lähmte mich. Festhalten, ich musste mich festhalten, nur so konnte ich diesen Wahnsinn überstehen.

Der Athener rief etwas, er rief es zu mir gewandt, aber ich schüttelte nur den Kopf, denn ich verstand ihn nicht.

„Du sollst schreien!“, rief Rosa. Der Athener lachte und sagte noch etwas.

„Du musst den Mund aufmachen!“ Rosa öffnete ihren Mund und schrie. Es war ein unglaublicher Schrei, durchdringend und spitz. Er bohrte sich durch das Dröhnen der Motoren, er flog über die aufspritzenden Wellen, wie ein Schwarm aufgescheuchter Vögel. Da riss ich ebenfalls den Mund auf. Ich wusste nicht warum, es war der Schreck, der Schreck über Rosas Schrei, es war die Angst, in diesem rasenden Boot zu sitzen, es war das Leben, das mir den Mund aufriss. Mir entfuhr ein gurgelnder, ungeschickter, aus tiefsten Tiefen aufsteigender Schrei. Der Fahrtwind drückte sich mit Macht in meine Lungen, Wasser spritzte mir ins Gesicht und vermischte sich mit den Tränen, die mir plötzlich aus den Augen schossen. Eine wahnsinnige, namenlose Angst streckte mir die Glieder und presste einen zweiten Schrei aus mir heraus, und dann noch einen und noch einen. Ich schrie wie ein frisch geborener Säugling, dem die Hebamme auf den Po geklatscht hat. Ich begriff das alles nicht, ich hatte den Eindruck, Achterbahn zu fahren. Pfiffe gellten plötzlich neben uns. Die Leute auf den anderen Booten hatten unsere Schreie gehört und schrien zurück. Ich weinte ein bisschen. Es gab keinen speziellen Grund dafür, keinen, den ich hätte erklären können. Das Leben hatte plötzlich nach mir gegriffen und schüttelte mich, es schüttelte die Angst aus mir heraus. Ich saß, in die Ledersitze gedrückt, Tränen und Meerwasser liefen mir in den aufgerissenen Mund und ich fühlte die wunderbare Geschwindigkeit, das Vibrieren des Bootes, den Fahrtwind, die aufspritzende Gischt, das Gurgeln der kraftstrotzenden Motoren. Der Athener winkte mir zu und rief: „Hoho!" Vielleicht war er doch nicht der größte Arsch Griechenlands, vielleicht verstand er es besser, sein Geld auszugeben, zu leben und zu genießen, als Hagen das tat. Was für ein verrückter Tag! Rosa zeigte in den Himmel, wo die Ballontraube trieb, direkt über uns. Sie stieg nicht weiter, niemand wusste warum. Möglicherweise waren einige der Ballons undicht, wir hatten sie hastig gefüllt und eilig verschlossen. Möglicherweise würde die Kamera, nachdem sie eine Weile durch die Luft geflogen war, irgendwann auf den Grund des Meeres sinken, oder sie trieb ewig weiter. Vielleicht landete sie in ein paar Tagen in Libyen oder Ägypten, und der verdutzte Finder sah die aufgenommenen Bilder: Rosa, mich und Marie, die winkenden Touristen, die Insel, das Meer. Der Athener drehte eine große Runde um die Ballontraube. Wie viele Ballons hätte es gebraucht, um mich schweben zu lassen, wie viele? Ich hatte Höhenangst und doch wünschte ich mir, dort oben zu hängen und auf die winzigen Boote herunterzuschauen. Kreischende Möwen, das Rauschen des Windes – sonst nichts.

Die Leute auf den anderen Booten johlten und winkten. Einige hatten schon gestoppt, andere umkreisten, wie der Athener, die Ballontraube, aber niemand wusste, was zu tun war. Niemand konnte sagen, warum die Ballontraube weder stieg noch sank. Sie hing etwa hundert Meter über dem Wasser im Azurblau des Himmels und glänzte wie eine Fata Morgana.

Plötzlich stoppte der Athener die Fahrt. Er riss den Gashebel zurück, das Boot sank ins Wasser und schaukelte heftig. Das Gurgeln der Motoren verschluckte sich und ging in leises Grummeln über.

„Was ist los?", rief ich erschrocken. Der Athener kletterte von seinem Sitz und sagte irgendetwas, aber ich verstand ihn nicht. Auch Rosa zuckte nur mit den Schultern. Das Wasser klatschte an den Rumpf, von den anderen Booten kamen einzelne Stimmen herüber, die Möwen kreischten, die Welt war auf einmal wieder voller Geräusche.

„Was hat er vor?", fragte ich noch einmal. Der Athener sah in den Himmel und schien zu überlegen. Die Leute standen und saßen in den Booten und schauten auf die Ballontraube, als begriffen sie erst jetzt, dass ihre schnellen Boote ihnen nichts halfen. Die Ballontraube war unerreichbar. Sie tat etwas, was wir alle nicht konnten: Sie schwebte. Sie war wie ein glitzernder Geist, das stillste aller stillen Dinge, majestätisch und unerreichbar. Und da, in diesem Moment, in dem die Ballontraube am heiligsten war, da fiel plötzlich ein Schuss. Die Leute drehten die Köpfe und sahen eine Rauchfahne über einer der Yachten stehen, und als sie wieder in den Himmel schauten, flog dort eine Leuchtrakete, mitten in die Ballontraube hinein, durch die Ballons hindurch, Peng, sie ging auf und sank rot leuchtend und von einem gellenden Pfeifkonzert begleitet ins Meer. Kurz darauf fiel der zweite Schuss und der dritte. Die Leute auf den Taxibooten klatschten und hupten. Der Athener öffnete eine kleine Klappe, schloss sie wieder und hielt lachend eine Leuchtpistole in die Luft. Rosa klatschte in die Hände. Ich wagte es zum ersten Mal, mich in meinem Sitz zu bewegen, als der Athener eine Schachtel mit Leuchtspurmunition neben mich legte. Er klappte die Pistole auf, lud sie, streckte den Arm aus, hielt inne und reichte mir die Pistole. Ich hob abwehrend die Hände.

„Nimm sie!“, rief Rosa. „Los, nimm sie schon!“ Sie nickte, der Athener nickte auch, da nahm ich die Pistole mit beiden Händen, zielte auf die Ballontraube und drückte ab. Die Rakete fuhr zischend in den Himmel und traf. Warum aber gerade durch sie einige der Ballons platzten, während sie bei den anderen Raketen nur auseinandergefahren waren, warum gerade meine Rakete es war, die die Ballontraube vom Himmel holte, weiß kein Mensch. Das Leben hatte beschlossen, mir an diesem Tag eine Lektion zu erteilen, es hatte meine vorauseilende Resignation satt, meine Ängstlichkeit, mein ewiges Zögern, und also ließ es einige der Ballons platzen, als meine Rakete in den Himmel gestiegen war. Die Ballontraube sank, und sie sank schnell. Aber sie sank nicht nur, sie trieb auch davon. Die Jagd begann aufs Neue, aber der Athener hatte das schnellste Boot. Es war für solche Augenblicke gebaut, für Augenblicke des Triumphes der Geschwindigkeit. Jeder hätte die Kamera gerne wieder eingefangen, jeder der auf dem Wasser schaukelnden Touristen, die Kinder ebenso wie die Erwachsenen, aber ich war es, dem sie direkt in die ausgestreckten Hände sank und ich hielt sie hoch wie ein frisch geborenes Königskind, und auf allen Booten hupten die Hupen und gellten die Pfiffe. Was für ein Triumph! Hundertmal hatte man sich geschlagen geben müssen von plötzlich erkalteter Leidenschaft, versiegter Liebe, von Börsenkrächen, Waldbränden, Krebsgeschwüren, Flugzeugkatastrophen, geplatzten Wasserleitungen, fehlgeleiteten Briefen, Zugverspätungen, Massenentlassungen, kaputten Fernsehern zur Fußballweltmeisterschaft, hundertmal hatte der Zufall gesiegt, aber diesmal nicht, diesmal war es ihm nicht gelungen. Es war Hagens Kamera, aber ich war auf die Idee gekommen, sie fliegen zu lassen und es schien vernünftig zu sein, dass auch ich es war, dem sie in den Schoß fiel. Das hatte eine innere, geheime, feine Logik, eine Logik, an die jeder bereit war zu glauben. Eben darin bestand ja der Sieg, in dieser Logik.

Rosa stieg, noch während ich die Kamera über meinen Kopf hielt, auf den Sitz und biss die Schnur durch. Die Ballons in der ausgestreckten Hand haltend, kletterte sie auf das Heck des schwankenden Bootes, und dort stand sie wie die Freiheitsstatue, nur dass sie statt einer steinernen Fackel eine Ballontraube in der ausgestreckten Hand hielt, und als sie die Hand öffnete, stieg der glitzernde Schwarm in den Himmel, schnell, viel schneller als vorher, und diesmal hörten er nicht mehr auf zu steigen. Rosa hatte die Geste gefunden, die unseren Sieg krönte. Was sonst hätte man mit der Ballontraube tun können, als ihr die Freiheit zu schenken? Es lag etwas Versöhnliches darin, wie sie stieg, leise und unaufhörlich, bis das Glitzern der Ballons im gleißenden Mittagslicht aufgegangen war. Der Athener legte seine Hand zufrieden auf den Gashebel und zog ihn sanft herunter. Die siegreiche Armada lief in den Hafen ein, wo sie von den Touristen, die das Schauspiel vom sicheren Ufer aus beobachtet hatten, mit Applaus empfangen wurde. Jeder wollte durch den Sucher der Kamera schauen, um zu sehen, was sie aufgenommen hatte. Immer neue Hände reckten sich nach uns. Schon hörte man die ersten Kinder weinen, weil die, die zuletzt in den Hafen eingelaufen und aus den Booten gestiegen waren, sich betrogen sahen. Sie hatten an der Jagd teilgenommen, aber die anderen drängten sich um die Beute. Anfangs hielt ich den Leuten die Kamera noch hin, obwohl ich selbst noch nicht dazu gekommen war, die Bilder zu betrachten, aber es wurden immer mehr Hände, die sich mir entgegenstreckten. Die Situation drohte unangenehm zu werden, doch da kam Baptist. Er schob sich durch die Leute wie ein Schneepflug, packte die Kamera mit seinen riesigen Pranken, hielt sie über seinen Kopf und schrie etwas. Und was er schrie, wurde sofort aufgenommen, es sprang von Mund zu Mund, ein vielfaches Echo, das die Leute beruhigte.

„Es wird eine öffentliche Vorführung geben."

„Es wird eine öffentliche Vorführung geben."

„Was?"

„Es wird eine öffentliche Vorführung geben."

„Wann?"

„Morgen."

„Eine öffentliche Vorführung? Wann?"

„Übermorgen."

„Sie werfen es mit einem Videobeamer auf eine Leinwand."

„Wann?"

„Heute Abend, wenn es dunkel ist."

„Es wird eine öffentliche Vorführung geben."

„Eine öffentliche Vorführung?"

„Ja."

„Wann?"

„Keine Ahnung."

VI

Wir haben nie wieder über diesen Morgen gesprochen. Über die Sache mit den Ballons ja, über alles, was davor passiert war, nicht. Als Baptist die Kamera an Hagen zurückgegeben hatte, sahen wir, dass der Akku leer war. Also packten wir alles zusammen und gingen zurück zum Haus. Marie war müde und mich hatte die emotionale Achterbahnfahrt ebenfalls erschöpft. Wir sprachen kein Wort, als wir die Treppe hinaufstiegen, eingehüllt in den Gluthauch der Mittagssonne. Elena empfing uns mit ihrem selbst gemachten Eistee, aber niemand erzählte ihr, was passiert war. Im Hof unter der Platane sitzend sah ich, dass sie die Spuren meines Wutanfalls weggefegt hatte. Nur an der Natursteinmauer zum Nachbarn stapelten sich kaputte Tonscherben zu kleinen Pyramiden, ewige Zeugnisse meiner Unbeherrschtheit. Wir hingen unseren Gedanken nach, bis Rosa sagte, sie wolle sich mit Marie zum Mittagsschlaf zurückziehen. Dabei warf sie mir einen vielsagenden Blick zu. Also trank ich meinen Eistee aus, ging auf mein Zimmer, wusch mich kurz, rauchte eine Zigarette am Fenster und tappte dann barfuß über den Flur. Marie schlief in ihrem Reisebett auf dem Rücken liegend, die kleinen Fäuste links und rechts neben ihrem verschwitzten Köpfchen. Rosa lag in ihrem Bett und sah mich an. Sie war nackt, also zog ich mich auch aus und blieb einen Moment vor ihr stehen, bis sie mir die Hand reichte. Dann ging ich zu ihr und wir fingen an, uns zu küssen. Es war herrlich, obwohl ich müde war oder vielleicht gerade deshalb. Ich hatte keine Kraft zu zweifeln, mir Vorwürfe zu machen oder zu denken. Ich war nur da, um Rosa zu küssen, um mit ihr rumzuknutschen, so lange bis uns die Münder wehtaten. Dann fing ich an, sie zu beißen. Ihre Haut war so wunderbar glatt und von winzigen Schweißperlen bedeckt. Schließlich vögelten wir, es ging ganz leicht, was, angesichts unserer Vorgeschichte, auch anders hätte sein können. Danach lagen wir nebeneinander und hörten Maries gleichmäßigen Atem und darüber schliefen wir ein.

So gingen die Tage dahin. Morgens packten wir die Sachen, stiegen die Stufen zum Hafen hinab und frühstückten dort, meist neben Baptists Laden. Wir schauten den weißen Yachten zu, die ablegten, ehe die Sonne zu hoch stand. Wir warteten auf die erste Fähre, lasen manchmal Zeitung, meistens aber beobachteten wir einfach die Leute, die Möwen, die Schiffe. Zum Mittag stiegen wir wieder zum Haus hinauf, saßen im Hof unter der Platane, tranken Eistee oder kalten Weißwein, dann gingen wir schlafen. Immer wartete ich eine Viertelstunde, ehe ich zu Rosa schlich. Manchmal hielten wir uns auf dem Höhepunkt unserer Lust gegenseitig die Münder zu, manchmal glitten wir ganz selbstverständlich ineinander und brachten uns mit trägen Bewegungen zum Höhepunkt. Unsere Körper verstanden sich mühelos, also schwiegen wir. Wir sagten uns nicht, dass wir ineinander verliebt waren, wir neckten uns nicht, wir fragten uns nichts. Jedes Wort, jeder Satz hätte uns irgendwann zu dem geführt, was Rosa mir auf dem Felsen erzählt hatte, und da wir fürchteten, darüber in Streit zu geraten, überließen wir alles unseren Körpern.

Wenn wir nachmittags aufgestanden waren, tranken wir Kaffee, manchmal fuhren wir mit dem Taxiboot zu einer der Badebuchten. Ich ging schwimmen, Hagen beschäftigte sich mit Marie, Rosa kritzelte irgendetwas in ein grünes Heft, das sie am Nachmittag immer mitnahm. Vielleicht waren es Skizzen, die sie später verwenden wollte, vielleicht Gedanken, die ihr durch den Kopf gingen und die ihr wichtig waren. Ich fragte – wie gesagt – nicht danach.

Natürlich schauten wir uns eines Abends die Bilder an, die die Kamera während ihres Fluges aufgenommen hatte: Rosa, Marie und ich, Baptists Laden, die Leute, die Yachten, der Hafen, die Bucht, das Meer, sehr lange nichts weiter als das tausendfach glitzernde Sonnenlicht auf dem Meer, dann rasend schnell näher kommende Raketen und am Schluss wirre Bilder vom Boot des Griechen, Rosa, wie sie die Ballons aufsteigen lässt, der Grieche winkend am Steuer, in der Ferne ein paar weiße Punkte, schaukelnd auf dem Wasser. Hagen erklärte der staunenden Elena, was sie da sah. Marie, die abends oft lange wach blieb, fand Elenas verwundertes Gesicht interessanter als die Bilder der Kamera. Ich hatte mir mehr von den Aufnahmen versprochen. Sie gaben nichts von der Dramatik der Situation wieder, im Grunde waren sie langweilig. Wir löschten sie nicht, sahen sie aber auch nie wieder an.

Eines Nachmittags rief Hagen aufgeregt nach uns und als wir in den Hof kamen, stand Marie ohne Stühlchen da, er, vor ihr kniend, breitete die Arme aus, und sie tappte wacklig auf ihn zu. Dabei strahlte sie hochkonzentriert über das ganze Gesicht. Natürlich gab es danach ein großes Geschrei, Applaus und Bravorufe, besonders von Elena, die kaum noch wiederzuerkennen war. Von da an musste immer einer von uns mit ausgebreiteten

Armen hinter Marie hergehen. Meistens übernahm Hagen diese Aufgabe. Er fütterte sie, wickelte sie, trug sie auf der Hüfte, untersuchte mit ihr, was sie interessierte, egal ob es Zeitungsschnipsel waren oder Insekten, Löffel, Eierschalen oder seine Gürtelschnalle. Das zu sehen und zu wissen, dass er Maries Vater war, entfernte uns wieder voneinander. Vorher war Hagen ein kindervernarrter, höflicher, älterer Herr gewesen, dem Rosa aus irgendeinem Grund erlaubte, nah an ihre Tochter heranzukommen. Jetzt war er Vater, und das hätte ein Grund sein können, ihn zu hassen, aber Hagen gab mir nicht den kleinsten Anlass, mich zu empören. Er hörte mir zu, ließ mich ausreden, verteilte kleine Ermunterungen, gab bereitwillig Auskunft, wenn ich etwas über die Insel wissen wollte, er machte Vorschläge, was wir am Nachmittag unternehmen konnten und bestellte für uns auf Griechisch, wenn wir auswärts aßen. Wie schaffte er das? Wieso war er nicht eifersüchtig auf Rosa und mich? Nichts, aber auch gar nichts ließ darauf schließen, dass er unser Glück missbilligte. Einmal, als wir allein im Hof saßen, fragte ich ihn, warum er mir nicht verraten hatte, dass er Maries Vater war.

„Weil ich nicht wollte, dass Sie denken, ich hätte Rosa zu irgendetwas überredet."

Ich verstand nicht gleich, was er meinte und der Impuls, ihm zu widersprechen, war stark, aber sein Blick verriet mir, dass ihm die Sache ernst war. Und wahrscheinlich hatte er recht, ich hätte gedacht, dass er Rosa irgendwie ausgenutzt, gefügig gemacht oder um den Finger gewickelt hatte, wenn er mir von diesem Morgen erzählt hätte. Nur Rosa war in der Lage gewesen, diese Annahme zu entkräften. Dass sie Angst davor hatte, es mir zu sagen, war einerseits beruhigend, denn es zeigte, dass ich ihr wichtig war, andererseits war es niederschmetternd, denn es bewies, dass sie mir nicht vertraute. Und sie hatte recht damit, ich war davongelaufen und hatte sie allein gelassen. Hagen wäre das nicht passiert, er hätte sie in den Arm genommen, sie getröstet, er hätte all das getan, was ich hätte tun sollen. Wenn ich in diesen Gedankenkreislauf geriet, kam mir Hagen übermächtig vor, sein Geld, seine Gelassenheit, sein Verständnis. Dann blieb mir nur, mich an Rosa festzuhalten, mich zu vergewissern, dass sie mich ihm vorzog. Wir berührten uns den ganzen Tag über, oft unterm Tisch, mit den nackten Füßen, oder ich massierte ihr beiläufig die Hände, sie fuhr selbstvergessen mit dem Zeigefinger über meinen Handrücken oder hakte sich bei mir unter, legte ein Bein, wenn wir nebeneinandersaßen, über mein Bein, was man nicht sah, wenn man auf der anderen Seite des Tisches saß. Es war, als nähmen wir Rücksicht auf jemanden, ohne zu wissen auf wen, und manchmal beschlich mich der Verdacht, als nähmen wir Rücksicht auf uns selbst, als müssten wir nach allem, was passiert war, vorsichtig sein mit unserem Glück, als hätten wir Angst, es durch zu viel Öffentlichkeit zu vertreiben, als stünde es uns nicht zu. Ich dachte, dass wir eher einem langjährigen Paar glichen als einem frisch verliebten, und dann fragte ich mich, ob wir in all den Jahren der Trennung vielleicht auf geheime Weise zusammengeblieben waren. Ich hätte nicht zu sagen gewusst, wie, es war nur ein Gefühl.

Die Tage gingen dahin und je länger wir blieben, umso mehr verschwamm alles. Waren wir gestern oder vorgestern in der kleinen Bucht baden gewesen, in der das Paar mit diesem verrückten Hund uns die ganze Zeit genervt hatte? Und wo waren wir heute Morgen? Im Hafen, oder hatten wir ausnahmsweise im Haus gefrühstückt? Oder wollten wir morgen ausnahmsweise im Haus frühstücken? Wann war Marie das erste Mal die Stufen zum Hof hinaufgestiegen, ohne sich mit den Händen abzustützen? Wann hatte Hagen diesen unbeschreiblich köstlichen Fisch mitgebracht? Und Elenas Schwester, wann hatte sie uns besucht? Und Rosa, wie lange trug sie jetzt das Haar schon so streng zu einem Zopf zusammengebunden? Es war, als ob die Bilder von der Sonne ausgebleicht wurden, ehe sie im Gehirn gespeichert werden konnten. Die Zeit auf Hydra schmolz zu einer gleichförmigen, atmosphärisch dichten Erinnerung. Wir lebten wie in Trance und ich fing an zu verstehen, wie Hagen es hier so viele Jahre hatte aushalten können. Man merkte nicht, wie die Zeit verging.

Erst als Rosa eines Abends sagte, viel schöner als jetzt könne es nicht werden, wachte ich auf. Ich erinnerte mich, dass Johanna diesen Satz gesagt hatte, kurz bevor sie von der Klippe ins Meer gesprungen war. Deshalb fragte ich Hagen, wann wir wieder nach Hause fahren würden. Aber auch er schien ganz von der Insel gefangen zu sein. Also erzählte ich ihm, was Rosa mir gesagt hatte, und das weckte ihn, wie es mich geweckt hatte. Wir fingen an, die Abreise vorzubereiten. Aber es dauerte noch fast eine Woche, ehe die Zikaden, die Sonne und das Meer ihre Macht über uns verloren.

Vierter Teil

I

Alles änderte sich, als wir auf der Fähre saßen. Es waren nur ein paar Worte, ein paar Berührungen weniger, aber mit jedem Verkehrsmittel, zu dem wir wechselten, fühlte ich mich einsamer. Im Taxi von Piräus zum Flughafen, im Flugzeug selbst und schließlich im Taxi vom Flughafen zur Villa. Mag sein, dass die Aufregung, die jede Reise mit sich bringt, uns stumm machte, uns auf uns selbst zurückwarf. Das jedenfalls dachte ich anfangs, als wir jedoch vor der Villa standen, war mir alles fremd und ich sehnte mich nach meiner Dachgeschosswohnung. Ich schlenderte durch den Garten zu „meinen" Bäumen, ich wollte etwas Vertrautes finden, aber die Weite des Meeres, in der mein Blick sich noch heute Morgen verloren hatte, ließ alles schrumpfen oder zeigte seine wahre Größe. Der Garten kam mir klein vor, auch das aufgestapelte Holz an der Mauer zum Nachbarn schien weniger geworden zu sein, so als hätten sich einige Scheite davongeschlichen, während wir fort waren.

Die Villa hingegen kam mir größer vor, vielleicht weil Hagens Haus auf Hydra deutlich kleiner gewesen war. Unschlüssig blieb ich in der Eingangshalle stehen. Das Geräusch rollender Koffer war über und rechts neben mir zu hören. Hagen, Elena und Rosa kamen nach Hause, sie wussten, wohin sie mussten.

Ich nicht. Was sollte ich tun? Mein Seesack stand noch draußen in der Auffahrt.

„Ich gehe erst einmal nach Hause!", rief ich.

„Was?!" Rosa beugte sich über das obere Treppengeländer und sah zu mir herunter.

„Ich geh erst einmal zu mir nach Hause, Post durchsehen und so weiter."

„Du willst deinen Seesack durch die ganze Stadt schleppen?"

„Nicht so schlimm, es ist ja nicht so heiß", sagte ich.

„Ich kann Sie fahren." Hagen stand hinter mir.

„Ja, bitte", sagte Rosa.

„Nicht nötig", sagte ich.

„Auf geht's", sagte Hagen.

Wir fuhren durch die sommerleere Stadt, schweigend, als hätten wir uns gestritten oder würden uns schon sehr lange kennen. Dass er nicht versucht hatte, mich in der Villa zu halten, verletzte mich. Er wollte mich offenbar nicht mehr in seiner Nähe haben. Vom Rande der Stadt, wo die großen Grundstücke lagen, zu den langen Gründerzeitalleen, in deren Mitte die Straßenbahn fuhr, dauerte es zwanzig Minuten.

„Darf ich sie sehen?", fragte Hagen, als wir angekommen waren.

„Was?"

„Ihre Wohnung."

Ich wusste nicht, was ich davon halten sollte. „Warum wollen Sie sie sehen?", fragte ich.

„Es interessiert mich einfach." Er lächelte. „Aber wenn Sie nicht wollen ..."

„Ist schon okay", sagte ich.

Also stiegen wir gemeinsam die Stufen zu meiner Höhle hinauf. Als ich die Tür aufschloss, schlug uns warme, abgestandene Luft entgegen. Es musste heiß gewesen sein in den letzten Tagen. Ich tat zwei, drei Schritte, ließ den Seesack fallen und begriff sofort, dass ich hier nicht bleiben konnte. Es war nicht nur die abgerissene Tapete, die auf dem Boden lag, der Schlafsack und die Isomatte in der Ecke, der Staub, der leere Schreibtisch, mir fiel erst jetzt ein, dass ich ja die meisten Sachen vor meiner Abreise in die Villa geschleppt hatte.

Hagen stand in der Tür und beobachtete mich. „Wollen Sie nicht doch lieber mit zurückkommen? Wir richten ein Zimmer her, außerdem müssen sie den toten Baum noch umlegen und die Wurzeln ausgraben, damit wir einen Sandkasten bauen können."

Mein Blick ging durch die beiden Gaubenfenster auf die weiße Wand des gegenüberliegenden Hauses und ich merkte sofort, dass sie ihre hypnotische Wirkung auf mich noch nicht verloren hatte. Ich musste hier weg, wenn nicht alles umsonst gewesen sein sollte.

„Wir können den Schreibtisch mitnehmen", sagte Hagen.

Ich musste lachen: „Die vier Obstkisten und das Brett?"

„Ich finde es nicht schlecht, es hat was."

Ich sah ihn an. Wieso wollte er jetzt auf einmal, dass ich mitkomme? Er schlenderte durch den Raum und ich begriff, dass er es die ganze Zeit gewollt hatte. Er kannte mich einfach schon so gut und wusste, hätte er versucht, es mir in der Villa auszureden, wäre ich in jedem Fall hierher umgezogen.

„Okay", sagte ich, „ich nehme den Seesack, Sie das Brett und dann jeder zwei Obstkisten."

Als wir alles in seinem Mercedes verstaut hatten, fühlte ich mich besser.

„Wir könnten auf dem Rückweg ein Bett kaufen“, sagte Hagen, „und ein Regal oder ’ne Kleiderstange. Was meinen Sie?“

Ich hatte noch Geld, auf Hydra hatte ich nicht viel ausgegeben und egal wohin ich zog, ein Bett und irgendetwas, worin ich meine paar Habseligkeiten verstauen konnte, würde ich irgendwann brauchen. Ich nickte und wir fuhren los.

„Die Frage ist“, sagte Hagen an der ersten Kreuzung, „kaufen wir wieder ein Provisorium oder etwas, das Ihnen gefällt?“

„Ich fürchte, das wird mein Geldbeutel entscheiden“, sagte ich.

„Wie viel haben Sie?“

„Auf meinem Konto sind noch ungefähr tausend Mark, aber die kann ich nicht vollständig ausgeben …“

„Warum nicht? Wenn Sie morgen wieder im Garten arbeiten, verdienen Sie neues Geld.“

„800“, sagte ich. „Das ist mein Limit.“

„Gut“, sagte Hagen. „Ich kenne da einen Laden, der wird Ihnen gefallen und ich glaube, mit 800 können Sie da schon etwas ausrichten.“

Er hatte sichtlich Spaß an der Vorstellung, mit mir zusammen Möbel kaufen zu fahren und ich merkte, dass ich auch ein bisschen aufgeregt war.

„Schöne Dinge, Dinge, die Ihnen wirklich gefallen, die können hilfreich sein“, sagte er, während wir Richtung Innenstadt fuhren. Keine Ahnung, wo er hinwollte. Alle Möbelläden, die ich kannte, lagen am Stadtrand.

„Inwiefern?“, fragte ich.

„Wenn Sie Ihnen gefallen, wenn Sie sie wirklich mögen, dann sind die Dinge Ihr Zuhause, nicht die Orte.“

„Das muss man sich leisten können“, sagte ich.

Er antwortete nicht.

„Ich verstehe schon, was Sie meinen", sagte ich nach einer Weile, denn ich hatte den Eindruck, dass er sich unverstanden fühlte.

Wir hielten in einer Seitenstraße. Links und rechts Gründerzeithäuser, die meisten noch nicht saniert. Durch eine Tordurchfahrt führte unser Weg auf einen erstaunlich großen Innenhof, in dem ein altes Backsteingebäude stand, früher offenbar eine Kaffeefabrik, denn über dem Eingang hingen Buchstaben: Kaf__efab_ik. Durch eine knarrende Seitentür betraten wir einen turnhallengroßen Raum, der vollgestellt war mit Möbeln aller Art, nichts Modernes, alles vor 1930, höchstens 1940. Industrielampen hingen von der Decke, Schränke und Kommoden waren teilweise übereinandergestapelt, wir liefen durch lange Reihen alter Betten, Buffets, Stehlampen, Sofas, Sessel, Esstische, was immer man brauchte, hier bildete es eine Art Möbelstadt, deren Straßen ich in Gedanken nach Zimmern taufte: Die Küchenstraße, Wohnzimmerstraße, Schlafzimmerstraße, Arbeitszimmerstraße und so weiter. Ein Typ unbestimmten Alters kam uns entgegen: Zimmermannshose, Fleischerhemd, Pferdeschwanz und Nickelbrille. Er breitete die Arme aus. „Hagen!", rief er. „Lange nicht gesehen." Sie schüttelten sich die Hand.

„Das ist Paul", sagte Hagen.

„Hey Paul, ich bin René", er schüttelte auch mir die Hand.

„Paul braucht ein Bett und dies und das …" sagte Hagen.

René nickte: „Schaut euch um, ihr wisst, wo ihr mich findet."

„Gehen Sie schon mal vor, Paul", sagte Hagen. „Ich komme gleich."

Ich schlenderte zwischen den Möbelbergen hindurch. Das

hier war ein Paradies. Keine Ahnung, was die einzelnen Stücke kosteten, aber wenn Hagen sagte, mit 800 Mark könnte ich hier schon etwas ausrichten, dann mussten die Sachen erschwinglich sein. Alles Echtholzmöbel, teilweise in gutem Zustand, Esstische mit passenden Stühlen, Leiterwagen, Kronleuchter, Buffets alle Art, fürs Wohnzimmer, für die Küche, Apothekerschränke, Kommoden jeder Größe, Bettgestelle in endlosen Reihen. Jedes Mal, wenn ein Weg endete, fing links oder rechts ein neuer an. Die Fülle überforderte mich. Was wollte ich eigentlich? Ein Bett. Damit wollte ich anfangen. Aber als ich mich auf die Betten konzentrierte, sah ich plötzlich lauter tolle Stehlampen und kleine Tischchen, die wunderschön waren. Vor einem weißen Landhausbett blieb ich schließlich stehen. Es war einfach, Kopf und Fußteil leicht nach außen geschwungen, auf der einen Seite hatte es zwei Schubladen für Bettwäsche.

„Das ist schön", sagte Hagen, der plötzlich neben mir stand.

„Alles hier ist schön", sagte ich.

„Na, dann, auf geht's …"

Wir entschieden uns für das Bett, einen wunderbaren Schreibtischstuhl, der dreh- und kippbar war, einen eintürigen Garderobenschrank mit Kleiderstange, eine Kommode mit drei großen Schubladen unten und zwei kleineren oben, zwei Tischlampen, eine Stehlampe und einen Lesesessel mit passender Fußbank aus Eschenholz mit Rattangeflecht. Jedes Mal, wenn wir ein weiteres Möbel ausgesucht hatten, fragte ich Hagen, ob damit mein Limit nicht erschöpft sei, und jedes Mal sagte er nach einer kleinen Pause: „Ich glaube, eins können wir noch mitnehmen …"

Als wir schließlich René zeigten, was wir ausgesucht hatten, fragte der: „Okay, wie viel Geld hast du?"

„800“, sagte ich.

„Was?!“, rief er, „allein das Bett kostet 600.“

Ich erschrak, wusste nicht, was ich sagen sollte und schaute Hagen an, Hagen schaute René an und nach einer kurzen Pause, sagte der: „Na gut, weil ihr es seid und Hagen mein bester Kunde ist. Aber ich mache nichts an den Sachen, keinen Handschlag, und ich will Bargeld, keine Rechnung, kein Finanzamt, Geld bar auf die Hand.“

„Klar“, murmelte ich.

„Ich bringe euch die Sachen in ’ner Stunde in die Villa.“

Er drehte sich um und ging pfeifend davon. Keine Ahnung, ob er uns wirklich alles für 800 Mark gab oder ob Hagen ihm heimlich den Rest zusteckte, wenn er die Sachen in die Villa lieferte. Es war mir in dem Moment egal, ich war so glücklich und so stolz, ja, stolz, Besitzerstolz – an diesem Tag spürte ich zum ersten Mal, wie sich das anfühlte.

„Ich habe noch Bargeld zu Hause“, sagte Hagen, „das kann ich René erst einmal geben. Wir können es mit Ihrem Lohn verrechnen, wenn Sie wollen.“

„Sie sind ziemlich großzügig“, sagte ich. „Warum?“

„Es macht mir Freude“, sagte Hagen, ohne mich anzusehen.

Es dämmerte, als wir in der Villa ankamen. Irgendwo kreischten zwei Katzen, die Luft war mild.

„Wir sind in der Küche!“, rief Rosa. Als sie mich sah, breitete sich ein Lachen auf ihrem Gesicht aus, sie sprang auf und fiel mir um den Hals. „Gott sei Dank!“, flüsterte sie und ich roch ihr Haar und drückte sie an mich. Marie quiekte so lange, bis ich zu ihr ging und sie ein paar Mal in die Luft warf.

Nach dem Essen suchten wir ein Zimmer für mich aus. René konnte jeden Moment kommen und dann mussten wir wissen, welcher Raum meine neue Einrichtung beherbergen sollte. Zwei standen in der engeren Wahl: Einer im Dachgeschoss auf der anderen Seite von Rosas Wohnung. Er hatte ein tolles halbrundes Gaubenfenster, von dem aus man den Garten überblicken konnte. Der andere war im Erdgeschoss und hatte einen direkten Zugang zum Garten. Beide waren hinreißend und ich konnte mich nicht entscheiden. Am Schluss wählte ich aber das Zimmer im Parterre. Zum einen, weil es im Erdgeschoss drei Toiletten und zwei Bäder gab, zum anderen, weil ich mit Dachgeschosszimmern keine guten Erfahrungen gemacht hatte. Das Zimmer im Erdgeschoss bot mir die Möglichkeit, bei einer Panikattacke einfach in den Garten zu gehen und mich auf die Wiese zu legen.

Draußen hupte es. René half uns, alles auszuladen und in mein Zimmer zu tragen. Er hatte sogar eine nagelneue, noch eingeschweißte Matratze für das Bett mitgebracht. „Die kostet nen Hunderter extra“, sagte er. Elena wischte alle Möbel mit warmem Seifenwasser ab, nachdem wir sie reingetragen hatten. Hagen bezahlte René und während sie in der Auffahrt plauderten, fingen Rosa und ich an, die Möbel so lange hin und her zu schieben, bis ich zufrieden war. Sie sagte, der Schreibtisch müsse so stehen, dass ich eine Wand im Rücken hätte und keine Tür oder ein Fenster. Ich wollte das nicht glauben, aber sie hatte recht. Erst als der Schreibtisch vor der linken Wand stand und ich, auf meinem neuen Stuhl sitzend, die Zimmertür, die Terrassentür und die beiden Fenster im Blick hatte, war ich zufrieden. Die übrigen Möbel platzierten sich von selbst, nachdem der Schreibtisch richtig stand. Ich hing die paar Sachen, die nicht schmutzig waren, in den Schrank, packte ein paar Strümpfe in die Kommode, rollte meinen Schlafsack auf mein neues Bett, Bücher und Manuskripte stellte ich in die Obstkisten.

„Ein Teppich fehlt“, sagte Rosa, „und ein paar Bilder.“

„Es ist perfekt“, antwortete ich. Sie lachte, küsste mich und ging, Marie ins Bett bringen. Kurz darauf schaute Hagen zur Tür herein.

„Welches Bad wollen Sie?“, fragte er.

„Egal, ich nehme das, was Sie mir geben.“

„Kommen Sie.“ Er zeigte mir „mein“ Bad und ich stellte meine Zahnbürste und meinen Rasierer neben das Waschbecken.

„Danke“, sagte ich, „Danke für das alles.“

„Gern“, sagte Hagen und ging. Ich war endlich allein, allein in meinem Zimmer. Ich konnte es kaum glauben. Das also war es, ein paar Möbel kaufen, nur ein paar Möbel und schon änderte sich alles. Ich spazierte im Zimmer umher, setzte mich aufs Bett und schaute aus dem Fenster, öffnete die Tür zum Garten und stieg die paar Stufen hinab, kehrte um und setzte mich in den Sessel, danach auf den Schreibtischstuhl. Ich schaltete nacheinander die Stehlampe, die Schreibtisch- und die Nachttischlampe an. Es war herrlich. Schließlich packte ich meine Typenradschreibmaschine aus und setzte mich hinter den Schreibtisch. Die Tür zum Garten stand offen und ich hörte eine Grille. Kein Vergleich mit den Zikaden auf Hydra. Das hier klang geradezu melodisch, kindlich, nächtlich. Hier, hier würde ich mein Buch schreiben können, wenn ich es hier nicht schaffte, dann schaffte ich es nie.

II

Das Zwitschern der Vögel weckte mich vor Sonnenaufgang, ihr Trällern, Fiepen, Piepsen, Tirilieren, Gurren, Flöten, Pfeifen, Singen – es ging zu wie auf dem Hof einer Grundschule am ersten Tag nach den Sommerferien. Ich quälte mich aus dem Bett und schloss die Tür zum Garten, die ich die Nacht über offen gelassen hatte. Als ich gerade wieder eingenickt war, kam Rosa in mein Zimmer geschlichen und kroch unter meine Decke. Ihr Körper war kalt, sie schmiegte sich an mich und fing an, mich zu küssen. Ihre Hand suchte nach meinem Schwanz. Sie setzte sich auf mich, führte ihn ein und ehe ich richtig wach war, kam ich. Einen Moment legte sie ihren Kopf auf meine Brust, ich streichelte ihren Rücken und wollte gerade anfangen, mich um sie zu kümmern, da stand sie auf.

„Was ist?“, flüsterte ich.

„Nichts, ich muss nach Marie sehen, ich glaube, sie ist aufgewacht.“

Sie ging so schnell sie gekommen war und ich fühlte mich irgendwie schuldig. An Schlafen war jetzt nicht mehr zu denken. Auf dem Rücken liegend schaute ich mein neues Zimmer an. Es war fremd und wunderbar zugleich. Vorhänge musste ich kaufen, das stand fest und ja, vielleicht ein Bild. Aber was, was konnte ich mir an die Wand hängen? Irgendeinen Kunstdruck? Eines dieser großen Landschaftsposter, die es jetzt bei Ikea gab oder in Baumärkten? Das Meer vielleicht? Griechenland? Gab es ein Poster von Hydra?

Mein Blick wanderte zu meinem Obstkistenschreibtisch: Irgendwann würde ich anfangen müssen zu schreiben. Der Gedanke trieb mich aus dem Bett. Ich blätterte durch einige Manuskripte, begann zu lesen, erst im Stehen, dann setzte ich mich auf meinen neuen Schreibtischstuhl. Auf einmal war alles klar zu erkennen, ich musste es nur aufschreiben. Es würde ein Erzählband werden, dessen Geschichten um das eine Thema kreisten: Verlust. Was sonst? Es ging um Verluste, darum, etwas zu verlieren, für immer, unwiederbringlich, es ging um die Frage, wie weiter danach. Ein einfaches Thema eigentlich und doch unerschöpflich wie alles Elementare. So also hing mein Buch an Jonas. Er bestimmte das Thema, ich aber musste es aufschreiben, es war trotzdem mein Buch, es waren meine Geschichten, es war das Danach, mit dem er nichts mehr zu tun hatte. Dieser Gedanke beschleunigte meinen Herzschlag. Ich stand auf und ging ins Bad. Hagens Bassstimme war zu hören, er redete offenbar mit Marie in der Eingangshalle, denn ich hörte sie lachen. In der Küche klapperte Geschirr, irgendwo pfiff jemand eine Melodie. Die Geräusche waren nicht aufdringlich, sie füllten das große Haus auf angenehme Weise.

„Meine" Dusche war, verglichen mit der Dusche meiner bisherigen Behausung, riesig. Ich konnte mich drehen und wenden, ohne befürchten zu müssen, dass der Duschvorhang an meinem nassen Körper kleben blieb. Durch zwei Glaswände schaute ich auf die dunkelgrün gefliesten Wände. Waschbecken, Toilette und Fußboden waren weiß, umrandet von schwarzen Fugen, dazu Spiegel, Handtuchhalter und Wandleuchten in Messing. Ich kam mir wie in einem teuren Hotel vor. Konnte man sich an so etwas gewöhnen? Konnte das hier „mein" Bad werden? Keine Ahnung.

Als ich in die Küche kam, saß da nur Elena, Kartoffeln schälend. Sie schaute kurz auf und nickte. Auf dem Tisch standen ein einsamer Teller und eine einsame Tasse, Besteck, Käse, ein Ei, Marmelade, Brötchen: alles einmal, alles irgendwie einsam.

„Wo sind die anderen?“, fragte ich.

„Hagen ist mit Marie im Freibad, Rosa in ihrem Atelier.“ Ein Blick auf die Uhr verriet mir, dass es schon halb elf war. Ich hatte mich länger in das Manuskript vertieft, als ich gedacht hatte. Unschlüssig stand ich am Tisch. Wenn ich mich hinsetzte, würde auch ich einsam sein. Also trank ich einen Schluck Kaffee im Stehen, schälte das Ei, schob es in den Mund und kaute, während ich ein Brötchen aufschnitt und mit Butter und Marmelade bestrich, alles im Stehen. Elena schaute mich an, als mir – das halbe Brötchen in der Hand – klar wurde, wie unhöflich es war, den Tisch nicht abzuräumen. Sie winkte ab und murmelte: „Schon gut, geh nur, ich mach das.“

„Danke!“, sagte ich und lief davon, die Treppe runter, durch die Eingangshalle und rüber zu Rosa.

Sie saß breitbeinig auf einem Hocker vor ihrem Atelier, barfuß, in einem Schürzenkleid aus grauem Leinen mit großen aufgenähten Taschen, das Haar wie immer wirr zusammengesteckt, im Mundwinkel eine Kippe. Sie war so frei, so selbstbewusst, so verletzlich, so schön, ihre braunen Augen, der große Mund mit den schmalen Lippen, ihr schlanker Hals, die glatten Schultern, ich musste sie küssen. Als ich mich zu ihr runterbeugte, sog ich gierig ihren Duft ein: Holz, Tabak, Parfüm. Sanft biss ich in ihren Hals, weil ich wusste, sie mochte das, ich knabberte an ihrem Ohr. Sie lachte und schob mich von sich. „Nicht jetzt“, sagte sie leise.

„Aber ich bin dir noch was schuldig“, sagte ich. „Lass uns in dein Atelier gehen.“

„Was hältst du davon, wenn wir eine Galerie eröffnen?“, fragte sie und sah mich an.

„Was?“

„Eine Galerie, hier in der Villa. Wir haben mehr Platz als wir brauchen, und irgendetwas müssen wir tun, oder nicht?“

„Ja“, sagte ich. „Sicher, sicher müssen wir etwas tun …“ Mir wurde klar, dass ich sie nicht würde überreden können, jetzt mit mir in ihrem Atelier zu vögeln, also setzte ich mich vor sie ins Gras. Die Sache mit der Galerie interessierte mich.

„Also, wenn wir die gesamte untere Etage leerräumen, dann haben wir bestimmt hundertvierzig Quadratmeter Ausstellungsfläche, dazu die Eingangshalle, das sind bestimmt nochmal sechzig bis achtzig Quadratmeter. Der Garten ist im Sommer bestens für Vernissagen geeignet, wir könnten hier so eine Art Salon gründen, du könntest Lesungen veranstalten, Literatur und bildende Kunst, wäre das nicht fantastisch?“

Sie schnippte die Asche von ihrer Zigarette und sah mich mit leuchtenden Augen an. Ich aber, statt aufzuspringen und sie zu umarmen, sie hochzuheben und zu küssen und ihr zu sagen, wie sehr ich sie liebte, ich dachte: Aber ich habe gerade erst mein neues Zimmer eingerichtet, mit der Tür zum Garten, ich muss noch Vorhänge anbringen … Ich will nicht schon wieder umziehen, ich mag das Zimmer im Erdgeschoss, mit Dachgeschosszimmern habe ich keine guten Erfahrungen gemacht.

„Was ist?“, fragte Rosa. „Was hältst du von der Idee?“

„Gut“, sagte ich wenig überzeugend. „Ich finde sie gut.“

„Gut?! Das ist alles? Ich dachte, du freust dich, oder besser, du bist begeistert. Warum?! Warum gefällt dir die Idee nicht?“

„Aber sie gefällt mir ja“, sagte ich.

„Ist es wegen des Zimmers? Weil du dann wieder umziehen musst?"

Ich fing an, Grashalme zu zupfen und tat, als ob das meine ganze Aufmerksamkeit forderte.

„Echt?! Das Zimmer? Es ist sowieso blöd, dass du da runtergezogen bist. Wieso willst du nicht auf meiner Etage sein? Das wäre viel einfacher. Wegen Marie. Und überhaupt."

Mutter, Vater, Kind dachte ich, sagte aber nichts. Sie hatte recht, es war kleinlich, auf dem Zimmer im Erdgeschoss zu bestehen. Irgendwie spießig, die Villa machte einen Spießer aus mir.

„Was willst du denn ausstellen in der Galerie?", fragte ich. Mein innerer Spießer fand sich superschlau: „Für zweihundert Quadratmeter Ausstellungsfläche reichen die Sachen, die du hast, ja nicht."

„Ich werde neue machen", sagte Rosa trotzig. „Ich will arbeiten, genau darum geht es, dass wir endlich anfangen, etwas zu tun. Wir hängen hier in dieser Villa und lassen uns von Hagen aushalten. Irgendetwas muss doch dabei rauskommen."

Autsch! Das hatte gesessen. Verdammt, wieso stritten wir uns schon wieder? Ich wusste nicht, wie es schon wieder so weit gekommen war.

„Und wer kümmert sich um Marie?", fragte ich gnatzig, „wenn du den ganzen Tag im Arbeitsrausch bist?"

„Marie muss in den Kindergarten", sagte Rosa und stand auf. Sie drückte die Kippe an der Wand ihres Ateliers aus und warf sie ins Gras. „Sie braucht Kinder um sich her. Sie hängt dauernd nur mit uns Erwachsenen rum, das ist nicht gut."

„Was wird Hagen dazu sagen?", fragte ich.

„Keine Ahnung." Rosa vergrub die Hände in den aufgenähten Taschen. „Er wird sich damit abfinden müssen. Ich habe das Sorgerecht."

„Ach, ich dachte ..." Der Satz blieb mir im Halse stecken. Keine Ahnung, was ich eigentlich hatte sagen wollen: Ich dachte, wenn man Vater ist, hat man auch was zu melden? Oder: Ich dachte, wenn man die Zeche zahlt, kann man auch bestimmen, was auf den Tisch kommt, aber all das klang bescheuert. Außerdem freute es mich irgendwie, dass Hagen kein Sorgerecht hatte, das machte ihn zu einem halben Vater, wenn überhaupt.

„Ich muss arbeiten", sagte Rosa, drehte sich um und ging ins Atelier. Ich nickte und stand auf. Mein Herzschlag hatte sich schon wieder beschleunigt. Verdammt, sollte das ewig so weitergehen, dass ich wegen jedem bisschen panisch wurde? Was war es diesmal? Welcher Gedanke ließ mich japsen? Einen Moment blieb ich vor der Tür, dann stapfte ich zurück in mein Zimmer. Am Schreibtisch stehend, wusste ich nichts mit mir anzufangen. Scham brannte in mir. Vorhänge, dass ich über Vorhänge nachgedacht hatte und welche Bilder ich an die Wand hängen wollte, das war so lächerlich. Ich wollte Schriftsteller werden und dachte über Vorhänge nach, Vorhänge! Das Manuskript vor mir, vorhin noch so klar, kam mir fremd vor. Ich wischte es mit einer Handbewegung vom Tisch. Rosa wollte sich in ihrem Atelier verausgaben und ich dachte über Landschaftsposter von Hydra nach. Sie hatte recht, dass die Möbel in diesem Zimmer für 800 Mark zu haben gewesen waren, glaubte ich nur, weil ich es glauben wollte. Jeder Idiot konnte sehen, dass das unmöglich war. Wie viel hatte Hagen diesem René gegeben? Zweitausend? Drei? Und wie lange wollte er, dass ich dafür arbeitete? Einmal die Wiese harken? Die ganze Konstruktion stimmte nicht, ich musste fort, ich musste etwas Eigenes anfangen, egal was! Der

Gedanke verschlimmerte meinen Anfall. Ich ging in die Hocke und krabbelte auf allen vieren raus in den Garten. Jetzt meine Sachen packen zu müssen und abzuhauen versetzte mich also in Panik. Ich legte mich rücklings auf die Wiese und streckte alle viere von mir, aber es half nicht so gut, wie ich gehofft hatte. Warum? Weil ich nicht wegwollte, das war es. Ich wollte hier sein, aus welchen Gründen auch immer. Keine Ahnung, was ich wirklich für Rosa empfand. Machten wir uns etwas vor oder war unsere Liebe echt? Und liebten wir uns oder hatten wir uns nur irgendwie ineinander verhakt? Wie meine Großmutter immer zu sagen pflegte: Gleiches Unglück macht Freundschaft? Scheiße, wieso wusste ich nie, was wirklich los war? Und würde das ewig so weitergehen? Ich schaute in den Garten. Mein Blick fiel auf den toten Baum, den ich umhauen und dessen Wurzeln ich noch ausgraben sollte, weil Hagen da einen Sandkasten für Marie bauen wollte. Das konnte ich tun, diesen Baum konnte ich noch erlegen, jetzt sofort. An dieser Tat gab es keinen Zweifel. Er musste weg, sonst erschlug er irgendwann jemanden. Mein Atem beruhigte sich sofort. Ich hatte noch etwas zu tun, ich durfte noch bleiben. Nach fünf Minuten war ich so weit, dass ich aufstehen und zu dem Baum gehen konnte. Es war eine alte Pappel, die schon die Rinde verloren hatte. Der Stamm war an den meisten Stellen glatt und ausgebleicht und vielleicht sechs, sieben Meter hoch. Die meisten Äste hatte der Wind schon abgerissen. Geblieben war ein Baumskelett: Wirbelsäule und ein paar Rippenreste. Ich ging, noch immer nicht ganz beruhigt, in den Keller, und holte, was ich zu brauchen glaubte: Leiter, verschiedene Sägen, eine Axt. Das alles schleppte ich in den Garten und legte es vor den Baum. Ihn einfach umzusägen, kam mir unmöglich vor. In jeder Richtung, in die er fallen konnte, gab es Hindernisse: die Rhododendronbüsche, den Zaun, die Linde, die Terrasse. Ich stieg auf die Leiter und von dort über die Aststümpfe bis zum Stammende. Hier oben war der Baum nur noch oberschenkeldick, hier konnte ich ihn vielleicht absägen und dann, wieder nach unten kletternd, Stück für Stück stutzen. Das würde länger dauern, das machte mehr Arbeit, aber das war es, was ich wollte: Mich verausgaben wie Rosa, schwitzen, fluchen, keuchen, Zeit gewinnen. Wenn mir das als Schriftsteller nicht gelang, dann wenigstens als Gärtner. Die Luft war klar, es wehte eine leichte Brise. Von meinem Hochstand aus sah ich, zwischen den umstehenden Bäumen, die Dächer und Gauben der Nachbarvillen. Unten lag das Werkzeug achtlos hingeworfen. Es gab eine große und eine kleine Bügelsäge für Holz, ich entschied mich für die kleine, denn ich würde mich, hier oben auf dem Ast stehend, mit einer Hand festhalten müssen, während ich mit der anderen sägte, und da zählte jedes Gramm.

Das war der Plan, aber er erwies sich als nicht durchführbar. Als ich runter- und wieder raufgeklettert war, merkte ich, dass es kaum möglich war, die Säge mit einer Hand hin- und herzuziehen. Da ich mich nicht an dem Teil des Stammes festhalten konnte, den ich gerade absägte, musste ich die Säge in Schul terhöhe ansetzen, und in dieser Position hatte ich nicht genügend Kraft. Ich japste und schwitzte, ich zerrte und schob, aber es half nichts. Meine Bemühungen hinterließen kaum Spuren auf dem Stamm. Es kam mir vor, als versuchte ich mit einem Dessertlöffel die Chinesische Mauer abzureißen. Ich fing an zu fluchen, da kam Rosa. Sie stand plötzlich unter mir und blickte stumm zu mir hinauf. Wir starrten uns an. Ich wartete, dass sie etwas sagte, irgendetwas Verletzendes oder etwas, dass mich wütend machte, aber sie schwieg.

„So geht's nicht", rief ich. „Aber keine Angst, mir fällt schon was ein!"

„Mir auch", sagte sie. „Warte, ich bin gleich wieder da." Sie drehte sich um und ging ins Haus. Unschlüssig blieb ich, wo ich war, den Oberkörper an den Stamm gelehnt. Aus einem der Gärten kreischte in regelmäßigen Abständen eine Säge, in der Ferne zog ein Raubvogel majestätische Runden. Ich musste an das denken, was Hagen auf der letzten Kassette gesagt hatte, dass er sich nie sicher gewesen war, ob Johanna ihn geliebt hatte oder nicht. Ging es mir genauso? Wusste ich nicht, was ich für Rosa empfand, weil ich nicht wusste, was sie für mich empfand? Mein Atem war ruhig, ich lehnte mein Gesicht an den warmen Stamm. Mein Bauch hatte sich durch die Gartenarbeit der letzten Wochen und die Ferien auf Hydra gestrafft. Ich war von meiner früheren Figur weit entfernt, entwickelte mich im Moment aber in die richtige Richtung.

Als Rosa zurückkam, hielt sie zwei Spanngurte in der Hand.

„Komm!", rief sie und ich gehorchte. Kein Wort von unserem Streit oder der Galerie, sie tat sehr geschäftig und vermied es, mich anzusehen. Sie schlang den Gurt um meine Taille und den Baumstamm, fädelte ein Ende in die Ratsche und zog ihn zusammen. Dann befahl sie mir, mich zurückzulehnen. Der Gurt hielt mich, ich hatte die Hände frei.

„Wir können uns beide oben so anbinden und sägen, ich helfe dir." Sie sah mich an, während sie den Gurt löste. Ich war so überrascht, dass ich nichts zu sagen wusste. Irgendetwas war anders, irgendetwas ging in ihr vor.

Sie kletterte zuerst den Stamm hoch und als sie sich festgezurrt hatte, tat ich es ihr gleich. Wir zogen die Säge hin und her und jetzt ging es. Es war anstrengend, aber es ging. Wir standen fünf Meter über dem Boden, zwischen uns der Stamm, den wir dabei waren abzusägen, so als wollten wir das Hindernis, das uns trennte, auf diese Weise beseitigen. Wir hörten unseren Atem, spürten die Kraft des anderen, fühlten, wann sie nachließ und wir eine Pause einlegen mussten. Wir sprachen kein Wort, sahen uns nicht und waren uns doch so nah. Es war wie Tanzen und hatte doch nichts von einem Tanz, es war wie Kämpfen und doch kämpften wir nicht. Es war wie ein Wettstreit und doch nahmen wir Rücksicht aufeinander. Als der erste Teil des Stammes in die Tiefe krachte, sah ich Rosas verschwitztes Gesicht. Das war meine Belohnung, dieses Gesicht, schweißgebadet. Die Haare festgeklebt auf der Stirn, leckte sie sich die Lippen. Ihre Hand zitterte. Ich wollte mein Leben mit ihr verbringen, immer in ihrer Nähe sein, sie immer anschauen.

Hagen und Marie kamen, da hatten wir uns gerade für den zweiten Schnitt festgezurrt. Marie starrte zu uns hinauf und winkte. Hagen nahm sie auf die Schulter, damit sie uns näher war.

„Braucht ihr etwas?“, fragte er.

Rosa schüttelte den Kopf.

„Wir essen, dann lege ich sie hin“, sagte Hagen. Damit gingen beide ins Haus.

Rosa und ich sägten den ganzen Nachmittag. Mal mit dem linken, mal mit dem rechten Arm. Wir stiegen auf und ab, saßen im Gras und schauten mit zitternden Händen in den Garten, unsere T-Shirts schweißgetränkt. Marie kam und starrte uns an, Elena brachte uns stündlich frische Limonade, Hagen beobachtete uns vom Fenster aus. Wir aber sägten und schwiegen. Der Stamm wurde dicker, je schwächer wir wurden. Unser Sägerhythmus verlangsamte sich. Die Hände schmerzten, der

Rücken, die Arme. Aus unserer gemeinsamen Arbeit wurde eine gemeinsame Qual, eine Quälerei. Am Ende hockten wir vor dem Stamm und hielten uns mehr an der Säge fest, als dass wir sie führten. Keine Ahnung, warum wir nicht aufhörten. Rosa sagte nichts und ich schwieg ebenfalls.

Wollen wir nicht morgen weitermachen? Diesen Satz brachten wir beide nicht über die Lippen. Es war wie ein Fluch, der uns beieinander hielt, als wäre dieser tote Baum verhext, und nur wenn wir ihn umsägten, konnten wir uns voneinander befreien. Oder es war genau umgedreht: So lange wir sägten, durften wir beieinanderbleiben und das war es, was uns zwang weiterzumachen.

III

„Himmel Herrgott, du hast mich erschreckt!"

Es war dunkel, ich hatte geschlafen und war durch irgendein Geräusch aufgewacht. Rosa stand neben meinem Bett und sah mich an. Die Tür zum Garten, die ich offengelassen hatte, war jetzt geschlossen.

„Was ist?", fragte ich und setzte mich auf. „Sag was und steh nicht einfach nur so da!"

„Entschuldige", sagte Rosa leise. Ich merkte, dass ich mich im Ton vergriffen hatte.

„Was ist los?", fragte ich und nahm ihre Hand. Sie schwieg und drehte sich kurz nach der Tür zum Garten, als erwarte sie, dort jemanden zu sehen.

„Was ist da draußen?"

„Er ist da draußen", sagte sie, ohne mich anzusehen.

„Dein Großvater?“, fragte ich. Sie nickte. Oh Gott! Hagen hatte nicht gelogen. Was bedeutete das? Was konnte ich, was musste ich jetzt tun? Ich sah mich um. Wie spät mochte es sein?

„Soll ich mal nachsehen?“ Sie schüttelte den Kopf und griff fester nach meiner Hand. Sie hatte Angst, Angst wie ein sechsjähriges Mädchen. Hier saß nicht die Rosa, mit der ich den ganzen Nachmittag die Pappel umgesägt hatte, hier saß ihre kleine Schwester. Ich wusste nicht, was ich tun sollte. Sie hielt meine Hand umklammert und schaute zu Boden.

„Komm her“, sagte ich. „Du kannst bei mir schlafen.“

„Ich kann nicht schlafen“, sagte sie. „Gestern Nacht auch schon nicht.“

„Okay“, sagte ich und stand auf. Sie hielt meine Hand fest, aber ich riss mich los. Ich war völlig fertig von der Baumfällaktion, mir taten alle Glieder weh und ich war hundemüde. Ich öffnete die Tür zum Garten und ging hinaus. Es war kühler geworden, irgendwo raschelte es, über mir hinjagende Wolken, aus denen ab und zu der Mond auftauchte wie eine gelb leuchtende Boje in aufgewühlter See.

„Hier ist niemand“, sagte ich. „Keiner da! Alles ruhig, wir sind allein.“

Als ich mich umdrehte, sah ich Rosa, die aufs Bett gesprungen war und mit gekreuzten Armen den Oberkörper vor und zurück wiegte. Dabei flüsterte sie sich irgendetwas zu. Der Anblick traf mich. Was war ich nur für ein Idiot? Ich ging zurück und schloss die Gartentür. Vorsichtig näherte ich mich meinem Bett.

„Komm her“, flüsterte ich, als versuchte ich eine streunende Katze anzulocken. Ich streichelte ihr über den Arm. Bitte, dachte ich, bitte leg dich hin.

„Du bist ganz kalt", sagte ich. „Soll ich dich ein bisschen wärmen?" Sie reagierte nicht. Vorsichtig rutschte ich zu ihr und strich ihr wieder über die Schulter.

„Wir müssen ja nicht schlafen. Wir können einfach hier liegen und ich passe auf dich auf. Ich will nur, dass du dich ein bisschen hinlegst und wir uns zudecken." Sie gehorchte, entspannte sich aber nicht, sondern blieb in der Stellung, in der sie sich hingelegt hatte. Ich versuchte, sie zu wärmen und kraulte ihren Nacken. Sie sah mich nicht an, bewegte sich nicht, sagte nichts. Okay, wenn sie nichts sagen wollte und nicht schlafen konnte, dann sollte sie hier liegen. Morgen musste ich mit Hagen reden und dann würden wir weitersehen. Ich deckte uns zu und schloss die Augen. Schlafen, ich wollte schlafen, mit gutem Beispiel vorangehen. Dass Rosa neben mir lag, als habe sie jemand aus 'ner Tiefkühltruhe geholt und in mein Bett gerollt, sollte mich nicht davon abhalten. Aber das tat es natürlich doch.

„Was ist los, Rosa?", flüsterte ich.

„Er kann jeden Moment hier hereinkommen."

„Ich beschütze dich vor ihm."

„Er wird dich mit dem Gürtel prügeln, erst dich und dann mich."

Ich setzte mich auf und versuchte es mit Humor: „Dein Großvater ist alt und klapprig, ich mach ihn platt."

„Nein", sagte sie nur.

„Aber Hagen hat mir erzählt, dass dein Großvater einen Schlaganfall hatte und nicht mehr laufen kann. Wie soll er hierherkommen?"

„Ich bin nicht verrückt", flüsterte sie.

Mir gingen die Einfälle aus. Wenn du nicht verrückt bist, dachte ich, dann schlaf! Vor allem lass mich schlafen! Mir war klar, dass ich Mitgefühl zeigen musste, Verständnis, Fürsorge, aber ich war so müde, erschöpft, am Ende meiner Kräfte.

„Soll ich uns einen Tee machen?", fragte ich, hoffend, Rosa möge nicht auf den Vorschlag eingehen.

„Nein", sagte sie. Mehr nicht, nur dieses eine Wort.

„Was sollen wir dann tun?"

Keine Antwort. Ich schloss die Augen, um mich zu sammeln, aber als ich sie wieder öffnete, prasselte Regen gegen die Gartentür, Blitze zuckten und Donner ließen die Scheiben zittern. Rosa war verschwunden. Ich sprang aus dem Bett und lief in den Flur. Hoffentlich hatte sie sich nichts angetan! Barfuß tappte ich durch die dunkle Eingangshalle in die Küche, weil ich ein Geräusch gehört hatte, und da saß sie auf dem Tisch, weinend wie ein Kind. Einerseits war ich erleichtert, sie gefunden zu haben, andererseits schockierte es mich, sie so zu sehen. Als ich sie umarmen wollte, hob sie die Hände und schüttelte den Kopf. Mir blieb nichts, als halbnackt neben dem Tisch stehend zuzusehen, wie Weinkrämpfe ihren Körper schüttelten. Ihre Haare hatten sich aufgelöst und verdeckten das Gesicht. Nur wenn sie sich ab und zu mit einer schnellen Bewegung die Tränen wegwischte, sah ich ihre geröteten Augen. Dazu das Prasseln des Regens, Blitz und Donner – die Situation war an Dramatik kaum zu überbieten.

„Er wird kommen", stammelte sie. „Er wird kommen und mich holen."

Mir fiel nichts ein, was ich hätte antworten können, ohne die Situation zu verschlimmern. Nach ein paar Augenblicken merkte ich allerdings, dass Schweigen sie auch verschlimmerte. Sie weinte und weinte und ich stand und stand. Es war kaum zu ertragen.

„Bitte", flüsterte ich. „Bitte, beruhige dich." Das mehr zu mir als zu ihr. Es war ein Gebet, eine Beschwörungsformel, und sie wirkte: Der Regen ließ nach, er prasselte nicht mehr fordernd, sondern trommelte nur noch ungeduldig. Und mit dem Regen beruhigte sich Rosa auch. Hin und wieder zuckte noch ein Blitz im Fenster, aber es dauerte lange, bis der Donner antwortete.

„Mir wird kalt", sagte ich, „und du frierst sicher auch. Wollen wir in mein Zimmer gehen?"

Sie schüttelte entschieden den Kopf.

„Darf ich dann eine Decke holen?" Pause. „Rosa? Darf ich eine Decke holen? Versprich mir, dass du nicht fortgehst."

Sie nickte. Ich rannte in mein Zimmer, griff Decke, Kopfkissen, Laken, sprang in meine Jeans, pflückte einen Pullover von der Sessellehne und lief zurück. Sie hatte sich nicht bewegt. Die Decke legte ich ihr um die Schultern, Laken und Kopfkissen breitete ich auf dem Tisch vor ihr aus, dann zog ich den Pullover über und setzte Wasser auf. Ich brauchte einen Kaffee und Rosa sollte Tee trinken. Als ich Kaffeepulver in meine Tasse löffeln wollte, merkte ich, dass meine Hände zitterten. Meine Atmung war okay. Ich war aufgeregt, aber nicht panisch. Kaffee war vielleicht trotzdem keine gute Idee, also Tee.

So saßen wir in der Küche und erwarteten den Morgen: Rosa auf dem Tisch im Schneidersitz und die Decke um die Schultern gehängt, ich auf einem Stuhl daneben, Blickrichtung Fenster. Wir schlürften in kleinen Schlucken Tee, später legte Rosa sich auf das Laken und ich meine Arme auf den Tisch und den Kopf auf die Arme. Wir schliefen nicht, sprachen nicht, waren einfach nur beieinander. Die Zeit verging unfassbar langsam. Sie löste sich auf, zerfloss ins Nichts, verlor jeden Bezugspunkt. Es hätte mich nicht gewundert, wenn mir am Tisch sitzend, bis zu dem Moment, als Elena die Küche betrat, ein langer Bart gewachsen wäre.

Sie watschelte herein, stutzte kurz, als sie uns sah, setzte neues Wasser auf und verschwand wieder. Da hatten die Vögel draußen ihr Gezeter längst angestimmt und ein milchtrüber Tag war angebrochen.

Als Nächster schlürfte Hagen in die Küche. Rosa bemerkte ihn nicht, denn sie schaute nicht zur Tür. Ich warf ihm vielsagende Blicke zu und er verstand sofort. Mit dem Finger zeigte er auf sich und machte dann mit der Hand eine Geste, die telefonieren bedeutete. Danach drehte er sich um und verschwand.

„Rosa", fragte ich, „bist du wach?"

„Ja, leider", sagte sie. „Wach, aber hundemüde."

„Ich möchte gerne duschen und so", sagte ich.

Sie setzte sich auf. „Wie spät ist es?"

„Keine Ahnung, ungefähr sieben Uhr?"

Sie nickte und rieb sich die Nacht aus den Augen.

„Hast du Marie schon gehört?", fragte sie.

„Bis jetzt nicht."

Elena kam und fing an, in der Küche zu hantieren. Sie tat, als seien wir nicht da. Ich war dankbar, dass sie mich ablöste und ich endlich heraus konnte aus dieser Küchenzelle, in die Rosas Not mich gesperrt hatte. Ich trottete ins Bad und duschte lange. Dann ging ich in „mein" Zimmer, öffnete die Tür zum Garten und setzte mich aufs Bett. Alles fing schon wieder an, mir zu entgleiten. Rosa so zu sehen, auf dem Tisch hockend und von Weinkrämpfen geschüttelt, das war … keine Ahnung was es war: verstörend, herzzerreißend, beschissen. Es zeigte einfach, dass wir jederzeit einbrechen konnten wie Hagens Mutter auf dem zugefrorenen Haff. Aber wieso verschaffte uns dieses

Wissen keinen Vorteil? Wieso kam es mir so vor, als ob es uns schwächte? Die Anderen, Unbekümmerten, Vertrauensvollen, die Pläneschmieder, Visionäre, Häuserbauer, die erreichten ihre Ziele eher, kamen besser durchs Leben. Solange der Zufall sie nicht auswählte, trugen sie eine Glückshaut, die wir offenbar verloren hatten.

Es klopfte und Hagen stakste, noch immer nicht angezogen, in Pyjamashorts und T-Shirt ins Zimmer. Mehr als sonst fielen mir seine dünnen, langen Beine auf. Er lief leicht nach vorne gebeugt, als wolle er riechen, wohin er ging.

„Ich habe den Professor erreicht", sagte er, „wir haben Glück, sie haben einen Platz frei."

Er lief vor der Tür zum Garten hin und her, ohne mich anzusehen.

„Ich verstehe kein Wort", sagte ich.

Er schaute kurz auf, als überrasche es ihn, mich in diesem Zimmer anzutreffen.

„In der Klinik", sagte er, als erkläre das irgendetwas.

„In welcher Klinik?"

„In der Klinik, in der der Professor arbeitet", sagte Hagen und fing wieder an, auf- und abzugehen.

„Aber ich begreife überhaupt nicht, wovon Sie reden", sagte ich.

„Wir müssen Rosa in die Klink bringen, jetzt sofort."

„Was?!" Ich sprang vom Bett. „Wieso denn? Nur weil sie geweint hat? Wir sollten erst einmal mit ihr reden."

„Ich habe dem Professor die Symptome beschrieben und er meint, wir sollen sie in die Klinik bringen."

„Welche Symptome? Wovon reden Sie?", fragte ich gereizt.

„Ich habe die ganze Nacht Wache gehalten, Sie haben geschlafen."

„Aber Rosa nicht, gestern Nacht nicht und heute Nacht auch nicht. Sie hat nicht geschlafen und ihren Großvater im Garten gesehen, das stimmt doch, oder nicht?"

Ich starrte ihn an.

„Das stimmt doch, oder nicht?", fragte er noch einmal.

„Ja, es stimmt. Und?!"

„Das sind die Symptome, die ich dem Professor beschrieben habe. Und er hat gesagt, wir sollen Rosa bringen."

„Wir? Ich höre immer wir! Ich will nicht, dass Rosa in eine Klinik kommt. Was ist das überhaupt für eine Klinik?"

„Eine Klinik für Psychosomatik und Psychotherapie, der Professor ist überall hoch angesehen."

„Eine Klapsmühle?! Sie wollen, dass wir sie in eine Klapsmühle bringen?", rief ich.

Wieder starrte Hagen mich an, als sei er überrascht, mich zu sehen, als habe er mich hier nicht erwartet.

„Sie ist krank", sagte er, „wir müssen ihr helfen."

„Blödsinn!", rief ich.

„Dass sie nicht schlafen kann und ihren Großvater im Garten sieht, das sind ernste Symptome, wir müssen etwas tun."

„Ja, sicher", sagte ich. „Wir werden etwas tun, wir reden erst einmal mit ihr."

„Wir müssen sie in die Klinik bringen!", sagte Hagen jetzt lauter. Er war stehen geblieben und sah mich an. „Und Sie müssen mir helfen, Paul, Sie müssen mir helfen, Rosa zu überzeugen!"

„Was? Auf keinen Fall!"

„Verdammt!“, rief er, legte beide Hände auf den Kopf und drehte sich zum Fenster. Ich hatte ihn noch nie so aufgewühlt gesehen.

„Wir haben doch darüber gesprochen“, sagte er. „Auf der Fähre nach Hydra. Sie müssen mir jetzt beistehen, ich kann das nicht alleine machen. Denken Sie an Marie. Jemand muss bei Marie bleiben.“

Marie, dachte ich. Es geht hier die ganze Zeit um Marie, nicht um Rosa.

„Kann es sein, dass sie Rosa in die Klapsmühle stecken wollen, damit man ihr das Sorgerecht entzieht?“

Hagen drehte sich blitzschnell um, machte einen Schritt auf mich zu und schlug mir mit der flachen Hand ins Gesicht. Einen Moment blieb er zitternd vor mir stehen, dann stürmte er aus dem Zimmer. Ich stand wie betäubt. Nie, nie im Leben hätte ich damit gerechnet, dass er zu so etwas fähig war. Die Fassade des weltmännischen Lebemanns war dahin, des Mäzens, Gutmenschen, Leisetreters. Sieg! Sieg! Ich hatte ihn besiegt, hatte ihm die Maske heruntergerissen, ihn entlarvt. Ich lachte kurz und hart, aber es wollte sich keine echte Genugtuung einstellen. Warum? Wirr tappte ich durchs Zimmer, öffnete die Tür zum Garten, sah die herumliegenden Baumstammstücke, die mich an zurückgelassenes Kriegsgerät nach einer verlorenen Schlacht denken ließen. Dann rannte ich den Flur entlang, die Treppen hinauf in Rosas Zimmer und da stand er, Hagen: „Es ist das Beste im Moment“, sagte er, „glaub mir, wir müssen etwas tun.“

Rosa sah mich an. Sie hatte geduscht, ihr Haar war nass, sie trug Jeans und einen grauen Pullover. Marie saß auf dem Fußboden und krakelte mit dicken Wachsstiften ein Ausmalheft voll.

„Geh nicht", sagte ich, ohne Hagen eines Blickes zu würdigen. „Wir wissen doch gar nicht, was los ist."

„Und genau deshalb solltest du in die Klinik gehen", sagte Hagen.

Rosa rieb sich mit beiden Händen das Gesicht.

„Seit dem Tod meines Bruders bekomme ich manchmal Panikattacken", sagte ich. „Anfangs dachte ich, ich muss sterben. Ich hatte wirklich Todesangst. Jetzt weiß ich, wenn ich mich auf den Boden lege, dann wird es besser. Verstehst du?"

Rosa sah mich an, schien aber nicht überzeugt zu sein.

„Wir sind nicht verrückt", sagte ich.

„Niemand redet vom Verrücktsein oder von Klapsmühlen", sagte Hagen. „Du brauchst Hilfe, Hilfe von Leuten, die was davon verstehen. Und zufällig ist in dieser wirklich guten Klinik gerade ein Bett frei."

„Zufällig?", rief ich, „der Zufall hat noch nie Gutes bewirkt."

„Lottogewinner sehen das bestimmt anders", sagte Hagen.

Ich wusste nicht, was ich darauf antworten sollte, also sagte ich: „Blödsinn!"

„Jetzt hören Sie auf, sich wie ein Idiot zu benehmen", sagte Hagen. „Es geht hier nicht um Sie, es geht um Rosa."

Er schien keinerlei schlechtes Gewissen zu haben, weil er mir eine geknallt hatte. Das ärgerte mich. Ich verspürte große Lust, ihm seine Ohrfeige zurückzugeben.

„Und was wird mit Marie?", fragte Rosa.

„Wir alle werden uns um Marie kümmern", sagte Hagen und schaute mich an. „Elena, Paul und ich. Wir kriegen das hin."

Es war wirklich zum Kotzen, der Kerl war ein Heiliger.

„Wir kriegen es auch ohne Klinik hin", sagte ich.

„Du solltest dir helfen lassen", sagte Hagen.

„Wir helfen dir", sagte ich.

Hagen stöhnte.

„Okay, ich gehe in die Klinik", sagte Rosa.

„Jetzt?", fragte Hagen. Rosa nickte.

„Gut", sagte er, „ich ziehe mich an."

„Ich möchte, dass Paul auch mitkommt."

Hagen sah mich mit hochgezogenen Augenbrauen an. Ich nickte, er hatte gewonnen.

IV

„Bau auf, bau auf, bau auf, bau auf, Freie Deutsche Jugend, bau auf …" dieses Lied ging mir durch den Kopf, als wir in die Klinik kamen. Unter Gerüsten hindurch führte der Weg auf ausgerollten Pappstreifen vorbei an frisch gestrichenen Wänden in ein kleines Wartezimmer, in dem auf einem Couchtisch verschiedene Ausgaben von „Psychologie heute" lagen.

Rosa war nervös. Sie blieb kurz stehen, sah sich um und ging dann langsam auf und ab. Hagen fing sofort an, in einer der Zeitschriften zu blättern. Ich setzte mich auf eine Bank und beobachtete durch die gegenüberliegende Glasfront die Leute, die im Flur vorbeiliefen.

„Der Professor kommt gleich", hatte die junge Frau am Empfang gesagt und uns den Weg zum Wartezimmer erklärt. Ich rechnete damit, dass wir hier ewig würden warten müssen. Da ich aber die halbe Nacht nicht geschlafen hatte und mir noch immer alle Glieder weh taten, fehlte mir die Kraft, mich aufzuregen. Nicht einmal Angst verspürte ich. Das also war eine Klinik für Leute wie mich, Leute mit Panikattacken oder Verfolgungswahn, Leute, die nicht richtig tickten. Sah alles aus wie in anderen Kliniken auch, wie überall in der Stadt, wie im ganzen Osten – Baustelle. Wahrscheinlich passend, wer hierherkam, war auch irgendwie 'ne Baustelle. Solcher und ähnlicher Blödsinn ging mir durch den Kopf. Vielleicht wollte ich auch nur was Blödsinniges denken, in der Hoffnung, dann Blödsinniges zu tun und gemeinsam mit Rosa hier aufgenommen zu werden.

Ein Mann mittleren Alters kam ins Wartezimmer, grüßte, setzte sich und schaute, wie ich, auf den Flur. Rosa war stehen geblieben und musterte ihn.

„Sind Sie hier, um mich auszuspionieren?", fragte sie unvermittelt.

„Wie bitte?", fragte der Mann und sah sie an.

„Sind Sie geschickt worden, um mich auszuspionieren?"

Er lächelte: „Ich bin zur Therapie hier, keine Sorge."

„Ah", sagte Rosa und fing wieder an, herumzugehen. Das alles wie ein ganz normales Gespräch, als ob jemand nach dem Weg fragt oder der Uhrzeit. Hagen warf mir einen kurzen Ich-habs-doch-gesagt-Blick zu. Vielleicht war es auch ein Ich-mache-mir-ernsthaft-Sorgen-Blick oder ein Hilfe-Blick. Die Ohrfeige, die er mir verpasst hatte und alles, was seitdem geschehen war, hatte meine Auffassung von ihm durcheinandergebracht. Offenbar hatte ich keine Ahnung, wer er war und was in ihm vorging. Irgendwie traf das auch auf mich selber zu und auf Rosa sowieso. Vielleicht war es folgerichtig, dass wir jetzt alle drei hier in dieser Klinik saßen.

Im Flur lief eine Frau vorbei und winkte. Der Mann mittleren Alters stand daraufhin auf, grüßte höflich und ging mit ihr fort. Wir waren wieder zu dritt.

Und dann kann er, der Professor, ein kleiner, älterer Mann

mit weicher Stimme. Er stellte sich vor, gab uns allen die Hand und sagte, wir könnten Rosa täglich von fünfzehn bis achtzehn Uhr besuchen. Kinder seien allerdings nicht erlaubt, wohl aber dürfe Rosa mit uns spazieren gehen, müsse aber pünktlich um achtzehn Uhr wieder in der Klink sein. Obwohl er freundlich war, sprach er mit großem Ernst. Nach jeder Regel machte er eine kleine Pause. Rosa könne die Behandlung jederzeit abbrechen, sie sei freiwillig hier, sagte er, es gäbe allerdings eine lange Warteliste. „Sollten Sie sich zu diesem Schritt entschließen, werden wir Ihren Platz an jemand anderen vergeben. Es gibt viele Leute, die derzeit Hilfe brauchen." Ich mochte ihn, ich wollte, dass er mich auch mitnimmt. Ich wollte genau wissen, was er mit Rosa besprach. Deshalb zögerte ich, als Rosa mir die Hand gab, ohne mich anzusehen. Ich küsste sie flüchtig auf die Wange, sie ließ es geschehen. Hagen bekam nur ein Kopfnicken, dann ging sie mit dem Professor den langen Flur entlang. Wir schauten ihnen nach und ich wurde unsagbar traurig. Traurig, weil Rosa verschwunden war, traurig, weil ich nicht mit ihr gehen durfte, weil ich sie brauchte, vielleicht mehr als sie mich, weil ich nicht wusste, wohin. Hagen stand hinter mir, stumm, er schien darauf zu warten, was ich als Nächstes tat. Er hatte sein Ziel erreicht, Rosa war in der Klinik. Alles andere war ihm wahrscheinlich egal. Leider war es mir unmöglich, irgendetwas zu entscheiden.

„Wollen wir einen Kaffee trinken?", fragte er nach einer Weile.

Sofort setzte ich mich in Bewegung. Die Kunst der Entscheidung war mir nun vollständig abhandengekommen, ich brauchte den Anlass, die Initiative anderer, den Impuls von außen.

Wir saßen im Garten eines Cafés in der Nähe des Zoos: runde Klapptische aus Teakholz, Stühle mit geflochtener Sitzfläche unter Kastanienbäumen, Rhododendronbüsche in Terrakottatöpfen auf dem mit Ziegelsteinen gepflasterten Hof. Ich bestellte mir Müsli und 'nen doppelten Espresso.

„Vielleicht ein Ei?", fragte Hagen. Ich nickte. Auch wenn er gefragt hätte „Vielleicht eine Schrotflinte?", hätte ich genickt. Dass er auf einmal ausgesucht höflich und rücksichtsvoll war, tat mir wohl.

„Ich möchte mich bei Ihnen entschuldigen, Paul", sagte er nach einer Weile. „Das hätte nicht passieren dürfen. Ich war extrem angespannt."

Er trank einen Schluck Kaffee. „Glauben Sie wirklich, dass ich Rosa in die Klinik bringen wollte, um sie entmündigen zu lassen?"

Es wäre richtig gewesen, sofort „Nein!" zu rufen. Stattdessen sagte ich: „Keine Ahnung, wahrscheinlich nicht. Im Moment weiß ich nicht, was ich glauben soll und was nicht."

„Hm", sagte er, offenbar nicht zufrieden mit meiner Antwort, aber wohl auch nicht richtig unzufrieden. „Marie braucht Rosa", sagte er dann. „Deshalb muss Rosa gesund werden."

„Sie verbringen so viel Zeit mit Marie", antwortete ich, ohne Hagen anzusehen. Er kam mir schon wieder so überlegen vor, so vernünftig ... und ich war einfach nur müde.

„Und deshalb dachten Sie, ich will Rosa aus dem Weg haben, damit ich Marie ganz für mich alleine haben kann?"

Ich atmete hörbar aus und konzentrierte mich ganz auf mein Müsli. Warum war ich nicht einfach ins Bett gegangen? Jetzt saß ich hier und musste mir seine Moralpredigt anhören.

„Auch wenn ich es als Fortschritt empfinde, dass Sie mich

nicht mehr ohrfeigen, sondern mit mir reden“, sagte ich, „genieße ich die Unterhaltung im Moment nicht wirklich.“

Ein Lächeln kämpfte sich gegen seinen Willen in Hagens Gesicht.

„Es gibt Vieles, was ich an Ihnen nervig finde“, sagte er, „aber Ihren Humor mag ich. Wollen Sie noch ’nen Kaffee?“

„Nein danke, ich will ins Bett.“

„Okay.“

Wir fuhren in die Villa, ich ging sofort in mein Zimmer und legte mich aufs Bett, aber es war unmöglich zu schlafen. Also stand ich wieder auf und ging in den Garten zu unserer umgesägten Pappel. Die Luft war angenehm kühl und klar. Ich setzte mich auf einen der Baumstümpfe und wartete. Zwei Raubvögel kreisten langsam über der Siedlung. Irgendwo hupte jemand ein paarmal. Ich fühlte mich elend. Mir fiel ein, dass ich Hagen und Rosa von meinen Panikattacken erzählt hatte und was als große Offenbarung gedacht war, kam mir jetzt erbärmlich vor. „Wir sind nicht verrückt!“ Ach echt? Im Grunde hatte ich gesagt, dass mich meine Panikattacken nicht mehr in Panik versetzten, und das kam mir wie Verrat an Jonas vor. Er hatte ein einziges Mal die Orientierung verloren und war tot. Ich dümpelte seit Jahren orientierungslos umher und durfte ewig so weitermachen. Alles nutzte sich ab, wurde Gewohnheit, Banalität selbst der Schmerz. Jede Spitze wurde rund, jeder Hügel flachte ab, jeder Tümpel trocknete aus, das Blöde war, danach ging alles einfach weiter. Das zu ändern, hätte eine Kraftanstrengung bedeutet, zu der ich mich nicht in der Lage fühlte. Rosa hatte Marie, Hagen und den Professor. Und ich? Was hatte ich? Die Vorstellung, dass Rosa jetzt ewig in der Klinik sein würde, war niederschmetternd. Ich musste irgendetwas tun, um mich abzulenken, um endlich schlafen zu können. Also wieder Baumstämme wälzen, mit der Spitzhacke Wurzeln freilegen, die dann mit Beil oder Säge durchtrennt werden mussten. Obwohl ich keine Lust verspürte, packte mich beim Hacken und Sägen der Wurzeln immer wieder der Ehrgeiz. Während das Graben langsam voranging, schlug ich mit der Axt wütend auf die Wurzeln ein, sobald sie freigelegt waren.

Als Elena mich zum Mittagessen rief, konnte ich die Werkzeuge nur mehr ein paar Minuten halten, dann musste ich Pausen einlegen. In der Küche begrüßte mich Marie gleichmütig. Sie hielt mir einen Löffel hin, als käme ich immer zu spät und sie habe diesbezüglich resigniert. Schweigend löffelten wir unsere Bohnensuppe, und was immer ich an trüben Gedanken gerade gewälzt hatte – zu sehen, mit welcher Sorgfalt Marie den Löffel in ihren Brei tauchte, ihn zum Mund führte und darin verschwinden ließ, das zeigte mir, was für ein Einfaltspinsel ich war, was für ein fantasieloser Idiot. Sie aß mit so großem Ernst, sie schaute so konzentriert, beobachtete zwischendurch, ob auch wir unseren Löffel ordentlich zum Mund führten. Alles war Anfang für sie, Erlebnis, Aufgabe. Und wenn es nur das war: zu wissen, dass alles, was sich abnutzte, einmal angefangen haben musste.

Nach dem Essen setzte bei mir die Verdauungsmüdigkeit ein. Ich schleppte mich in mein Zimmer, schlief sofort ein und erwachte erst vier Stunden später.

Benommen tappte ich durch die Villa. Jetzt in meiner Dachgeschosswohnung aufzuwachen, allein in trostloser Umgebung, war eine grässliche Vorstellung. Hier erschien alles angenehm, großzügig, still, geschmackvoll, und auch wenn mir Rosa fehlte, im Grunde war es egal, wer mir die Einsamkeit vertrieb. Noch schlaftrunken und nicht im Vollbesitz meiner psychischen Abwehrkräfte, war es möglich, mir das einzugestehen: Ich konnte nicht allein sein, ich wollte es nicht, ich empfand es als Strafe. Im Grunde war es mir während meiner Reise die ganze Zeit über so ergangen. Auch wenn ich mir in der Rolle des Lonely Wolf gefallen hatte, des reisenden Schriftstellers, der ein großes Werk gebiert, war ich immer auf der Suche nach Gesellschaft gewesen, und diese Gesellschaft hatte nur einen Zweck gehabt: Sie sollte meine Einsamkeit vertreiben, sie kaschieren, überspielen, verschleiern. Ich war in Not, ein Ertrinkender, dem jeder Mensch nur Rettungsring war, austauschbar, nicht anders wahrzunehmen als in seiner Funktion, mich zu retten. Es mochte Menschen geben, die sich besser dafür eigneten und andere, bei denen das schwieriger war, aber im Grunde spielte das nur eine untergeordnete Rolle. So wie es nur eine untergeordnete Rolle spielte, welche Farbe ein Rettungsring hatte und ob er beschriftet war oder nicht. Ich erinnerte mich, dass mir dieser Gedanke, wenn auch nicht in dieser Klarheit, schon einmal gekommen war, als ich Rosa im Park getroffen hatte. Jetzt aber begriff ich, wie abhängig ich wirklich war, wie ausgeliefert, wie unfähig, andere Menschen kennenzulernen. Es reichte, dass sie da waren, mich beschäftigten, ablenkten, mit Aufgaben versorgten. Wer sie waren, was in ihnen vorging, welche Überzeugungen sie hatten, ob ich sie mochte oder nicht, das alles nahm ich nur halbbewusst wahr, denn ich hatte nicht die Freiheit, auf ihre Gesellschaft zu verzichten. Auf eine komische Art euphorisierte mich dieser Gedanke, einfach nur deshalb, weil er wahr zu sein schien. Denn was ich als Erstes empfand, war der Wunsch, meine Erkenntnis mit jemandem zu teilen.

Ich fand meine drei Mitbewohner im Garten an meiner

Baumstelle vor der aufgewühlten Wurzelgrube. Marie saß auf Elenas Schoß, die wiederum auf einem der abgesägten Baumstämme saß. Sie schauten sich ein Bilderbuch an. Hagen hatte ein Glas Wein in der Hand und hob es zur Begrüßung: „Wollen Sie auch eins?"

„Bin dabei", sagte ich.

Er goss mir ein Glas ein, das neben der Flasche stand, offenbar hatte er damit gerechnet, dass sich jemand zu seiner Gesellschaft fand. Aber wen konnte er schon anders erwartet haben als mich. Wir stießen an.

„An einem solchen Tag muss man trinken", sagte er, „Prost!"

Ich nickte und trank.

„Elena wird bei Marie schlafen, bis Rosa wieder da ist."

„Verstehe."

„Wir werden Rosa jeden Tag besuchen, Marie und ich und Sie vielleicht auch?"

Ich nickte noch einmal. Und dann erzählte ich ihm, was ich gerade gedacht hatte: dass allein zu sein mich paralysierte, meine Lebenskraft blockierte, mich erstarren ließ. Dass mir die blödeste Gesellschaft lieber war als gar keine Gesellschaft. Ich erzählte von meinem Bruder, davon, dass er immer da gewesen war, dass man uns oft für Zwillinge gehalten hatte, dass die Erinnerung sofort lebendig wurde, sobald ich allein war, die Erinnerung an den Moment, in dem ich am Ufer der Müritz hin- und hergelaufen war, darauf wartend, dass mein Bruder der aufgewühlten See entkam, wie ich ihr entkommen war. Die Erinnerung an die Panik, die mich befiel, als ich begriff, dass er nicht kommen würde, nicht in ein paar Minuten, nicht in ein paar Tagen, einfach nie mehr, dass ich von jetzt an immer allein sein würde, mein ganzes übriges Leben lang.

Hagen hörte zu, schenkte Wein nach, nickte manchmal. Er sprach mit Elena Griechisch, als sie aufstand und Marie auf den Arm nahm. Die beiden verabschiedeten sich und gingen ins Haus. Hagen öffnete die zweite Flasche Wein.

„Wollen wir uns nicht duzen?", fragte er.

„Paul", sagte ich.

Er lächelte und wir stießen an.

„Meine schlimmste Angst war immer, dass ich enden würde wie die Gnädige", sagte er, als wir getrunken hatten. „Nach Johannas Tod musste ich immer daran denken, wie sie da in ihrem Hotelzimmer gesessen hatte: alt, einsam, erstarrt in den Konventionen, die ihre Erziehung ihr auferlegt hatten. Ich sah mich auch so enden, in einer teuren Eigentumswohnung oder einer Hotelsuite irgendwo in Deutschland. Deshalb blieb ich auf der Insel, deshalb kaufte ich das Haus. Es gehörte Elenas Familie. Der Vater hatte sie ruiniert und dann verlassen. Ich half ihnen, indem ich das Haus kaufte, sie aber weiter darin wohnen durften."

„Also war es Elenas Haus?", fragte ich.

„Ja, das Haus ihrer Kindheit. Damals lebte ihre Mutter noch und ihre Schwester war noch nicht verheiratet. Nach und nach lernte ich alle Inselbewohner kennen. Sie nahmen mich auf. Nicht wirklich natürlich, aber doch mehr, als es irgendwo anders der Fall gewesen wäre. Irgendwann würden sie mich begraben, sie würden sich um mich kümmern, um den traurigen Deutschen, dessen Frau sich auf der Insel umgebracht hatte. So stellte ich mir mein Ende vor, bis Rosa kam. Sie hat alles verändert, verstehen Sie?"

„Ich dachte, wir duzen uns?"

„Stimmt." Er sah mich nicht an und redete in ruhigem Ton.

Es war eine Art Beichtgespräch, bei dem wir die Rollen wechselten. Ich hatte die Flasche an mich genommen und goss ihm nach, sobald sein Glas leer zu werden drohte, so wie er es vorher für mich getan hatte.

„Ich erinnere mich kaum an den Moment, als wir auf dem Felsen waren und Marie gezeugt haben. Es war hektisch, glaube ich, und überraschend. Wir hatten die ganze Nacht geredet und getrunken und Rosa sah Johanna nicht so ähnlich, wie Johanna Martha geähnelt hatte. Es war nicht diese Begegnung, die alles änderte, es war der Brief, in dem sie schrieb, dass sie schwanger war. Er riss mich aus meiner Lethargie, meiner Genügsamkeit, meiner Erstarrung. Was für eine Ironie, was für eine absurde Wendung, wer hätte sich so etwas ausdenken können? Ich Vater! Vater eines Kindes, dass ich mit der Enkelin meiner ersten Liebe gezeugt hatte und mit der Tochter meiner zweiten, mit einer jungen Frau, die ich nicht kannte und nicht liebte und die mich doch mit allem verband, was mir jemals etwas bedeutet hatte." Er schüttelte den Kopf. „Wenn ich ehrlich bin, kann ich es noch immer nicht wirklich begreifen. Natürlich war mein erster Gedanke, sie würde es wegmachen lassen." Er trank sein Glas mit einem Zug leer. „Hat sie nicht, nicht Rosa, aber das wusste ich damals noch nicht. Ich habe nicht auf den Brief geantwortet, sondern bin sofort in den Flieger gestiegen und hergeflogen. Rosa war reserviert, kühl, abweisend, ich ausdauernd, höflich, zuverlässig. So begann es. Ich machte Angebote, sie wies sie zurück. Schließlich kaufte ich die Villa. Da begriff sie, dass ich es ernst meinte. Sie weiß bis heute nicht, dass ich nicht im Grundbuch stehe, es ist Maries Haus. Ich hoffe, sie wird hier aufwachsen, es wird das Haus ihrer Kindheit werden. Ich wünsche mir, dass sie einen Ort hat, an den sie gehört. Rosa hat ein lebenslanges Wohnrecht, ich auch. Aber natürlich, wenn ich es nicht hinkriege, wenn es mir nicht gelingt, dann werde ich gehen."

„Was nicht gelingt?", fragte ich.

„Ein guter Vater zu sein", antwortete er, als wäre dies die einzig mögliche Antwort.

„Rosa wird wieder gesund werden, sie ist stark, sie wird es schaffen, das weiß ich. Sie gibt den Takt vor, ich werde folgen." Er machte eine Pause.

„Wie meinst du das?", fragte ich.

„Wer weiß, vielleicht will sie irgendwann nach New York gehen oder in Paris wohnen, dann werde ich mitgehen und mich um Marie kümmern."

„Und wenn sie das nicht will?"

„Ja, davor habe ich Angst", sagte er leise.

„Dass sie dir Marie wegnimmt?"

„Ja."

„Und ich soll dir helfen, dass sie das nicht tut?"

Er sah mich an. „Irgendwie hatte ich das gehofft."

„Warum?"

„Rosa war so aufgeregt, als ihr euch getroffen habt im Park. Sie hat die ganze Zeit von dir erzählt. Ich dachte, er ist gerade erst zurückgekommen, er wird nicht gleich wieder fortwollen."

„Deshalb die Möbel und das Zimmer und all das?"

„Wenn ich dich unausstehlich fände, hätte ich das nichts gemacht."

„Verstehe", sagte ich. Wir schwiegen.

„Ich glaube übrigens, dass Rosa nur deshalb in die Klinik gegangen ist, weil wir diesbezüglich unterschiedlicher Meinung waren."

„Weil du wolltest, dass sie geht und ich nicht?"

„Wenn wir es beide gewollte hätten, wäre sie wahrscheinlich nicht gegangen."

„Aber ich wollte wirklich nicht, dass sie geht", sagte ich nach einer Weile.

„Und ich habe dich wirklich in dem Moment gehasst", antwortete Hagen.

V

Es begann die Zeit der täglichen Besuche. Meist gingen wir zu dritt: Hagen, Marie und ich, manchmal ich allein. Rosa war still und in sich gekehrt. Nur mit Marie spielte sie ausgiebig, wenn wir im nahegelegenen Park spazieren gingen. Sie trug sie auf der Schulter, saß mit ihr im Sandkasten, sprach mit ihr, brachte sie zum Lachen. Hagen und ich – wie Bodyguards in gebührendem Abstand – trotteten stumm hinterher.

Wenn ich versuchte, mit Rosa zu reden, wurde sie einsilbig. Sie antwortete erst nach längeren Pausen, meist knapp, dann schwieg sie wieder. Sie kam mir wie ein elektrisches Spielzeug vor, dessen Batterie fast leer war und das man anstupsen musste, damit es weiterlief, um gleich wieder stehen zu bleiben. Immerhin erfuhr ich, dass sie jeden Tag neunzigminütige Gruppentherapiesitzungen hatte und zweimal die Woche Einzeltherapie, dazwischen gab es andere Behandlungen, Basteln oder Musik machen oder so. Ich verstand nicht genau, wie Rosa das helfen sollte, aber sie schien es zu mögen, jedenfalls sagte sie das. Sie fragte nicht, was ich den ganzen Tag machte oder wie es mir ging. Sie schien unendlich weit weg zu sein und das war schwer zu ertragen, denn ihr Körper, ihr Gesicht, ihre Haare – alles war wie die Rosa, die ich liebte, begehrte, mit der ich Zeit verbringen wollte. Nur schien das jetzt eine Hülle zu sein, die nicht mehr das beherbergte, was ich kannte. Sie wurde mir fremd, viel schneller als ich gedacht hatte. Dass der Aufenthalt in der Klinik sie so sehr veränderte, das machte mir Angst.

Am Ende der ersten Woche sprach Hagen mit dem Professor. Er sagte, Rosa habe ein Paranoides Syndrom auf der Grundlage einer traumatisierenden Erfahrung. Offenbar hatte der Aufenthalt auf Hydra negative Erinnerungen geweckt. Das Meer, sagte Hagen, ist nicht gut für sie. Keine Ahnung, ob das seine Diagnose war oder die des Professors, jedenfalls stand ihr ein Klinikaufenthalt von sechs bis zwölf Wochen bevor und anfangs eine leichte Medikation, die dafür sorgte, dass Rosa nachts schlafen konnte, am Tage aber nie richtig wach war.

Nach Aussage des Professors war es nicht notwendig, Marie zu jedem Besuch mitzubringen. Hagen sollte dafür sorgen, dass sich ihr Umfeld so wenig wie möglich veränderte. Den Entschluss, Elena in Rosas Zimmer schlafen zu lassen, lobte er deshalb ausdrücklich, wie mir Hagen dreimal erzählte. Wir trafen uns anfangs jeden Abend im Garten und tranken eine Flasche Wein. Ich merkte, dass er einerseits stolz darauf war, das Richtige entschieden zu haben, andererseits machte er sich Sorgen, wie all das seine kleine Versuchsanordnung verändern könnte. Ich fragte ihn bei einer unserer abendlichen Runden, ob er nicht manchmal eifersüchtig auf mich gewesen sei. Er lachte sehr laut und rief dann: „Jeden Tag, jeden Tag bin ich eifersüchtig! Auf deine Jugend, darauf, dass du in dieser Zeit lebst, dass du deinen Körper so vernachlässigen kannst und er trotzdem so gut funktioniert. Dass Rosa dich liebt, dich begehrt. Ich bin auf einfach alles eifersüchtig, was damit zusammenhängt, dass du jung bist und ich alt." Ich starrte ihn an, denn mit einer so direkten Antwort hatte ich nicht gerechnet. Seit wir uns duzten, schmolz seine Distanziertheit dahin, seine Fassade des großzügigen Lebemanns. Zum Vorschein kam ein Mann, der stolz auf das war, was er erreicht hatte, dem sein Reichtum mehr bedeutete als er uns glauben machen wollte, dem seine Jahre als Barkeeper im Hotel Boverie Manieren und etwas Weltmännisches beigebracht hatten, dem aber all das nicht zu reichen schien, um in der Welt verankert zu sein. Keine Ahnung, wie ich es anders beschreiben soll. Er blieb Treibgut, noch immer auf der Flucht. Der Krieg hatte ihn entwurzelt. Und jetzt, wo er alt war, ein knorriger Kerl, da wollte er plötzlich neue Wurzeln schlagen, Vater sein, eine Familie gründen. Seine Zweifel diesbezüglich wurden durch Rosas Klinikaufenthalt angefacht. Jedenfalls trank er oft deutlich mehr als ich, redete über Aktien und Immobilien und dass die Treuhand ein riesiger Haufen Mist sei, der den ganzen Osten für immer ruinieren werde. Manchmal sprach er davon, dass er vorhabe, mit Marie und Rosa nach Polen zu fahren, in das Dorf seiner Kindheit. Oder er entwarf Pläne, was wir „hier im Osten" tun könnten, Rosa, er und ich. Die Idee mit der Galerie fand er großartig, er sehnte sich danach, irgendeine Rolle in der Stadt zu spielen. Manchmal war er so betrunken, dass ich ihm ins Bett helfen musste. Er entschuldigte sich dann immer wieder bei mir und komischerweise verfiel er dann wieder ins Siezen. „Entschuldigen Sie, Paul, ich habe zu viel getrunken, es ist, weil ich mir Sorgen mache, verstehen Sie? Nicht nur um Rosa, die wird wieder gesund. Aber wenn sie aus der Klinik kommt, was wird sie dann tun? Sie wird nicht dieselbe sein. Vielleicht will sie gehen, was ist, wenn sie mich hier allein lässt? Was mache ich dann in diesem riesigen Haus? Im Osten? Scheiße, verdammte, was mache ich dann?“

Was sollte ich ihm sagen? Es ging mir wie ihm. Auch ich hatte Angst davor, dass der Klinikaufenthalt Rosa verändern würde und sie nach ihrer Rückkehr nichts mehr mit mir zu tun haben wollte. Morgens nach dem Frühstück ging ich zu meiner Baumruine, obwohl ich jedes Interesse daran verloren hatte, denn egal wie viele Wurzeln ich durchtrennte, der Baumstumpf rührte sich nicht. Das Loch um ihn wurde immer tiefer und größer, die aufgewühlte Erde breitete sich immer weiter aus, es war wie eine wuchernde Erdwunde, in der ich ewig herumstocherte – ohne Erfolg. Ich tat es, um die Zeit totzuschlagen, bis wir Rosa wieder besuchen konnten. Und das, obwohl nichts bei diesen Besuchen passierte. Die Tage, an denen ich allein zu ihr ging, waren besonders schlimm. Dann spürte ich meine Einsamkeit geradezu körperlich. Eben weil wir uns nicht anfassten, obwohl wir nebeneinandersaßen, uns nichts zu sagen hatten, obwohl wir allein waren. Ich merkte, wie verletzt ich war, weil sie mich hatte sitzen lassen in der Villa mit Hagen und Marie und der abgesägten Pappel. Natürlich war das Unsinn, denn sie hatte es tun müssen, weil sie krank war, aber das half nichts. Ich war zu schwach und zu abhängig, um mich gegen diese Gefühle zu wehren. Ich erstickte an mir selbst, meinem Stolz, meiner Angst, meiner Einsamkeit.

Irgendwann fuhr ich in die Dachwohnung, die ich noch immer nicht gekündigt hatte, obwohl nichts mehr darin stand. Keine Ahnung warum, ich wollte meinen alten VW Derby sehen, der seit Wochen in der Straße vor dem Haus parkte. Vielleicht wollte ich auch meine Optionen prüfen, für den Fall, dass Rosa mir den Laufpass gab, wenn sie aus der Klinik kam. Neben den üblichen Werbeprospekten in meinem Postkasten fand ich einen Brief von Peer aus Holland. Wir hatten vor drei Jahren eine Weile in einem Café in Haarlem gearbeitet, direkt am Grote Markt. Später, als ich in Berlin als Filmvorführer jobbte, hatte Peer einen Studienplatz an irgendeiner berühmten Berliner Schauspielschule ergattert. Er sprach ziemlich gut Deutsch. Wir hatten die Wochenenden miteinander verbracht, waren ins Theater gegangen, in der Spree geschwommen, hatten im „Boudoir" getrunken, im E-Werk oder im Bunker getanzt, bis wir vollkommen fertig und beinah taub morgens auf unsere Matratzen fielen. Er schrieb mir, er sei wieder in Haarlem und habe eine „Show" und ich solle ihn doch mal anrufen. Also stieg ich die Treppen zu meiner Dachgeschossbude hoch, übersah den Dreck, riss das Fenster auf und starrte auf die weiße Wand des gegenüberliegenden Hauses, prüfte, ob das Telefon noch funktionierte, das auf dem Fußboden stand und wählte schließlich die Nummer, die Peer mir mit seinem Brief geschickt hatte. Und wirklich, er nahm ab. Wir telefonierten über eine Stunde und je länger wir sprachen, umso mehr freute ich mich, mit jemandem zu reden, der nicht in die Villa gehörte. Ich hatte vor all dem ein Leben gehabt und dieses Leben war gar nicht so beschissen gewesen, wie es mir zuletzt manchmal vorgekommen war. Peer konnte sich an so viele Ereignisse und Begebenheiten erinnern, die ich längst vergessen hatte. Warum? Weil auch er für mich vor allem Rettungsring gewesen war, ein angenehmer, ein unterhaltsamer Einsamkeitsvertreiber. Ihm war es offenbar anders gegangen, denn er sagte mir zweimal, wie schön es sei, dass ich mich gemeldet hätte. Er sprach von „unserer" Geschichte, die er jetzt dabei war, auf die Bühne zu bringen. Ich versuchte, ihn nicht merken zu lassen, dass ich keine Ahnung hatte, wovon er sprach. Offenbar hatten wir während unserer Wochenendtrips eine Geschichte erfunden, ein Theaterstück, und soweit ich es verstand, war vor allem ich es gewesen, der diese Geschichte vorangetrieben hatte. Peer wollte ein Solostück für sich daraus machen. Er sagte, er habe schon mehrere Anfragen von Festivals, er müsse jetzt „endlich zu Potte kommen", aber allein sei das unmöglich, er habe es versucht. Ob ich nicht nach Haarlem kommen und ihm helfen wolle. Außerdem brauche er einen Techniker, der Licht und gegebenenfalls Ton fahren könne. Ich bat mir Bedenkzeit aus und saß, nachdem unser Gespräch beendet war, noch eine Weile auf dem Fußboden in meiner Dachgeschossbude. Die Geräusche waren hier anders, städtischer. Man hörte die vorbeidonnernde Straßenbahn, Kindergeheul, natürlich Baustellenlärm. Das Gespräch mit Peer hatte eine befreiende Wirkung auf mich. Ich musste nicht in der Villa bleiben, ich konnte nach Haarlem gehen und das war keine Flucht, es war vielmehr eine Fortsetzung, ich knüpfte an etwas an, dass ich früher begonnen hatte, ja man hätte sagen können, ich brachte etwas Begonnenes zu Ende. Und wer wusste schon, was sich daraus ergab? Vielleicht tat sich hier gerade ein neuer Weg auf?

So beflügelt, fuhr ich mit meinem treuen VW Derby zurück in die Villa. Und auch diese Fahrt erinnerte mich an die vielen Stunden, die ich unterwegs zu neuen Ufern hinter diesem Lenkrad verbracht hatte. Ich überlegte, wie es wäre, jetzt sofort aus der Stadt heraus zu fahren, fort, fort, einfach fort.

Als ich neben Hagens Wagen in der Einfahrt parkte und die beiden Autos nebeneinanderstehen sah, hätte der Kontrast nicht größer sein können. Mein vierzehn Jahre alter, hier und da mit Rostfarbe ausgebesserter kleiner VW und daneben der schwarz glänzende, elegant geschwungene Mercedes. Das passte einfach nicht.

Es war Mittag, die Augustsonne stand hoch. In zwei Stunden würde ich Rosa besuchen, heute allein. Bis dahin wollte ich den Baumstumpf endlich ausgraben. Also ging ich in die Küche, trank etwas, holte mein Werkzeug aus dem Keller und fing wieder an, in der Grube zu wühlen. Aber ich war nicht bei der Sache. Das Gespräch mit Peer beschäftigte mich. Ich war aufgeregt und versuchte mich an die Geschichte zu erinnern, die wir in Berlin erfunden hatten.

Hagen rief mich zum Essen, kurz nachdem ich zu graben begonnen hatte. Langsam schlenderte ich durch die Eingangshalle, wusch mir die Hände in „meinem" Bad, hörte, als ich die Treppe zum ersten Stock hinaufstieg, Marie brabbeln und sah, als ich in die Küche kam, den Grund dafür: Sie hatte Elena als ihre neue Hauptspielkameradin entdeckt und es war herzergreifend zu sehen, wie sehr die alte Frau das genoss. Sie schnitt Grimassen, blies auf einem Kamm, den sie mit Backpapier umwickelt hatte, was Marie in Staunen versetzte, band sich selbst ein Lätzchen um, kleckerte und tat so, als ob sie darüber erschrocken war. Hagen und mich nahm sie dabei überhaupt nicht wahr, sie blendete uns aus, war ganz auf Marie konzentriert. Rosas Fortsein veränderte alles und doch warteten wir gespannt auf ihre Rückkehr. Nach dem Essen brachten Hagen und Elena Marie ins Bett, ich räumte den Tisch ab, spülte das Geschirr und beschloss, zu Fuß in die Klinik zu gehen. So konnte ich Zeit totschlagen und etwas anderes sehen als den Garten und die Villa. Also lief ich durch die Siedlung, vorbei an den anderen Villen, von denen viele noch nicht renoviert worden waren. Graugesichtig duckten sie sich hinter hochgewachsene

Bäume, als schämten sie sich. Hier und da hörte ich Hühner gackern. Unten an der Ecke, wo der neue Lebensmittelmarkt eine alte Baracke verdrängt hatte, trumpfte die Stadt mit Straßenbahn und Autoverkehr auf, obwohl die Häuserzeilen hier noch ländlich, oft nur zwei-, selten dreistöckig waren, dazu kleine Höfe oder Gärten. Erst unten am Fluss, als ich über die steinerne Brücke lief, wurde es großstädtischer. Fünfgeschossige Gründerzeitfassaden, von denen die meisten noch immer aussahen, als seien sie von einer schrecklichen Hautkrankheit befallen. Manche hohläugig mit zerschlagenen oder zugemauerten Fenstern, dazwischen aber schon renovierte Hausgesichter, bunt geschminkt oder elegant und aufwendig gepflegt. Ungefähr jedes zehnte Haus versteckte sich hinter Gerüsten, ich musste dauernd die Straßenseite wechseln. Der Verkehr hatte deutlich zugenommen, der August war zu Ende und damit die Schulferien. Ich kaufte in einem der kleinen Läden, die dauernd ihr Sortiment wechselten, Zigaretten. Heute bekam man neben Zeitschriften und Tabakwaren auch Äpfel, Birnen, Weißkohl und Kartoffeln. Beim letzten Mal hatte es billiges Kinderspielzeug gegeben.

Hinter einer Tordurchfahrt sah ich ein Sammelsurium von Stühlen um Holzpaletten stehen. Ein paar Leute saßen da und tranken Bier und Weinschorle. Einen Moment überkam mich die Lust, mich dazuzusetzen, aber dann merkte ich, dass ich kein Geld eingesteckt hatte. Noch erkannte ich die Stadt, in der ich studiert hatte, noch war sie grau, verwahrlost, heruntergekommen, aber sie regte sich, erwachte aus ihrer Lethargie, erblühte an manchen Stellen – von ordentlichen Stadtplanern und Fördertöpfen angeregt – oder wucherte in Hinterhöfen und alten Industriebaracken, von Stadtpiraten in Besitz genommen, die im Niemandsland zwischen Altem und Neuem vorübergehende Kolonien gründeten.

Rosa erwartete mich auf einer der Bänke vor der Klinik, die zwischen großen Lindenbäumen standen. Offenbar hatte ich für meinen Weg länger gebraucht, als ich gedacht hatte. Sie stand auf und kam mir langsam entgegen. Mein Herzschlag beschleunigte sich. Ich vermisste sie oder besser gesagt uns als Paar.

„Bin ich zu spät?“, fragte ich. Sie schüttelte den Kopf.

„Du weißt aber, dass Marie heute nicht kommt?“

„Ja, ich weiß“, sagte sie. Einen Moment standen wir voreinander, dann schlenderten wir die Straße, die ich gerade gekommen war, zurück in Richtung Stadt, über den großen Straßenbahnknotenpunkt rüber in den kleinen Stadtpark. Es war der Weg, den wir immer gingen, wenn Marie mitkam. Und als wäre sie da, setzten wir uns am Spielplatz auf eine Bank.

„Ich habe heute mit Peer telefoniert“, sagte ich.

„Wer ist Peer?“, fragte Rosa. Also erzählte ich ihr von ihm und von seinen Plänen.

„Du willst fort?“, fragte sie. Es klang nüchtern, so als habe sie damit gerechnet.

„Ich weiß nicht, was ich will“, sagte ich. „Das Warten geht mir auf die Nerven. Wir warten alle, dass du zurückkommst, aber was wird sein, wenn du zurückkommst?“

Rosa nickte. „Ich habe jetzt verstanden, dass es nicht darauf ankommt, was damals passiert ist“, sagte sie.

„Nicht?“

„Nein, denn ich kann es nicht mehr ändern, es ist vorbei, ich habe keinen Einfluss darauf. Entscheidend ist, was es mit mir gemacht hat und bis heute macht. Nur darauf habe ich Einfluss und also muss ich mich darum kümmern, wenn nicht für mich, dann für Marie."

Sie klang sehr gefasst und erwachsen. Das war neu.

„Und was hat es mit dir gemacht?", fragte ich. „Oder was macht es mit dir?"

„Es macht, dass ich immer Angst habe, verlassen zu werden. Es kann jeden Tag passieren. Ich muss mich deshalb immer anstrengen, ich muss mich richtig verhalten." Sie machte eine Pause und schaute auf ihre Füße. „Und Sex", sagte sie. „Sex ist ein gutes Mittel, um jemanden an mich zu binden. Es kommt nicht darauf an, ob ich diesen Sex will oder nicht. Er hilft einfach. So lange wir Sex haben, so lange werde ich nicht verlassen."

„Meinst du uns beide?", fragte ich.

„Ja, auch. Aber natürlich auch Hagen. Als ich damals auf dem Felsen mit ihm Sex hatte, dachte ich, dann würde er mich nicht verlassen. Ich hatte ihn gerade gefunden, es war ein so tolles Gefühl, jemanden zu treffen, der meine Mutter geliebt hatte und sogar meine Großmutter. Sie waren beide tot, aber Hagen war plötzlich da. Ich wollte auf Nummer sicher gehen. Mir wäre nie in den Sinn gekommen, dass er auch froh sein könnte, mich gefunden zu haben. Ich hatte kein Vertrauen zu ihm, zu mir, dazu, dass wir vielleicht eine andere Beziehung haben könnten. Sex war immer die schnellste Verbindung, etwas, das ich spüren konnte, eine Art Droge, der schnelle Zugehörigkeitskick. Dass Marie aus diesem Moment entstanden ist, scheint irgendwie passend."

„Passend?"

„Ja, es passt zu mir, zu meinem Leben, zu meiner dauernden Angst."

Ich wurde wütend, wütend, weil ich mich benutzt fühlte.

„Und bei uns?“, fragte ich.

„Was meinst du?“

„Haben wir auch nur gevögelt, damit ich bei dir bleibe?“

„Siehst du“, sagte Rosa und schaute mich an. „Das ist so ein Moment, an dem ich mich entscheiden muss. Alles in mir ruft: Sag ihm, dass es bei euch anders ist, sonst verlässt er dich. Aber die Wahrheit ist, ich vögele mit dir, weil ich dich auf diese Weise an mich binden will. Oder noch ehrlicher gesagt, weil ich nicht verlassen werden will.“

„Wow!“, rief ich, „das ist ..., das muss ich erst einmal verkraften.“

Rosa nickte heftig und ich sah, dass eine Träne über ihre Wange rutschte, die sie mit einer schnellen Handbewegung wegwischte. Ich wusste, dass sie recht hatte, aber es tat trotzdem weh. So also fühlte sich das an, wenn man Rettungsring für jemand anderen war: austauschbar, nicht wirklich gemeint. Sie war mein Rettungsring, und ich ihrer. Eigentlich waren wir quitt. Warum nur machte mich das so traurig? Ich war froh, dass Peer sich gemeldet hatte und es Perspektiven gab.

„Es ist nicht so einfach wie du denkst“, sagte sie, „oder wie sich das hier anhört. Es ist alles mehr durcheinander.“

„Du meinst, wir vögeln nicht nur, weil du Angst hast, verlassen zu werden, du magst mich auch ein bisschen?“

Sie lachte und weinte gleichzeitig. „Ja, genau das meine ich“, sagte sie. „Nur müssen wir herausfinden, wie weit das mit uns gehen kann ... du weißt schon, dein Bruder, meine Eltern, das reicht nicht, wenn das alles ist, das reicht nicht ...“

„Verstehe“, sagte ich.

„Wirklich?“, fragte sie.

„Ja, ich glaube schon“, sagte ich.

VI

Hagen erwartete mich wie jeden Abend mit einer Flasche Weißwein an meiner Wurzelgrube. Keine Ahnung, warum er nicht auf der Terrasse wartete oder auf einem der Balkons. Die Baumstammstücke, die rings um die aufgewühlte Erde lagen, hatten sich zu einer Art Versammlungsstätte entwickelt.

„Wie war es bei Rosa?“, fragte er, als wir den ersten Schluck getrunken hatten.

„Gut“, sagte ich, „anders als sonst.“

„Anders? Inwiefern?“

Ich erzählte ihm von unserem Gespräch und dann von dem Gespräch mit Peer.

„Aber du wirst doch jetzt nicht gehen?“, fragte Hagen.

„Warum nicht? Was soll ich hier? Den blöden Baum ausgraben? Der steckt so fest in der Erde, da bräuchte ich ’nen Bagger …“

„Aber was ist, wenn Rosa aus der Klinik kommt?“

„Was soll dann sein? Du hast doch gehört, was sie gesagt hat, im Grunde sind wir nur zusammen, weil sie Angst hat, verlassen zu werden.“

„Ich dachte, sie hätte gesagt, ihr müsst herausfinden, wie weit das mit euch gehen kann?“

„Wie weit soll es schon gehen?“, fragte ich. „An dem Felsen auf Hydra haben ich sie einfach stehen lassen und bin fortgerannt, und als es ihr schlecht ging, wollte ich nicht, dass sie in die Klinik geht. Jedes Mal, wenn es darauf ankam, habe ich versagt.“

„Du denkst, wenn sie aus der Klinik kommt, wird sie schnell erkennen, dass du nichts taugst?“, fragte Hagen.

„So ungefähr", antwortete ich. Er nickte und trank einen Schluck.

„Ich nehme an, du fragst dich manchmal, warum du es geschafft hast, dein Bruder aber nicht."

„Wie kommst du jetzt darauf?"

„Weil ich mich das immerzu gefragt habe. Warum habe ich es geschafft? Meine Mutter war tot, meine Tante, meine Brüder, mein Vater, Martha – alle tot. Nur ich nicht. Warum ausgerechnet ich nicht? Ich habe mich schuldig gefühlt."

„Verstehe", sagte ich.

„Dass sich Überlebende schuldig fühlen, das weiß man ja, steht in tausend Büchern. Aber was dieses Schuldgefühl mit uns macht, das ist bei jedem anders."

„Hm", sagte ich. Die Richtung, in die das Gespräch lief, gefiel mir nicht. Ich hatte keine Lust, mir Hagens Küchenpsychologie anzuhören. Es war ziemlich offensichtlich, dass er versuchte, mich zum Bleiben zu überreden.

„Hast du dich eigentlich mal gefragt, woher ich den Professor kenne?"

Ich sah ihn an. „Woher du ihn kennst?"

„Ja?"

„Keine Ahnung, woher kennst du ihn?"

„Von einem Vortrag. Danach bin ich zu ihm gegangen und wir sind ins Gespräch gekommen. Ich habe Therapiestunden bei ihm genommen. Das war, als ich Hydra verlassen hatte und Rosa mich zappeln ließ. Ich wusste nicht, was ich tun sollte."

„Verstehe", sagte ich. „Der Einzige, der noch nicht beim Professor war, bin ich."

„Genau und deshalb frage ich dich jetzt, was er mich damals gefragt hat, als ich ihm meine Geschichte erzählte."

Ich sah ihn an, denn er redete nicht weiter.

„Mach's nicht so spannend, was hat er dich gefragt?"

„Er hat mich gefragt, warum ich kein Mitleid mit mir habe?"

„Das hat er dich gefragt?"

„Ja. Warum hast du kein Mitleid mit dir? Du warst wie alt, als das mit deinem Bruder passiert ist? Fünfzehn, sechzehn?"

„Siebzehn."

„Also nur wenig älter als ich am Ende des Krieges. Ein junger Kerl, groß, schlank, durchtrainiert, oder?"

Ich nickte.

„Überzeugt, dass die ganze Welt ihm zu Füßen liegt. Überzeugt, dass er ein guter Segler ist, dass er jedem Sturm die Stirn bieten kann, zumal wenn sein Bruder bei ihm ist. So viel Hoffnung, so viel Verheißung, so viel Jugend war da in euch beiden, so viel Unbeschwertheit, Leichtsinn, Überheblichkeit. Zwei junge Kerle auf einem Segelboot, was kann es Schöneres geben? Und dann, von einem Moment zum anderen, ohne jede Vorwarnung, ändert sich alles. Es geht plötzlich ums nackte Überleben. Du kämpfst in der aufgewühlten See, Regen, Sturmböen, Blitze, es kann jeden Moment vorbei sein. Ich stelle mir das vor, ich stelle mir dich vor. Wie du kämpfst, wie du versuchst, den Kopf über Wasser zu halten. Und dann, wie du da am Ufer stehst, völlig fertig, nass bis auf die Knochen, keuchend, am Ende deiner Kräfte. Hast du kein Mitleid mit dir? Ich schon."

Hagen schaute mich an, als warte er, dass ich etwas sage.

„Und als du dich umschaust, wo ist dein Bruder? Er muss doch irgendwo sein! Du gehst hierhin und dorthin, du starrst auf die aufgewühlte See, wo ist er? Hast du kein Mitleid mit dir? Mit diesem siebzehnjährigen Bengel? Und dann kommt die

Panik, die Angst, die Verzweiflung. Dein Bruder, dein liebster Bruder kommt nicht, deine bessere Hälfte."

Ich hörte ihm zu, anfangs noch genervt, weil er versuchte, den großen Menschenversteher raushängen zu lassen, aber irgendwann fingen meine Hände an zu zittern. Ich konnte nichts dagegen tun. Ich versuchte, mit der einen Hand die andere festzuhalten, aber das klappte nicht besonders gut. Als die erste Träne über meine Wange rutschte, wischte ich sie noch eilig weg, aber irgendwann waren es zu viele. Ich fing an zu heulen, ich konnte nicht anders, es schüttelte mich, ich heulte wie ein Schlosshund.

Oder, um es auf eine Weise zu sagen, die Mitleid mit mir zeigt: Ich weinte, ich weinte um Jonas, meinen Bruder, meinen irischen Zwilling. Ich weinte um die Familie, die wir waren und die sich durch Jonas' Tod für immer verändert hatte. Ich weinte um mich selbst, um den unbeschwerten Jungen, der ich gewesen war. Ich begriff in diesem Moment, dass sich alles ändern musste zwischen Rosa und mir. Schon möglich, dass wir durch ähnliche Schicksalsschläge verbunden waren, aber das war keine gute Verbindung. Wir mussten uns irgendwie von unserem Unglück lösen und auch darum weinte ich, um mein Unglück, das so lange mein Begleiter gewesen war und von dem ich mich trennen musste.

Hagen tröstete mich nicht, er nahm nicht meine Hand, aber er ging auch nicht fort. Er saß da am Tisch neben mir und hielt Wache, so kam es mir vor, als ob er mich bewachte.

Irgendwann war ich so erschöpft, taten meine Bauchmuskeln so weh, hatten sich Tränen und Rotze derart ergossen, dass ich langsam austropfte. Hagen ging und kam mit Papiertaschentüchern zurück, die ich alle vollschnaubte. Dann saßen wir wortlos beieinander, nippten ab und zu an unseren Gläsern und lauschten in die Nacht.

Am nächsten Morgen fühlte ich mich wie am ersten fieberfreien Tag nach einer langen Krankheit. Ich war schlapp und irgendwie taub und hatte den Eindruck, mich langsam bewegen zu müssen, insgesamt aber war ich gestärkt. Und als ich im Bett sitzend in den Garten schaute, beschloss ich, den Baumstumpf jetzt sofort aus der aufgewühlten Erde zu ziehen. Was ich tat, tat ich gemächlich, aber ohne Unterbrechung: Ich zog mich an, stieg in den Keller, nahm die Gurtbänder, mit denen Rosa und ich uns festgezurrt hatten, trottete in den Garten, fädelte eines der Bänder unter dem Baumstamm hindurch und wickelte es einmal um den Stamm. Dann zog ich es fest, nachdem ich das andere Gurtband mit ihm verbunden hatte. Langsam lief ich zu meinem VW Derby. Natürlich wäre der Mercedes besser gewesen, mehr PS, mehr Leistung, aber er hatte keine Anhängerkupplung. Mein Derby schon. Ich fuhr rückwärts an die Grube heran, hängte das zweite Gurtband an die Anhängerkupplung und versuchte mein Glück. Erster Gang rein, Kupplung sehr vorsichtig kommen lassen. Ein kleines Stück ging es voran, dann drehten die Räder durch. Ich trat die Kupplung, der Wagen rollte ein kleines Stück zurück, ich versuchte es erneut. So schaukelte ich vor und zurück, vor und zurück, bis es einen kräftigen Ruck gab. Entweder war die Anhängerkupplung abgerissen oder der Baumstamm hatte nachgegeben. Ich stieg aus und sah sofort, dass es der Stamm war. Er hatte sich geneigt und wurde nur noch von dem straff gespannten Gurtband gehalten. Am Rand der Grube sitzend, schaute ich in den Garten. Die Luft war klar und kühl und ich roch zum ersten Mal den kommenden Herbst. Hier und da sah ich die Wunden, die meine abgesägten Äste an den Bäumen hinterlassen hatten. Auf meine Frage, ob man die nicht irgendwie behandeln müsse, hatte Hagen gesagt, das sei nicht nötig, die Bäume würden sich selbst heilen. Zeug drauf zu schmieren, mache die Sache nicht besser, eher im Gegenteil.

Ich stand auf, ging zu einem der Bäume und schaute mir die Stelle an, an der ich einen Ast abgesägt hatte. Sie war schon dunkler geworden, und wenn man genau hinsah, konnte man erkennen, dass die Rinde an den Wundrändern wieder anwuchs.

Schluss

Der Sommer, in dem Rosa und ich uns wiederbegegneten, liegt jetzt fast sechs Jahre zurück. Ich sitze in meinem Zimmer und schaue in den winterlichen Garten. Eine Amsel hüpft gerade über die Terrasse, bleibt stehen, schaut sich um, hüpft weiter. In vier Tagen ist Silvester. In den Medien wird seit Wochen das Ende der Welt herbeigeredet. Angeblich schaffen irgendwelche Computer die Umstellung von 1999 auf 2000 nicht, weshalb wir in die Steinzeit zurückfallen werden. Hagen sagt, das ist alles Blödsinn. Allerdings prophezeit er einen Zusammenbruch dessen, was er die Dotcom-Blase nennt. Es geht dabei – soweit ich das verstanden habe – ums Internet und irgendwelche New-Economy-Firmen. Marie ist dieses Jahr in die Schule gekommen. Ihre Zuckertüte steht immer noch in der Eingangshalle in dem Ständer, den ich für sie gebaut habe. Manchmal hole ich sie nach dem Unterricht ab und wir schlendern durch die Stadt. Ich bin ihr liebster Onkel Paul. Wenn sie aufgeregt ist, nennt sie mich hin und wieder Papa. Dann küsse ich sie auf den Kopf. Sie hat die gleichen wunderbaren Haare wie ihre Mutter.

Rosa hat sich in den letzten Jahren auf das Restaurieren alter Möbel und den Denkmalschutz spezialisiert. Manchmal arbeitet sie auch für Theater- oder Filmproduktionen. Als sie aus der Klinik kam, hat sie furchtbar in ihrem Atelier gewütet und all ihre kleinen Skulpturen zerstört. Ein paar ihrer Tiermenschen konnte ich retten: eine Katze im weißen Kleid, einen Seehund im liederlichen Anzug, eine Kuh im Regenmantel. Danach hat sie angefangen, großformatige Skulpturen zu machen, die sie grob aus dem Holz schlug. Hagen wollte sie ausstellen und die Villa umbauen, aber Rosa hielt ihn im letzten Moment davon ab. Warum, das hat sie nie verraten. Irgendwann fing sie mit der Möbelrestauriererei an. René hatte sie einmal um Hilfe gebeten und daraus ergab sich alles Weitere. Sie ist ernster geworden und spricht manchmal tagelang nicht mit mir. Ich muss sie in solchen Phasen in Ruhe lassen. Dann kommt sie zu mir, küsst mich und wir schlafen miteinander. Oder wir sitzen im Garten, rauchen, ich erzähle, was mich beschäftigt, oder sie spricht und ich höre zu. Manchmal erlaubt sie mir auch, sie in ihrem Atelier zu besuchen und ihr bei der Arbeit zuzusehen. Ihre Selbstvergessenheit lässt mich ruhig werden, ich kann dann besser denken. Wenn ich mit einer der Theatergruppen auf Tournee gehe, mit denen ich arbeite, vermisse ich Rosa nach zwei oder drei Tagen und Marie und Hagen und Elena, die Villa, den Garten, für den ich nach wie vor zuständig bin. Ein halbes Jahr habe ich bei einem Gärtner gearbeitet und gelernt und wenn ich gerade nicht mit dem Theater beschäftigt bin, dann mähe ich Rasen, harke Laub, säge Äste, gieße Blumen, baue überdachte Lagerplätze für Holz, lege Wege an und so weiter und so fort.

Ich bin damals nicht nach Amsterdam gefahren, aber Peer ist in die Villa gekommen. Es gibt im Erdgeschoss zwei Zimmer mit einer großen Verbindungstür, die sich fast auf der gesamten Raumbreite öffnen lässt, sodass eine Art Salon entsteht. Das war und ist bis heute unsere Probebühne. Ich habe mich zuerst nur um die Technik gekümmert, dann habe ich angefangen, Texte zu schreiben und Stücke zu erfinden, jetzt arbeite ich auch als Dramaturg oder Spielleiter. Auf Festivals lerne ich neue Leute kennen, wir verabreden uns, irgendjemand beantragt Fördergelder, wir finden uns zusammen, manchmal in der Villa, manchmal woanders.

Hagen liebt es, wenn sein Haus von Theaterleuten bevölkert wird. Er sitzt abends mit uns zusammen, bewirtet alle, lacht, schenkt Wein aus und genießt es, ein perfekter Hausherr und Gastgeber zu sein. Elena fällt es immer schwerer Treppen zu steigen, weshalb Hagen sie gezwungen hat, eine zusätzliche Haushaltshilfe einzustellen. Aber keine Bewerberin war gut genug, Elena hat sie alle vergrault. Schließlich kamen entfernte Verwandte aus Griechenland zu uns, aber wenn sie jung waren, hat Elena sie herumkommandiert und wenn sie älter waren, hat sie sich mit ihnen gestritten. Die Lage scheint aussichtslos.

Die Geschichte meines Bruders habe ich nicht zu Ende geschrieben, sie bleibt unvollendet.

Hagen hat mich gefragt, ob die Villa nicht einen Namen haben müsste, jetzt wo hier ständig Künstler verkehren.

„Vielleicht", habe ich geantwortet.

„Und wie soll sie heißen?", hat er gefragt.

„Warum nennen wir sie nicht ‚Das Haus fernab des Meeres'?"

Von Anfang bis Ende

Vor über zwanzig Jahren ermunterte mich die mittlerweile verstorbene Birgit Peter, damals Leiterin des Kiepenheuer Verlages Leipzig, wieder ein Buch zu schreiben. Das hat mich angespornt und ich habe angefangen, diesen Roman zu entwerfen. Es sind viele Geschichten darin, selbst erlebte, die meines Großvaters und natürlich erdachte. Vielleicht waren es zu viele Geschichten, vielleicht war ich zu jung, sie alle zusammenzubinden. Irgendwann bin ich stecken geblieben, habe verschiedene Fassungen geschrieben, schließlich habe ich Teile herausgelöst und es wurde ein Theaterstück daraus: die „Ostseeballade".

Die Jahre gingen ins Land. In dieser Zeit habe ich wunderbare Menschen kennengelernt. Bernhild Bense, die eine besondere Art hat zuzuhören, und Ralf Meyer, der mein Schreiben treu begleitet. Mit ihnen habe ich lange Spaziergänge unternommen, als der erste Lockdown die Abstände der Körper im öffentlichen Raum zu regeln begann. Wir haben über das Manuskript gesprochen und irgendwann festgestellt, dass die ursprüngliche Fassung von 1999 die vielversprechendste war.

Und so begegnete ich meinem jüngeren Ich-Erzähler und musste versuchen, wieder wie er zu fühlen und zu denken. Eine Verjüngungskur, die sich schreibend vollzog. Am Ende hat mein langjähriger Freund Andreas Hillger das Manuskript akribisch durchforstet, und ein neuer Freund, Roman Pliske, hat sich um das Buch bemüht und es durch zwei kluge Hinweise verbessert. Sie alle haben geholfen, dass aus diesem Manuskript nach so langer Zeit doch noch ein Buch geworden ist. Danke!